Zum Buch:

Es geschehen noch Küsse und Wunder

Eigentlich ist Joaquin aus beruflichen Gründen drei Wochen vor der Hochzeit seines Bruders angereist. Und dann verliebt er sich ausgerechnet in die Nichte des Star-Chirurgen, den er sucht. Abby Hendrix nimmt ihn, wie er ist. Aber mag sie ihn noch, wenn sie hinter seine wahren Beweggründe kommt?

So zärtlich wie du

Stephanie hat ihr Leben im Griff. Sie kümmert sich um ihr Kind und um ihre Frühstückspension. Doch der Psychologe Nash Harmon bringt sie mit seinen Flirtversuchen ganz schön aus dem Konzept!

»Zum Dahinschmelzen.«
Freizeit Woche über »Vertrauen ist gut, küssen ist besser«

Zur Autorin:

Die SPIEGEL-Bestsellerautorin Susan Mallery unterhält ein Millionenpublikum mit ihren herzerwärmenden Frauenromanen, die in 28 Sprachen übersetzt sind. Sie ist dafür bekannt, dass sie ihre Figuren in emotional herausfordernde, lebensnahe Situationen geraten lässt und ihre Leser mit überraschenden Wendungen zum Lachen bringt. Mit ihrem Ehemann, zwei Katzen und einem kleinen Pudel lebt sie in Washington.

Lieferbare Titel:

Fool's Gold
Der Beste küsst zum Schluss
Zuckerkuss und Mistelzweig
Wer früher küsst, ist länger verliebt
Ein Cowboy küsst selten allein
Vertrauen ist gut, küssen ist besser

Happily Inc
Wer lieben kann, ist klar im Vorteil
Einmal für immer, bitte
Familie ist, wenn man trotzdem liebt
Die Liebe trägt Giraffenpulli
Planst du noch, oder liebst du schon?

Susan Mallery

Es geschehen noch Küsse und Wunder

So zärtlich wie du

Die Originalausgaben erschienen 2020 und 2003 unter den Titeln *A Fool's Gold Wedding* und *One in a Million* bei HQN Books, Toronto und bei Silhouette Books, Toronto.

1. Auflage 2021
Deutsche Erstausgabe, Neuausgabe

Published by arrangement with
HARLEQUIN ENTERPRISES II B.V./SARL
Umschlaggestaltung: bürosüd, München
Umschlagabbildung: www.buerosued.de
Gesetzt aus der Stempel Garamond
von GGP Media GmbH, Pößneck
Druck und Bindung von GGP Media GmbH, Pößneck
Printed in Germany
ISBN 978-3-7457-0164-7
www.mira-taschenbuch.de

Susan Mallery

Es geschehen noch Küsse und Wunder

Roman

Aus dem amerikanischen Englisch von
Ivonne Senn

mtb

1. Kapitel

»Da ist also dieser Typ.«

Abby Hendrix schaute nicht mal von der kleinen Deko-Perle in Form einer Blüte auf, die sie gerade vorsichtig auf eine gedruckte Platzkarte klebte. Die Gästeliste für die Hochzeit ihrer Schwester war mal wieder um ein paar Personen angewachsen. Mehr Gäste bedeutete höhere Kosten, doch genau diese wollte Melissa so gering wie möglich halten. Abby – stolze Besitzerin eines nagelneuen Abschlusses als Lehrerin – war den Sommer über nach Hause zurückgekehrt und hatte angeboten zu helfen. Und so hatte sie winzige Blumenperlen auf vierundvierzig Platzkarten geklebt und hoffte, bis zum Ende des Tages auch die restlichen dreihundertundfünf fertigzukriegen. Oder zumindest bis zum nächsten Tag.

»Da ist kein Typ«, sagte sie, bevor sie den Kleber trocken pustete. »Ich weiß, dass es keinen anderen Mann gibt, weil du deinen Verlobten niemals betrügen würdest.« Sie schaute auf und lächelte ihre Schwester an. »Du liebst Davis. Ich habe vollstes Vertrauen, dass ihr beide ein langes, glückliches Leben zusammen führen werdet.«

»Ich liebe Davis. Sehr sogar. Aber es gibt da wirklich jemanden. Joaquin.«

Der Name kam Abby bekannt vor. Sie legte die Pinzette weg und lehnte sich auf ihrem Stuhl zurück. Ja, den Namen hatte sie schon mal irgendwo gehört. Er war …

»Er ist Davis' Bruder.« Melissa seufzte.

»Ach ja. Der mysteriöse, komische Bruder.«

»Er ist nicht komisch.«

Abby grinste. »Ach nein? Warum genau beschwerst du dich dann, dass er der Trauzeuge ist? Du hast gesagt – und korrigiere mich, wenn ich mich irre –, er hätte die Persönlichkeit eines Fensterrahmens, was eine beeindruckende Analogie ist, wenn du mich fragst.«

»Danke. Und *komisch* ist trotzdem das falsche Wort. Er ist …«

»Schwierig? Sozial ungelenk? Sehr, sehr groß? Allergisch gegen Meeresfrüchte?« Abby versuchte, sich daran zu erinnern, was sie über ihn gehört hatte. »Ah, warte. Er ist superklug. Beinahe schon Furcht einflößend klug, und er hält alle anderen für dumm.« Sie lachte triumphierend. »Er hasst es, dass wir nur Normalsterbliche sind. Das ist es, oder?«

Melissa, die Schöne der Familie, seufzte erneut. »Ganz so hätte ich es nicht ausgedrückt …«

»Was daran liegt, dass du Anwältin bist. Du hättest mindestens fünfzehnmal das Wort *angeblich* benutzen müssen.«

»Kann ich jetzt was sagen?«

Abby klimperte mit den Wimpern. »Ich weiß nicht. Kannst du?«

»Seit wann bist du so anstrengend?«

Die Frage prallte an Abby ab. »Ich bin die kleine Schwester, ich mache nur meine Arbeit. Immerhin bin ich bekannt dafür, hart zu arbeiten. Nicht so hart wie du, aber fast.«

Abby kannte ihren Platz im Universum, und das war ein ziemlich guter. Sie war die Adoptivtochter von Lizzy und Ethan, sie war Melissas leibliche Schwester und Tylers Cousine und außerdem baldige Grundschullehrerin an der *Ronan Elementary School.* Dass Melissa nervtötend hübsch und dazu noch ein wenig klüger war als sie, störte Abby nicht. Melissa hatte immer auf sie aufgepasst, selbst als sie endlich eine Familie gefunden hatten. Sie waren ein Team. Wenn ihre Schwester eine Lunge oder Niere benötigte, wäre Abby sofort zur Stelle. Wenn die fehlenden dreihundertundfünf Platzkarten mit kleinen Blütenperlen darauf Melissa glücklicher machten, würde sie das erledigen.

Jetzt bemühte sie sich, ihre übliche Respektlosigkeit zu zügeln und das Thema ernst anzugehen.

»Du wusstest, dass Joaquin zur Hochzeit kommen würde. Er ist der Trauzeuge. Was genau ist also das Problem? Gefällt ihm der Smoking nicht? Und ich kann nicht anders, als noch mal nach der Meeresfrüchteallergie zu fragen.«

»Würdest du bitte damit aufhören?«, fragte Melissa und unterdrückte ein Lachen. »Das ist ernst.«

Abby legte ihre Hände auf die Oberschenkel, beugte sich vor und nickte. »Ich höre zu.«

Theoretisch sahen Abby und ihre Schwester gleich aus. Sie waren ungefähr einsfünfundsechzig groß und trugen die gleiche Kleidergröße. Sie hatten beide rote Haare und grünliche Augen. Aber was auf dem Papier gleich klang, sah im echten Leben total unterschiedlich aus. Melissas dichte, kastanienfarbene Haare waren leicht gewellt, ihre Augen dunkelgrün, ihr Teint blass und strahlend. Sie hatte die richtigen Proportionen, war elegant, klug und immer perfekt angezogen.

Abby spielte, was ihr Äußeres anging, in einer komplett anderen Liga. Ihre Haare waren eher karottenrot als kastanienfarben, und egal wie sehr sie Lockenstab und Haarspraydose schwang und den Haargöttern kleine Tiere opferte – das auf ihrem Kopf konnte man nur als Schnittlauchlocken bezeichnen. Ihre Augen waren eher eine an Matsch erinnernde Mischung aus Grün und Braun, und obwohl sie die gleiche Kleidergröße hatte wie ihre Schwester, waren ihre Brüste klein, dafür würde ihr Po, dessen war sie sich sicher, irgendwann mal ziemliche Ausmaße annehmen.

Und doch hatte sie damit kein Problem. Klar, sie hätte gerne größere Brüste, aber außer einem chirurgischen Eingriff war ihr noch keine Möglichkeit eingefallen, das zu erreichen. Und eine OP kam nicht infrage. Also hatte sie eine entzückende Sammlung an Push-up-BHs, die wirklich ein ganz anderes Bild zauberten. Für besondere Gelegenheiten hatte sie sogar ein Paar dieser Geleinlagen, die die Illusion noch verstärkten. Das Gute an ihren kleinen Brüsten war, dass sie theoretisch ohne BH herumlaufen konnte, ohne dass es jemand …

»Abby!«, stieß Melissa verzweifelt aus.

»Was ist denn?«

»Du hast gesagt, dass du mir zuhörst. Ich rede seit fünf Minuten, und du hast kein einziges Wort mitbekommen.«

»Oh. Stimmt. Tut mir leid. Jetzt höre ich wirklich zu.«

Melissa wirkte nicht überzeugt.

»Ich schwöre.« Abby hob ihre linke Hand, wechselte dann schnell zur rechten. »Wirklich.«

»Joaquin kommt nach Fool's Gold.«

»Ja, zur Hochzeit.« Setzte der Stress ihrer Schwester langsam zu? Darüber hatten sie bereits gesprochen.

»Nein. Morgen.«

»Was? Morgen? Die Hochzeit ist doch erst in drei Wochen. Der gute ›Ich bin klüger, als gut für mich ist‹-Joaquin wird drei Wochen in der Stadt bleiben? Das ist ja ein Albtraum. Was hast du mit ihm vor?«

Melissas Blick verschärfte sich. »Ja, das ist die Frage«, sagte sie. »Jemand wird sich um ihn kümmern müssen.«

»Aber wie …« Abby kämpfte den plötzlich in ihr aufsteigenden Drang nieder, aus dem Raum zu flüchten. »Nein. Auf keinen Fall. Ich kann mich nicht um ihn kümmern. Dazu bin ich nicht klug genug. Ich war eine solide Zweier-Schülerin. Ich kann gut mit Kindern umgehen. Wenn er acht oder sogar elf wäre, wäre ich deine Lösung. Aber was soll ich zu so einem scheinheiligen Doktortypen sagen? Ist er nicht schon mit fünf oder so aufs College gekommen? Nein, das geht auf keinen Fall. Was ist mit Mom?«

»Abby, bitte. Auf keinen Fall kann ich ihn Mom aufs Auge drücken. Und selbst wenn ich das wollte, hat sie mit der Hochzeit so viel zu tun, dass sie einfach keine Zeit hat. Ich muss zurück an die Arbeit. In San Francisco«, fügte sie an, als wüsste Abby nicht, wo sie wohnte und arbeitete. »Davis auch.«

»Er könnte euch dort besuchen.«

»Joaquin hat Davis ausdrücklich gesagt, dass er in Fool's Gold bleiben will. Er hat sich in *Ronan's Lodge* ein Zimmer gemietet. Ich bin mir sicher, dass er für sich bleiben wird. Du musst nur, na ja, vielleicht ab und zu mal nach ihm gucken.«

»Ihn überwachen«, übersetzte Abby die unterschwellige Botschaft düster. »Du willst, dass ich ein Auge auf ihn habe und ihn zum Dinner einlade und freundlich bin.«

»Freundlich zu sein ist dein natürlicher Zustand.«

»Ja, aber nicht bei einem Kerl wie ihm. Außerdem wurde er mir noch gar nicht vorgestellt.« Davis' Eltern waren schon ein paarmal in Fool's Gold gewesen. Letztes Jahr zu Weihnachten war der Kincaid-Hendrix-Clan für ein rauschendes Fest zusammengekommen. Alle waren da gewesen – abgesehen von dem geheimnisvollen, grummeligen Joaquin. Der hatte gearbeitet. Oder sich mit seiner möglichen Meeresfrüchteallergie herumgeschlagen.

Keine Vorurteile, ermahnte Abby sich. Nach allem, was sie gehört hatte, war Joaquin ein begnadeter Chirurg. Wenn er arbeitete, rettete er also tatsächlich Leben und so. Aber ihr Onkel Simon war auch ein begnadeter Chirurg und nicht grummelig. Er war süß und lustig, und er liebte seine Familie. Und als sie sich letzten Sommer versehentlich drei Finger an einem scharfen Messer geschnitten hatte, hatte er die Wunden versorgt. Heute sah man kaum noch eine Narbe.

»Ich weiß, das kommt unerwartet, aber Abby, ich brauche dich.«

»Sag das nicht.« Alles, nur das nicht. Wenn ihre Schwester sie brauchte, hatte Abby keine Wahl. Trotzdem könnte sie versuchen, noch aus der Nummer rauszukommen. »Du weißt, dass ich mit den Vorbereitungen für die Hochzeit viel zu tun habe. Ich muss diese Karten alle noch bekleben.«

»Ich helfe dir, dann haben wir die heute Abend fertig.«

»Okay, aber ich muss auch noch die Kerzen bemalen, und das wird eine Weile dauern.«

»Joaquin kann dir dabei helfen.«

»Das bezweifle ich. Und dann sind da noch andere Sachen …« Überraschungen für ihre Schwester, über die sie nicht reden wollte. »Melissa, ich habe wirklich keine Zeit, für Joaquin den Babysitter zu spielen. Bitte?«

Doch anstatt nachzugeben, sah Melissa sie nur kommentarlos an.

Mist! »Aber ich will nicht.«

Melissa seufzte.

»Na gut«, knurrte Abby. »Ich mach's. Es wird mir nicht gefallen, aber ich mach's. Du bist jetzt allerdings nicht mehr meine Lieblingsschwester.«

»Ich bin deine einzige Schwester, und du liebst mich beinahe so sehr, wie ich dich liebe.«

»Offensichtlich liebe ich dich mehr. Sieh nur, was ich für dich tue. Danach stehst du so was von in meiner Schuld. Ich darf den Namen deines Erstgeborenen auswählen.«

Melissa zog sie an sich und hielt sie fest. »Ich bin mir nicht sicher, was Davis davon hält, wenn ich dir das verspreche. Er könnte Einspruch erheben.«

»Dann sollte er seinen Bruder auf der Couch schlafen lassen.«

»Okay, ich sage ihm, welchen Preis du für deine Kooperation verlangst.«

Abby wandte sich wieder den Platzkarten zu. Winzige Dekoblüten darauf zu kleben machte auf einmal nicht mehr ganz so viel Spaß. Ab morgen wäre sie für jemanden verantwortlich, den sie noch nie getroffen hatte und vermutlich nicht mögen würde. Für ganze drei Wochen! Was um alles in der Welt sollte sie nur mit ihm unternehmen?

Eigentlich hatte sie vorgehabt, mit ihrem geheimen Geschenk für die Hochzeit anzufangen, sobald ihre Schwester nach San Francisco zurückgekehrt war. Das bedurfte viel Zeit und Organisation. Vermutlich konnte sie Joaquin bitten, ihr zu helfen. Und sie könnten in der Stadt herumlaufen. Was sonst noch? Sie könnte mit ihm zu ihrer Tante Montana und ihren Begleithunden fahren. Sie könnten auch zur Castle Ranch rausfahren und sich die Pferde anschauen. Oder die Ziegen. Obwohl das für einen begnadeten Chirurgen vermutlich zu gewöhnlich war. Vielleicht sollte sie mit ihrem Onkel Simon sprechen, um ein paar Ideen zu bekommen.

»Ich werde einen Stundenplan erstellen«, verkündete sie. »Mit Dingen, die wir bis zur Hochzeit unternehmen können.«

Melissa grinste. »Ich wette, das findet er super.«

»Besser wär's. Er versaut mir meine Sommerferien.«

Joaquin Kincaid wusste, dass es keine Alternative gab. Er hatte getan, was von ihm verlangt wurde, und es hatte ihn genau keinen Schritt weitergebracht. Angesichts der Wahl, aufzugeben oder einen Schlussspurt hinzulegen, hatte er sich für Letzteres entschieden, denn Ersteres war keine Option. Er glaubte nicht ans Aufgeben – weder für sich noch für seine Patienten. Und so war er also hier und vergeudete drei Wochen seines Lebens in einer lächerlichen kleinen Stadt, und alles nur in der Hoffnung, dass er Simon Bradley treffen und ihn überzeugen könnte, ihn in sein Programm aufzunehmen.

Die Chancen dafür stehen nicht so schlecht, ermahnte er sich, als er in seinem Hotelzimmer auf und ab tigerte. Er würde es schaffen. Immerhin hatte er einen Fuß in der Tür. Er würde Zeit mit einer Einheimischen verbringen, die durch Hochzeit mit Simon verwandt war. Sicher konnte er diese … er zog einen Zettel aus der Hemdtasche und warf einen Blick auf den Namen … diese Abby Hendrix davon überzeugen, ihm ihren Onkel vorzustellen. So ein Treffen wäre nur logisch – sie waren beide Chirurgen und Traumaspezialisten. Simon war noch tiefer in das Thema eingestiegen und hatte sich auf Patienten mit schweren Verbrennungen spezialisiert. Dieser Fachbereich hatte Joaquin bisher nicht sonderlich interessiert, bis er eine Patientin wegen ihrer Verbrennungen verloren hatte. Ihr geschädigtes Herz und ihre gerissenen Arterien hatte er flicken können, aber am Ende war ihr Körper nicht mehr in der Lage gewesen, mit den Verbrennungen zu leben. Joaquin hatte ihr nicht helfen können, und das konnte er einfach nicht akzeptieren.

Das war vor einem Jahr gewesen, und immer noch erinnerte er sich an den Moment, in dem sie gestorben war. Er hatte dagestanden und nichts tun können. Zwei Tage später hatte er sich für das Programm von Dr. Bradley beworben. Einen Monat danach hatte er ein erstes Vorstellungsgespräch gehabt, nach dem man ihm erzählt hatte, dass er kein guter Kandidat wäre. Er!

Mit dreizehn hatte er sein Studium in Stanford mit summa cum laude abgeschlossen. Er hatte drei Mastertitel gemacht, um die Zeit abzubummeln, bis er mit siebzehn zum Medizinstudium zugelassen worden war. Er war brillant, verdammt noch mal! Wie war es möglich, dass er es in der ersten Runde nicht geschafft hatte? Er hatte noch nicht mal die Gelegenheit erhalten, Dr. Bradley kennenzulernen. Das war eine unmögliche Situation gewesen, und die akzeptierte er genauso wenig wie das Gefühl, hilflos zu sein.

Er trat ans Fenster und schaute auf Fool's Gold hinaus. Es war ein warmer, sonniger Tag. Die Läden, die die breiten Straßen säumten, waren mit bunten Blumen geschmückt. Im Osten lagen Berge. Auf seinem Weg in die Stadt war er an einigen Weingütern vorbeigekommen. Fool's Gold war die perfekte Kleinstadt. Joaquin mochte keine Kleinstädte. Auch wenn er nie zuvor in einer gewesen war, gefiel ihm diese nicht. Er mochte große Städte, in denen viel los war.

Nicht, dass er außer zu arbeiten viel unternahm, aber er mochte es zu wissen, dass er jederzeit in ein Restaurant, einen Club oder ein Museum gehen könnte. Was machten die Leute hier?

Er erinnerte sich daran, dass er um seiner Karriere willen so tun musste, als wäre er von dem Ort begeistert. Seinem Bruder Davis schien es in Fool's Gold wirklich zu gefallen. Er und Melissa würden hier heiraten, auch wenn das vermutlich eher damit zu tun hatte, dass Melissa in der Gegend aufgewachsen war. Zumindest glaubte Joaquin, dass es so war. Er hatte meist nur mit halbem Ohr hingehört, wenn sein Bruder ihm von seiner Verlobten erzählt hatte. In letzter Zeit hatten sie sowieso wenig miteinander gesprochen. Na gut, nicht nur in letzter Zeit. Es gab einfach nicht viel zu sagen. Sie hatten nichts gemeinsam – früher nicht und heute auch nicht.

Joaquin hatte Melissa nur ein- oder zweimal getroffen. Er fuhr nur selten an den Feiertagen oder für große Familienveranstaltungen nach Hause. Lieber arbeitete er. Er redete sich ein, dass er das tat, damit seine Kollegen bei ihren Familien sein konnten. Doch wenn er ehrlich war, wusste er, dass er nicht so altruistisch war. Der wahre Grund war, dass er nicht gerne mit Leuten zusammen war. Außerdem fand er ihre Unterhaltungen so unglaublich langweilig. Worüber sie sich Gedanken machten! In seiner Welt ging es täglich um Leben und Tod. Seine Patienten zu retten war wichtig. Alles andere interessierte ihn nicht.

Das ist mein Leben, sagte er sich. Er war zufrieden mit den Entscheidungen, die er getroffen hatte. Alles drehte sich um seine Arbeit. Sollten andere sich ruhig verlieben, Kinder kriegen, zelten gehen. Er brauchte keine von diesen gewöhnlichen Vergnügungen. Die waren nur Zeitverschwendung.

Was ihn wieder zu dem Grund seines Besuchs in dieser Stadt zurückbrachte. Er hatte sich drei Wochen Urlaub genommen und war entschlossen, Dr. Bradley kennenzulernen. Es musste ihm einfach gelingen, den Arzt dazu zu bringen, dass er in dieses Programm aufgenommen wurde. Davis' Hochzeit hatte ihm eine unerwartete Gelegenheit verschafft, zusammen mit dem Angebot, dass Melissas Schwester ihm die Gegend zeigen würde. Er hatte vor, charmant zu sein – soweit es ihm angesichts seiner mangelnden Fähigkeiten in diesem Bereich möglich war – und freundlich. Während sie sich diese alberne kleine Stadt anschauten und taten, was auch immer die Leute hier taten, würde er sie irgendwie dazu bringen, ihm ihren Onkel vorzustellen. Er war zuversichtlich, dass er und Simon Bradley viel gemeinsam hatten. Sobald sie einander trafen, wäre das Problem bestimmt schnell behoben, und Joaquin konnte in sein Leben zurückkehren. Dessen war er sich sicher.

Nach einem kurzen Blick auf seine Uhr schaute er wieder aus dem Fenster. Langsam füllten sich die Bürgersteige mit kleinen Grüppchen aus Leuten, die er für Touristen hielt. Auf Bannern, die quer über die Straße gespannt waren, wurde das Hundstagefestival angekündigt. Er war nicht sicher, ob es dabei um echte Hunde ging oder nicht, aber es war ihm auch egal. Das war alles so ermüdend.

Erneut schaute er auf die Uhr. Es waren keine zwanzig Sekunden vergangen. Die nächsten drei Wochen würden lang werden, aber das war es wert. Der Zweck heiligt die Mittel, erinnerte er sich. So war es für ihn immer gewesen.

2. Kapitel

Abby rutschte auf dem Ledersessel im Büro ihres Onkels herum. Der Raum war nett – groß, luftig, mit vielen formell aussehenden Diplomen an den Wänden. Es gab ein großes Bücherregal voller dicker Medizinschinken, dazu verschiedene Arten von Auszeichnungen. Auf einem Regalbrett standen Fotos von seiner Frau – Abbys Tante Montana – und ihren Kindern Skye und Henry. Sie lächelte, als sie die vertrauten Gesichter sah. Wann immer sie nach Hause kam, war sie die Lieblingsbabysitterin. Abby liebte alle Kinder, aber diese beiden besonders.

Simon beendete sein Telefonat und legte den Hörer auf. »Tut mir leid«, sagte er lächelnd.

»Kein Problem. Ich bin dir sehr dankbar, dass du dir so kurzfristig Zeit für mich genommen hast.« Sie unterdrückte den Drang, zu stöhnen oder hin und her zu zappeln. »Ich habe ein Problem und benötige deine Hilfe.«

»Ich bin ganz Ohr.«

Simon Bradley war ein interessanter Mann. Nach allem, was Abby wusste, war er sehr kurzfristig nach Fool's Gold gekommen, um im örtlichen Krankenhaus in der Abteilung für Brandopfer auszuhelfen. Dabei hatte er dann Montana kennengelernt, sich in sie verliebt, sie geheiratet und sich hier niedergelassen.

Er war ein großer, beeindruckender Mann mit stechenden grünen Augen. Aber was hauptsächlich die Aufmerksamkeit der Leute erregte, war sein Gesicht. Die eine Hälfte war perfekt, die andere fürchterlich von Brandnarben zerstört, die er sich als Kind zugezogen hatte.

»Du hast dich nie operieren lassen«, sagte Abby, bevor sie sich zurückhalten konnte. Sofort schlug sie sich die Hand vor den Mund. »Oh nein. Tut mir leid. Das war unhöflich. Ich hätte das nicht sagen sollen.«

Simon lächelte. »Du meinst, um die Narben weniger offensichtlich zu machen? Da hast du recht, das habe ich nie gemacht.«

»Aber man könnte etwas tun.«

»Ja. Für viele Jahre haben die Narben mich daran erinnert, was wichtig ist.«

»Du meinst, dich auf deine Arbeit zu konzentrieren?«

Er nickte. »Nach einer Weile habe ich gemerkt, dass sie auf meine Patienten tröstlich wirken. Ich habe durchgemacht, was sie durchmachen. Durch meine Narben fällt es ihnen leichter, mir zu vertrauen. Und ehrlich gesagt bemerke ich die Naben inzwischen gar nicht mehr. Stören sie dich?«

Er stellte die Frage sanft, als wolle er Abby nicht in Verlegenheit bringen. »Simon, du weißt, dass sie mich nicht stören. Ich nehme sie auch kaum noch wahr. Ab und zu sehe ich sie, aber das ist keine große Sache.«

»Das freut mich. Also, wie kann ich dir helfen?«

»Ach ja. Stimmt.« Beinahe hätte sie den Grund für ihren Besuch vergessen. »Da ist dieser Typ.«

Er zog eine Augenbraue in die Höhe. »Du hast jemanden kennengelernt?«

»Was? Nein. Ich meine, wäre schön, aber nein. Darum geht es nicht.« Nach allem, was sie gehört hatte, war Joaquin der wahre Albtraum. »Also, Melissa und Davis heiraten ja bald, und Davis hat einen Bruder, den wir nie kennengelernt haben, weil … Ich weiß nicht, warum. Ich schätze, er ist zu wichtig oder so. Aber jetzt kommt er nach Fool's Gold. Genauer gesagt, er ist schon da, und ich soll ihn in wenigen Minuten abholen. Aber ich weiß nicht, was ich mit ihm machen soll. Er wird drei Wochen bleiben! Ist das zu fassen? Die gesamten drei Wochen vor der Hochzeit bin ich für ihn verantwortlich. Aber ich habe auch Sachen zu tun und ein paar Überraschungen für meine Schwester vorzubereiten. Nur meinte Melissa, dass sie meine Hilfe brauchen würde, und da bin ich nun.«

Simon runzelte die Stirn. »Und wie passe ich da rein?«

»Oh. Tut mir leid. Er ist ein begnadeter Chirurg.« Sie malte Gänsefüßchen in die Luft und verdrehte die Augen. »Ich bezweifle zwar, dass er so toll ist, aber falls ja, werde ich mich nicht mit ihm unterhalten können. Er ist irgendwie superklug und ist noch früher als du aufs College gegangen. Hast du irgendeine Idee, worüber ich mit ihm reden oder was ich mit ihm unternehmen kann?«

»Wie alt ist er?«

»Äh, ich bin mir nicht sicher. Irgendwas zwischen achtundzwanzig und dreißig.«

Simon lehnte sich auf seinem Stuhl zurück. »Jetzt mache ich mir langsam Sorgen um dich, Abby. Du sagst mir, dass ein alleinstehender, vom Alter her passender Mann, der zufällig auch noch Arzt ist, ein wenig Aufmerksamkeit von dir benötigt – und du bist nicht sicher, was du mit ihm unternehmen sollst?«

»Das ist nichts Romantisches«, grummelte sie. »Er klingt schrecklich.«

»Er klingt zauberhaft.«

»Du hast ihn doch noch gar nicht kennengelernt. Er könnte ein Riesenidiot sein.«

»Oder er könnte einfach nur ein Mann sein, der ein paar Tage in Fool's Gold verbringen will.«

»Wirklich?«

»Das wirst du erst wissen, wenn du ihn getroffen hast. Und was mögliche Gesprächsthemen angeht … Du bist eine intelligente Frau. Das findest du schon heraus. Sei einfach du selbst. Dann kann er nicht anders, als deinem Charme zu verfallen.«

Schön wär's, dachte sie düster. »Du bist nicht sonderlich hilfreich.«

»Tut mir leid. Ich sag dir was: Montana und ich laden euch beide an einem Abend zum Essen ein. Damit sind schon mal ein paar Stunden verplant.«

Sie lächelte. »Danke. Das wäre toll.« Sie genoss es immer, Zeit mit ihrer Tante und ihrem Onkel zu verbringen. Und wenn Joaquin zu snobistisch war, um den Abend zu genießen, war er eben ein alter Blödmann.

»Und sonst hast du keinen weisen Ratschlag mehr?«, fragte sie sehnsüchtig.

»Nein, tut mir leid. Hör mal, wenn er so klug ist, wie du sagst, und aufs College gegangen ist, als er noch ein Kind war, dann hatte er nie ein normales Leben. Zeig ihm, wie das ist. Unternimm normale, lustige Sachen mit ihm. Zeige ihm deine Welt. Du wirst das gut machen. Und wenn das nicht funktioniert, lass dein Lächeln aufblitzen, und sofort wird er anfangen zu stottern.«

»Das ist eher unwahrscheinlich. Muss ich dich daran erinnern, dass Melissa die hübsche Schwester ist?«

»Nein, ist sie nicht. Ich bin Arzt, deshalb zählt meine Meinung mehr als die anderer Leute.«

Lachend stand sie auf. »Du bist so gut zu mir.«

Simon erhob sich ebenfalls und streckte die Arme aus. Abby ging um den Schreibtisch herum und umarmte ihn. Er gab ihr einen Kuss auf den Scheitel.

»Ich hab dich lieb, Kleine«, sagte er.

»Ich dich auch. Und jetzt werde ich meine Lenden gürten und mich Joaquin stellen.« Sie hielt kurz inne. »Warum gürten Menschen ihre Lenden?«

»Um sie in der Schlacht zu schützen.« Er zwinkerte ihr zu. »Das ist so ein Männerding.«

»Wie beinahe alles. Ich melde mich später wegen des Dinners.« Ihre Laune verbesserte sich schlagartig. »Außer, er langweilt sich ganz schnell und fährt in sein Krankenhaus zurück.«

»So viel Glück hast du nicht.«

»Wem sagst du das.«

Abby stand vor *Ronan's Lodge*. Das Hotel war wunderschön, um 1800 herum erbaut und hatte … sehr viel geschnitztes Holz. Meine Güte! Sie wohnte schon ihr ganzes Leben in Fool's Gold. Sie hätte wirklich langsam etwas über die Geschichte des großen Hotels mitten im Stadtzentrum lernen sollen.

Natürlich kannte sie die grundlegenden Fakten, aber die Einzelheiten – zum Beispiel, wer es gebaut hatte und warum – waren ihr bisher nie wichtig erschienen. Sie sollte sich ein Buch ausleihen und ihre Kenntnisse über die örtliche Geschichte aufpolieren. Sie könnte auch einen Rundgang durch die Stadt mit vielen lustigen Fakten ausarbeiten und das dann ihren Schülern über den Winter oder für die Frühjahrsferien geben. Das wäre für die Kinder und ihre Familien sicher interessant. Außerdem würde sie damit sicherstellen, dass alle mal an die frische Luft kamen und sich körperlich betätigten. Manchmal war es für die Kinder zu leicht, drinnen vor ihrem Computer oder Tablet sitzen zu bleiben.

Sie machte sich eine entsprechende Notiz auf ihrem Handy und schaute dann wieder zum Hotel. Aus dieser Nummer kommst du nicht mehr raus, sagte sie sich. Je eher sie anfing, desto eher wäre es vorbei. Nicht, dass sie die Vorstellung gut fand, drei Wochen ihres Lebens blitzschnell an sich vorbeiziehen zu sehen, vor allem nicht, wenn es sich um die drei Wochen handelte, auf die sie sich schon so lange gefreut hatte. In der Woche, in der die Hochzeit stattfand, würde Melissa bis Donnerstag arbeiten müssen. Daher hatte Abby angeboten, dass sie sich um alles kümmern würde, was anfiel. Ihre Mom würde ebenfalls helfen, was die ganze Sache noch spaßiger machte. Außerdem gab es noch ein paar spezielle Projekte, die Abby für die Hochzeit fertigstellen wollte. Doch anstatt sich darauf zu freuen, musste sie sich nun Sorgen um Joaquin machen – Kindergenie und Superdoktor.

Es wäre leichter, wenn er kein Mann wäre, dachte sie und zwang sich, die paar Stufen hinaufzugehen, die zum Hoteleingang führten. Also nicht, weil sie Männer nicht mochte – im Gegenteil. Eines Tages wollte sie auch heiraten. Es war nur so, dass sie manchmal Schwierigkeiten hatte, ihre Enttäuschung zu überwinden. Sie hatte viele Freunde gehabt, und mit vielen hatte sie auch viel Spaß gehabt. Dennoch war sie nie verliebt gewesen, hatte nie auch nur ansatzweise das gespürt, worüber die Leute in Liedern oder Filmen sprachen – oder in ihrer Familie. Sie hatte nie jemanden verzweifelt gewollt, hatte nie bei dem Gedanken daran, jemanden zu treffen, gebebt. Sie hatte nie schlaflose Nächte oder appetitlose Tage verbracht oder war völlig aus dem Konzept geraten.

Sie hielt inne. Okay, jetzt gerade war sie aus dem Konzept geraten und hatte den roten Faden verloren. Aber das passierte ständig. Sie war zweiundzwanzig – sollte sie da inzwischen nicht wenigstens mal mit der Liebe geflirtet haben? Doch das hatte sie nicht, und nun würde sie drei Wochen mit jemandem verbringen, den sie nicht kennenlernen wollte, und das würde bestimmt ganz schrecklich werden.

Mit einem schweren Seufzer betrat sie das Hotel und fuhr mit dem Fahrstuhl in den zweiten Stock hinauf. Dort straffte sie die Schultern und sagte sich, dass sie bis zum Tag der Trauung so viel gutes Karma angehäuft haben würde, dass sie sich für die nächsten zehn Jahre keine Gedanken mehr machen musste. Dann klopfte sie an die Tür.

Sekunden später wurde diese geöffnet, und Abby starrte einen groß gewachsenen Mann an. Okay, nicht übernatürlich groß, aber knapp eins neunzig, mit dunkelblauen Augen, die irgendwie faszinierend waren. Dazu blonde Haare und hohe Wangenknochen, und warum hatte Melissa nicht gesagt, dass Joaquin umwerfend war, denn das wäre eine wichtige Vorabinformation gewesen, damit Abby sprechen und atmen hätte üben können.

»Abby?«

Während er das fragte, lächelte er. *Oh. Mein. Gott. Dieses Lächeln!*

»Aha.« Sie gab sich mental eine Ohrfeige. »Ich meine, hi. Ja, ich bin Abby. Du musst Joaquin sein.«

Er streckte ihr seine Hand hin. Abby war sich ziemlich sicher, dass sie die Hand ergriff und schüttelte. Genau konnte sie es aber nicht sagen, weil sie der Gedanke, wie attraktiv er war, voll und ganz mit Beschlag belegte.

»Komm rein.«

Er trat beiseite, um sie eintreten zu lassen. Es gelang ihr, die notwendigen Schritte zu tun, ohne hinzufallen oder so. Vage nahm sie einen großen Raum mit Blick auf die Stadt wahr, bevor sie sich zu Heilige-Scheiße-was-für-ein-Mann-Joaquin umdrehte.

»Du siehst deinem Bruder überhaupt nicht ähnlich«, platzte es aus ihr heraus, bevor sie sich zurückhalten konnte. Davis war süß, aber eher knapp eins achtzig groß und wesentlich muskulöser. Er hatte dunkle Haare und Augen und konnte vermutlich mit einem Hochhaus Bizepscurls machen. Kurz, er hatte nichts mit dem schlanken, traumhaften Joaquin gemeinsam. Was sie wieder zur Frage des Tages führte: Warum hatte keiner sie vorgewarnt?

Später würde sie sich ihre Schwester ordentlich zur Brust nehmen und ihr sagen, dass sie so etwas nie wieder tun durfte. Aber bis dahin würde sie es irgendwie schaffen müssen, sich zusammenzureißen.

»Also …«, sagte sie und wünschte, sie wäre mit natürlichem Charme und Witz geboren worden. Doch so war sie einfach nur ihr normales, leicht schräges Selbst. »Du bleibst bis zur Hochzeit in Fool's Gold.«

»An der Hochzeit nehme ich sogar noch teil.«

Äh, logisch. Er würde bestimmt nicht vor dem großen Tag abreisen. Und auch logisch, dass brillante Chirurgen eine sehr präzise Sprache benutzten.

»Das ist ganz schön lang«, murmelte sie und dachte, dass

es ihr nun, nachdem sie ihn gesehen hatte, nicht mehr ganz so lang vorkam. Moment mal … Machte sie das oberflächlich? Vermutlich ja. Sie hatte die ganze Zeit gejammert und geschmollt, weil sie sich um Joaquin kümmern musste. Und nun, wo sie gesehen hatte, wie heiß er war, war alles nur noch halb so schlimm? Oh Gott, sie war ein schrecklicher Mensch. Tja, dumm gelaufen, und gerade hatte sie noch gedacht, sie hätte ihr Karma im Griff.

»Ganz schön lang? Ja, das stimmt wohl, aber ich, äh, wollte mal ein paar Wochen freimachen. Ich habe in letzter Zeit viel gearbeitet. Und auch wenn ich das gerne tue, ist es für alle besser, wenn ich ausgeruht bin.«

Während er sprach, wandte er leicht den Blick ab. Kurz hatte Abby das Gefühl, dass er ihr nicht die Wahrheit sagte. Was garantiert totaler Unsinn war. Ohne Zweifel war er nur bescheiden, weil gottgleiche Kreaturen das nun mal waren.

»Ich freue mich auch schon sehr auf die Hochzeit«, fügte er an.

»Wirklich?«, fragte sie, bevor sie sich zurückhalten konnte. Sie unterdrückte ein Stöhnen. »Ich meine, du bist nicht oft hier gewesen«, fügte sie rasch hinzu. »Also dachte ich, dass du das Ganze vielleicht nicht gutheißt oder so.« Schon während sie sprach, merkte sie, wie lächerlich sie klang. »Also nicht dass du Melissa nicht gutheißt. Wie könntest du auch? Sie ist super. Oder nicht? Sie ist so klug. Wesentlich klüger als ich. Sie ist Anwältin. Internationales Recht. Und Davis macht was mit Finanzen. Aber das weißt du ja schon.« Ihre Stimme verebbte. Warum musste sie nur klingen wie eine Idiotin?

Er lächelte schief. »Ja, über Davis' Karriere in der Finanzwelt weiß ich Bescheid.«

»Du kennst vermutlich auch die Einzelheiten.«

»Richtig.«

»Und verstehst sie.«

»Ja.«

Seufzend entschied sie, das Thema fallen zu lassen. »Du warst Weihnachten nicht dabei. Musstest du arbeiten?«

»Ja.«

»Leben retten und so?«

»Zum Großteil.«

Sie schaute in seine dunkelblauen Augen und hätte schwören können, dass sie Vögel zwitschern hörte. »Damit andere Menschen bei ihren Familien sein können?«

»Es ist für mich leichter als für andere, diese Schichten zu übernehmen.«

Natürlich war es das. Abby verbrachte die Feiertage damit, Kekse zu backen, Geschenke einzupacken und mit ihren Freundinnen abzuhängen.

»Vielleicht sollte ich auch irgendwo ehrenamtlich helfen«, murmelte sie.

»Wie bitte?«

»Nichts. Tja, nun bist du also hier, und es ist nett, dich kennenzulernen. Hast du Pläne für deine Zeit hier in der Stadt?«

»Eigentlich nicht. Ich hatte gehofft, ich könnte einfach mitmachen, bei was auch immer du so vorhast. Also, wenn das nicht zu viel Mühe macht.«

Das klang zwar köstlich, aber sie musste auch ehrlich sein. »Du bist mehr als willkommen mitzumachen, aber ich habe noch eine ganze Menge Dinge für die Hochzeit zu erledigen. Da ist vor allem dieses besondere Projekt, von dem meine Schwester noch nichts weiß, das sie aber lieben wird, und dafür sind noch viele Einzelheiten zu klären.«

»Klingt lustig.«

»Bist du sicher? Denn das ist hauptsächlich Familienkram. Oh, wow, du musst die Familie ja noch kennenlernen. Wappne dich, der Hendrix-Clan ist riesig. Wenn man uns einlädt, kann man die Idee von einer kleinen Hochzeit vergessen. Allein die unmittelbare Familie umfasst schon mindestens vierzig Leute. Dazu Freunde von der Arbeit, vom College, aus Fool's Gold und von außerhalb. Es werden über dreihundert Gäste sein.«

Joaquin zog eine Augenbraue in die Höhe. »Ich kann mir nicht vorstellen, dass Davis so viele Leute kennt. Also nicht gut genug, um sie auf seine Hochzeit einzuladen.«

»Ja, viele kommen von Melissas Seite. Das ist nicht schwer. Ehrlich. Mein Dad hat fünf Geschwister, die alle Ehefrauen und Kinder haben. Und so geht es immer weiter. Auch wenn ich zugeben muss, dass ich kein Fan von großen Hochzeiten bin. Ich mag es lieber klein und intim. Aber bei meiner Familie ist das leider unmöglich.«

»Was hält dein Verlobter von deinen Hochzeitsplänen?«

Verlobter? Sie lachte. »In meinem Leben gibt es keinen Mann. Ich meinte eben eher ›eines Tages‹. Ich habe keinen Freund.«

Sie presste die Lippen zusammen und ermahnte sich, nicht weiter über ihren Singlestatus zu reden. Verzweiflung stand niemandem gut. Nicht, dass sie verzweifelt war. Das war sie nicht. Ehrlich, es gefiel ihr, Single zu sein. Diese ganze Beziehungsnummer war vollkommen überbewertet. Jedenfalls war sie das bis vor einer Viertelstunde gewesen.

»Was ist mit dir?«, fragte sie. »Kommst du in Begleitung auf die Hochzeit?«

»Nein. Ich komme allein.«

Yay! Sie konnte sich gerade noch davon abhalten, auf der Stelle zu tanzen.

»Nur um sicherzugehen: Du hast wirklich nichts dagegen, bei den Hochzeitsvorbereitungen mitzumachen?«

»Nein, habe ich wirklich nicht«, entgegnete er.

»Wir werden Kerzen bemalen, Besorgungen machen, Einzelheiten checken. Dazwischen kann ich dir die Stadt und so zeigen …« Oh Gott, das klang alles so langweilig.

Doch anstatt sich zu beschweren, lächelte Joaquin. »Ich habe keine Ahnung, wie man Kerzen bemalt, aber ich lerne gerne Neues und werde mit Gusto den Pinsel schwingen – oder was auch immer man tun muss.«

»Du bist so viel netter, als ich erwartet hatte.« Die Worte waren raus, bevor Abby über sie hatte nachdenken können. Sie zuckte zusammen.« Also, ich meine, natürlich habe ich nicht gedacht, dass du *nicht* nett bist, aber ich hatte befürchtet, dass du … steifer bist. Na ja, weil du doch Arzt bist und so.« Sie seufzte. »Ich höre jetzt auf zu reden.«

Wieder glitt Joaquins Blick zur Seite. »Ich habe meine Momente, Abby. Ich kann genauso schwierig und irreführend sein wie jeder andere. Aber für dich werde ich mein Bestes geben, um charmant zu sein.«

Irreführend? Das war ein interessantes Wort.

»Ich bin mir nicht sicher, ob du versuchen musst, charmant zu sein«, murmelte sie. »Okay, wenn du so weit bist, lass mich dir die Stadt vorstellen.«

3. Kapitel

Aus der Nähe war die Stadt genauso seltsam wie aus dem Fenster von Joaquins Hotelzimmer aus. Die Hauptstraße wurde von unzähligen kleinen Läden gesäumt. Blumenampeln hingen an Straßenlaternen, und vor einigen Boutiquen standen kleine Wasserschüsseln für Hunde. Es gab Banner und Poster, und jeder grüßte jeden. Um ehrlich zu sein, war so viel Freundlichkeit seine persönliche Vorstellung der Hölle, aber fürs übergeordnete Wohl würde er es ertragen.

Abby Hendrix war ganz anders als gedacht. Sie war fröhlich und lebendig und strahlte ausreichend Energie aus, um ein ganzes Stadtviertel zu erhellen. Außerdem war sie unerwartet hübsch, auf eine unkonventionelle Weise. Mit Sommersprossen auf blasser Haut und großen grünen Augen. Ihr Haar trug sie in einem kurzen, stacheligen Schnitt, der ihr gut stand. Sie hatte volle Lippen, doch was ihn am meisten überraschte, war, dass er es überhaupt bemerkt hatte. Was Frauen anging, achtete er normalerweise nicht auf die Details.

Aber sie hat was, dachte er. *Diese Energie.* Er war ein Anhänger der Theorie, dass Menschen eine Lebenskraft besaßen, die bestimmte, wer sie waren. Eine starke Lebenskraft konnte bei einer schwierigen Operation den Unterschied zwischen Erfolg und Misserfolg ausmachen. Patienten, die etwas hatten, wofür es sich zu leben lohnte, hatten bessere Chancen, eine ungünstige Prognose zu schlagen. Abby war so voller Elan, und ihre fröhliche, positive Ausstrahlung zog ihn nicht nur an, sondern sorgte seltsamerweise auch dafür, dass er sich langsam entspannte.

»Während der Maya-Zeit hat sich eine Gruppe Frauen aufgemacht und ist in den Norden gezogen. Sie haben sich die Máa-zib genannt, was man grob mit ›wenig Menschen‹ übersetzen kann.« Sie sah ihn an. »Sie haben sich hier niedergelassen und Männer nur in ihren Kreis aufgenommen, um die Frauen, äh … zu schwängern. Dann mussten sie wieder gehen.«

»Frauen benutzen Männer schon seit Generationen für Sex«, sagte er seufzend. »Wir ertragen das, so gut wir können.«

»Ach, bitte. Wie auch immer, das ging ein paar Hundert Jahre so, aber irgendwann durften die Männer dann bleiben.«

»Wir Glücklichen.«

»Jeder hätte sich glücklich schätzen können, bei den Máa-zib zu leben. Na ja, dann ist irgendetwas passiert. Niemand weiß, ob sie woanders hingezogen oder ausgestorben sind oder ob sie immer mehr Menschen aufgenommen haben. Auf jeden Fall ist der Stamm verschwunden. Zu Zeiten des Goldrauschs war diese Gegend unbesiedelt. Fool's Gold ist als Stadt um die Goldminen herum entstanden und besteht seitdem.«

Sie hielt inne und schaute zum Hotel zurück. »*Ronan's Lodge* war ursprünglich ein Wohnhaus, das ein Mann für seine eine wahre Liebe gebaut hat. Damals hieß es *Ronan's Folly*, weil die Leute es für eine Torheit hielten.« Sie gingen weiter. »Außerhalb der Stadt gibt es eine verlassene Goldmine. Geh da nicht hin. Das ist wirklich gefährlich. Ansonsten sind wir sehr gastfreundlich. Wir haben Berge und Weingüter und viele interessante Firmen.«

Es ist so leicht, mit ihr zusammen zu sein, dachte er, während sie weiter über die Stadt plauderte. Normalerweise hatte er Schwierigkeiten, sich mit Leuten zu unterhalten, weil er nicht wusste, was er sagen sollte. Bei der Arbeit war das kein Problem, aber ansonsten verursachte der soziale Umgang mit anderen Menschen ihm Unbehagen. Doch bei Abby schien er immer zu wissen, was er als Nächstes sagen sollte. Wie unerwartet. Vielleicht lag es gar nicht an ihm, sondern an diesem seltsamen Ort. Oder daran, dass ihn seine Mission mit Hoffnung erfüllte. Wie auch immer, er war dankbar, dass er sich nicht unbehaglich und wie ein Stummfisch fühlte.

»Viele Firmen im Ort gehören Frauen oder werden von ihnen geleitet«, fuhr Abby fort. »Das ist irgendwie cool. Es gibt eine PR-Agentur namens *Score*, die vier Besitzer hat. Drei von ihnen sind ehemalige Footballspieler, aber das wirkliche Sagen hat Taryn Whittaker. Die Jungs könnten sie mit zwei Fingern zerbrechen wie einen Zweig, und doch hält sie die drei auf Spur. Aber wir gehen jetzt da hin.«

Sie zeigte quer über die Straße auf eine Feuerwache an der Ecke.

Er folgte ihr an den großen, glänzenden Feuerwehrwagen vorbei, die parat standen, um jeden Moment auszurücken. Abby begrüßte alle Feuerwehrleute und ging direkt durch nach hinten in ein kleines Büro.

Joaquin nickte den Leuten zu und war dankbar, dass Abby ihm nicht jeden vorstellte. Er würde diese Menschen vermutlich nie wiedersehen –, wozu sich also Mühe geben? Außerdem war Small Talk so anstrengend. Er würde nur wieder das Falsche sagen oder fragen. Menschen waren so sensibel, was diese Dinge anging, und das Ende vom Lied war jedes Mal, dass er sich zurückzog, um niemanden zu belästigen.

Die Frau hinter dem Schreibtisch im Büro war groß und breitschultrig. Sie vermittelte den Eindruck, dass sie wusste, was sie tat. Joaquin spürte, wie er sich entspannte.

»Hey, Charlie.«

Charlie lächelte. »Ich hatte schon auf deinen Besuch gewartet. Ich bin froh, das loszuwerden. Es fühlte sich an wie Hausaufgaben.«

»Das war es ja auch.« Abby grinste. »Ich war bereit, ein ernstes Wort mit dir zu reden, wenn du noch nicht fertig bist.« Sie deutete auf Joaquin. »Charlie, das ist Joaquin Kincaid, Davis' Bruder.«

Charlie stand auf und schüttelte ihm die Hand. »Der geheimnisvolle Bruder, den niemand jemals gesehen hat. Schön, dich kennenzulernen.«

Er nickte, ohne etwas zu erwidern. Er war vieles, aber geheimnisvoll gehörte nicht dazu.

»Joaquin ist vor der Hochzeit ein paar Wochen in der Stadt. Ich zwinge ihn dazu, mir mit allen möglichen Erledigungen in letzter Minute zu helfen.«

Charlie sah sie an. »Du weißt, wenn du Hilfe brauchst, musst du nur fragen. Wir können innerhalb weniger Stunden einen Arbeitstrupp zusammenstellen.«

»Danke, aber ich habe alles im Griff.« Sie ließ ein Lächeln aufblitzen. »Oder – besser gesagt – Melissa und meine Mom. Ich helfe nur aus.« Sie streckte ihre Hand aus.

Charlie holte eine große Karteikarte aus der Schreibtischschublade. »Bitte sehr.«

Abby nahm sie und überflog die Vorderseite. Ihre Augenbrauen schossen in die Höhe. »Bist du sicher, dass du das auf der Hochzeit sagen willst?«

»Ach, bitte. Glaubst du nicht, dass fast alle Gäste schon mal Sex hatten?«

Abby grinste. »Ja, der Prozentsatz ist vermutlich hoch.« Sie wedelte mit der Karte. »Danke.«

Dann umarmten sie einander kurz.

»Schön, dich kennengelernt zu haben«, sagte Charlie zu Joaquin.

Er nickte und folgte Abby durch das Gebäude auf die Straße.

»Vermutlich fragst du dich, was das alles sollte«, sagte sie. »Ich habe verschiedene Pärchen aus der Stadt, die Melissa kennen, gebeten, einen Ratschlag für eine gute Ehe aufzuschreiben. Diese Sätze drucke ich dann auf große Karten. Während der Feier wird jeder seine Karte vorlesen. Ich glaube, das wird eine lustige Überraschung.«

»Sehr kreativ«, sagte er. »Was hat Charlie geschrieben?«

Sie warf einen Blick auf die Karte. »Geht wütend ins Bett. Niemand kann gut streiten, wenn er müde ist. Vertragt euch am Morgen wieder und habt dann Sex unter der Dusche.«

Er blinzelte. »Das will sie auf der Feier sagen?«

»Sieht so aus.« Sie sah ihn an. »Weißt du, was das Beste ist? Ich habe auch eine Karte von ihrem Mann. Sein Rat ist, nicht sauer ins Bett zu gehen.« Sie kicherte. »Viele Pärchen geben echt interessante Ratschläge. Das wird lustig.«

Sie steckte die Karte in ihre Handtasche. »Charlies Mann Clay war mal Hinternmodel.«

»Wie bitte?«

»In Filmen und für Anzeigen und so. Offenbar hat er einen tollen Po. Den habe ich natürlich nie live gesehen. Nur auf Fotos.«

Was sie sagte, ergab überhaupt keinen Sinn. »Die Frau, mit der wir gerade gesprochen haben, ist mit einem Hinternmodel verheiratet?«

»Richtig. Aber Clay hat sich aus dem Geschäft zurückgezogen. Auch wenn mir die Vorstellung gefällt, einen so tollen Hintern zu haben, fände ich es seltsam, wenn alle sich auf diesen einen Körperteil von mir konzentrieren. Außer es wird richtig gut bezahlt, dann käme ich damit vermutlich klar.«

»Was hast du eigentlich für einen Beruf?«

»Ich bin Grundschullehrerin.« Ihre Augen strahlten. »Ich habe meinen Abschluss und mein Referendariat gemacht, und im September bekomme ich meine erste eigene Klasse hier in Fool's Gold. Ich freue mich wahnsinnig darauf und habe gleichzeitig total Schiss. Ich will die Beste sein, weißt du? Lehrer haben einen großen Einfluss auf das Leben von Kindern. Ich hoffe, dass ich gut genug bin.«

Eine Lehrerin. Ja, das konnte er sich gut vorstellen. Ihre Energie, ihre fröhliche Persönlichkeit, das passte. »Die Kinder werden dich sicher lieben.«

»Nicht nur mögen, sondern lieben?«

Er erkannte den neckenden Unterton in ihrer Stimme. Normalerweise neckten die Leute ihn nicht, dazu war er nicht der Typ. Doch er hatte das immer gewollt – natürlich nur auf nette Art. Und hier hatte er es. Schon wieder unerwartet.

Er lächelte sie an. »Ja, lieben.«

»Okay, jetzt fühle ich mich besser.«

»Was hast du dir nur dabei gedacht?«, sagte Abby später am Abend, als sie mit ihrer Schwester telefonierte.

»Was habe ich mir wobei gedacht?«

»Joaquin. Du hättest mich vorwarnen können, dass er so umwerfend ist.«

»Du findest ihn attraktiv?«

Abby ließ sich rücklings aufs Bett fallen und verdrehte die Augen. »Und du nicht? Ich weiß, du bist total verknallt in Davis, aber komm schon. Joaquin ist echt heiß.«

»Wenn du das sagst.« Sie hörte das Lächeln in Melissas Stimme. »Willst du damit sagen, dass Zeit mit ihm zu verbringen nicht ganz so schrecklich ist, wie du gedacht hast?«

Abby lachte leise. »Es ist nicht leicht, aber ich bekomme das hin.« Sie setzte sich wieder auf. »Ehrlich gesagt ist er sehr nett. Und lustig. Ich dachte, er wäre so ein kluger, steifer Typ, aber das ist er nicht. Okay, er ist klug, aber auf gute Weise. Ich habe ihm heute die Stadt gezeigt und so.«

»Und so? Was soll das heißen?«

»Nichts. Aber er ist nett.«

»Wie nett?«

Wieder verdrehte Abby die Augen. »Ich kenne ihn erst seit einem Tag. Zuerst dachte ich, er wäre ein Nerd, aber das ist er nicht.«

»Ja, offensichtlich ist er ein ziemlicher Hammer. Wer hätte das gedacht? Abby und Joaquin, Abby und Joaquin …«, sang Melissa.

»Ich lege jetzt auf«, sagte Abby lachend. »Bis später.«

»Bis später.«

Abby sagte sich, dass das Flattern in ihrem Magen von der Zimtschnecke zum Frühstück kam und nicht davon, dass sie sich darauf freute, Joaquin zu sehen. Ja, er war unerwartet attraktiv, und sie verbrachte gern Zeit mit ihm, aber das lag nur daran, dass sie etwas viel Schlimmeres erwartet hatte. So toll war er nun auch wieder nicht – einfach nur besser als befürchtet. Heute würde sie sehen, dass er ein ganz normaler Kerl war und sie nichts für ihn empfand und dass die Zimtschnecke wirklich an allem schuld war.

Sie marschierte auf die Tür seines Hotelzimmers zu und klopfte an. Er öffnete lächelnd.

»Abby!«

Und da war er. Ein kurzer Tritt in den Magen, der sie daran erinnerte, dass Joaquin noch genauso *wow* war, wie sie ihn in Erinnerung hatte.

»Hi. Ich habe ein paar Bastelprojekte, die ich wirklich in den nächsten Tagen fertigstellen muss. Du kannst gerne mitmachen, aber wenn du bei dem Gedanken schreiend in die Nacht hinauslaufen willst, habe ich dafür vollstes Verständnis.«

Er trat auf den Flur hinaus und schloss die Tür hinter sich. »Ich habe noch nie etwas gebastelt, aber ich freue mich darauf, es zu lernen.«

Ihr blieb der Mund offen stehen. »Was? Jeder hat mal was gebastelt. Wenigstens in der Schule oder so.«

»Ich nicht. Ich bin nicht auf diese Art von Schule gegangen.«

»Auf was für eine denn?«

»Mit drei Jahren habe ich Privatunterricht bekommen, dann bin ich auf eine Privatschule für Hochbegabte gegangen. Mit zehn war ich schon auf dem College.« Er zuckte mit den Schultern. »Da gab es keine Bastelstunden. Ich habe aber schon Leute gesehen, die so was im Wartezimmer des Krankenhauses gemacht haben.«

Ein Anflug von Traurigkeit zupfte an ihrem Herzen. Natürlich war es toll, dass er so brillant war, aber was für ein Leben hatte er bisher geführt? Hatte es je Zeit für Spaß oder Freunde oder dafür gegeben, einfach nur ein Kind zu sein? Doch diese Fragen zu stellen kam ihr unhöflich vor, also nickte sie nur.

»Klingt logisch. Ich verspreche dir, in den nächsten paar Wochen wirst du ein wahrer Bastelkönig.«

»Danke.«

Sie verließen das Hotel und gingen in Richtung von Abbys altem Wohnviertel.

»Bist du hier aufgewachsen?«, fragte er.

»Ja, geboren und aufgewachsen. Im Moment wohne ich bei meinen Eltern. Am ersten September kann ich in meine eigene Wohnung ziehen. Das wird bestimmt toll, aber auch seltsam, weißt du. Ich habe immer zu Hause oder im Studentenwohnheim mit meinen Freundinnen zusammengewohnt. Aber dann werde ich ganz allein sein.«

»Hast du Angst, dich einsam zu fühlen?«

»Nicht wirklich. Ich habe viele Freunde, und meine Eltern wohnen nur drei Meilen entfernt.« Sie sah ihn an. »Du bist allein, seitdem du ein Kind warst.«

»So war es für alle Beteiligten einfacher.«

»Hast *du* dich je einsam gefühlt?«

In seinen Augen blitzte etwas auf, und er drehte den Kopf weg. »Ab und zu. Ich war immer jünger als die anderen Studenten und eine Art Freak, wie du dir vorstellen kannst.«

»Das ist jetzt, wo du älter bist, bestimmt besser«, merkte sie an.

»Ja, das hilft.« Er ließ ein Lächeln aufblitzen. »Zumindest passt mir jetzt der weiße Kittel.«

Ja, und Joaquin sah bestimmt ziemlich gut darin aus.

»Wo bist du aufs College gegangen?«, wollte sie wissen.

»Fürs Grundstudium nach Stanford. Dann habe ich ein paar weiterführende Studien in Oxford gemacht, bevor ich auf die *Johns Hopkins Medical School* gegangen bin. Was ist mit dir?«

»Ich, äh, bin auf die *University of California* gegangen und habe mein Referendariat im San Fernando Valley gemacht. Das ist im Vergleich nicht sonderlich beeindruckend.«

Er blieb stehen und lächelte sie an. »Abby, du bist sehr beeindruckend, so wie du bist.«

Wirklich? *Wirklich?* Sie erwiderte das Lächeln. »Danke.«

»Gern geschehen. Erzähl mir von deinen Eltern.«

Das ist ein einfaches Thema, dachte sie glücklich. »Die beiden sind super. Ethan, mein Dad, ist das älteste von sechs Kindern. Er leitet ein Unternehmen für Windturbinen vor der Stadt. Meine Mom ist Liz Sutton.« Sie hielt kurz inne.

Joaquin sah sie ausdruckslos an. »Sollte der Name mir etwas sagen?«

»Ich habe mich gefragt, ob du den Namen kennst. Mom ist eine bekannte Krimiautorin. Sie ist supererfolgreich, und du solltest dich nicht mit ihr anlegen, denn sie weiß, wie man eine Leiche am besten verschwinden lässt.«

Er lachte leise. »Das werde ich im Hinterkopf behalten.«

»Ja, das solltest du auch.«

Sie bogen in das ruhige Viertel ein, in dem Abby und ihre Familie seit über zehn Jahren wohnten.

»Meine Eltern sind wirklich gute Menschen. Mein Dad ist vor mehreren Jahren gestorben –, und meine leibliche Mutter, als ich noch klein war.« Ihr Vater war im Gefängnis an

Krebs gestorben, aber Abby glaubte nicht, dass diese Information sonderlich wichtig war. »Liz und Ethan haben Melissa und mich adoptiert, als sie vierzehn und ich elf war. Sie haben einen gemeinsamen Sohn, Tyler. Er ist so alt wie ich und im Moment mit Freunden in Europa. Für die Hochzeit kommt er zurück, danach zieht er nach Washington, D.C., wo er ein Praktikum beim Senator von Kalifornien machen wird. Wo ich jetzt so darüber nachdenke … Ich bin die Einzige von uns Geschwistern, die in Fool's Gold geblieben ist. Ich bin eben ein Heimatmädchen.«

»Du bist auf die UCLA gegangen. Das ist nicht nah dran.«

Sie lächelte. »Das habe ich nur gemacht, weil sie mich gezwungen haben. Sonst wäre ich hier auf das örtliche College gegangen.«

Vor dem vertrauten großen Haus blieb sie stehen. Es sieht nach einem glücklichen Ort aus, dachte sie wieder einmal, mit dem gepflegten Rasen und den vielen Fenstern. Es gab ausreichend Schlafzimmer und ein großes Esszimmer, das Platz für die gesamte Familie bot.

»Da sind wir schon. Meine Mom hat ein Büro neben der Garage. Das war toll für uns Kinder damals, denn so konnten wir Freunde einladen und so viel Krach machen, wie wir wollten, ohne sie zu stören. Und trotzdem war sie in der Nähe.«

Joaquin sah erst sie, dann das Haus an. »Das klingt idyllisch.«

»Es war einfach eine ganz normale Kindheit.« Etwas, das er nicht gehabt hatte, wie sie sich in Erinnerung rief. »Wünschst du dir jemals, dass du anders wärst, als du bist? Also normal, schätze ich?«

»Nicht oft, aber manchmal frage ich mich, wie es gewesen

wäre, nicht so ungewöhnlich zu sein. Nur würde ich das, was ich tue, gegen nichts in der Welt eintauschen.«

»Tja, wenn man schon anders sein muss als die meisten Menschen, ist besonders klug zu sein wohl eine der besten Varianten.«

»Das sehe ich auch so.«

Lächelnd gingen sie ins Haus. Abby versuchte, es durch Joaquins Augen zu sehen, aber dazu war ihr alles zu vertraut. Sie wusste, wo sie jedes Jahr den großen Weihnachtsbaum aufstellten und wie es sich anfühlte, auf dem Sofa zu sitzen.

Joaquin schaute sich um, sah zu der hohen Decke hinauf und warf einen Blick in das große Esszimmer.

»Sehr nett.«

»Danke. Der Hobbyraum ist unten. Da findet die Bastelmagie statt.«

Sie ging voran in die Küche, wo sie Getränke und ein paar Snacks holen wollte. Ihre Mom war da und machte sich gerade einen Tee.

»Hi, Mom.«

»Abby.« Liz lächelte herzlich, als ihr Blick zu Joaquin glitt. »Ah, der mysteriöse Dr. Kincaid, nehme ich an. Endlich haben wir Sie in unseren Fängen.«

Joaquin ging mit ausgestreckter Hand auf sie zu. »Wie schön, Sie kennenzulernen.«

»Gleichfalls. Willkommen in Fool's Gold. Wie gefällt Ihnen unsere kleine Stadt?«

»Sie ist sehr ansprechend.«

»Wir mögen es hier.« Liz schaute kurz in die Teekanne auf der Arbeitsfläche und setzte den Deckel wieder drauf. »Die Worte fließen heute nicht so richtig, und mir gehen die

Ausreden aus, nicht ins Büro zu gehen. Brauchen Sie zufällig bei irgendetwas Hilfe?«

Abby ignorierte den hoffnungsvollen Ton. »Mom, geh. Du weißt, dass du dich besser fühlst, sobald du angefangen hast zu schreiben. Joaquin und ich werden die Platzkarten fertig machen und dann mit dem Vogelfutter anfangen.«

»Tja, ihr habt den ganzen Spaß, während ich herausfinden muss, warum mein Serienmörder einen netten Botaniker umbringen will.« Sie umarmte Abby kurz und nahm dann die Teekanne in die Hand. »Schön, dass ich jetzt ein Gesicht zu dem Namen habe, Joaquin. Sagen Sie Bescheid, wenn ich irgendwie helfen kann.«

Er nickte.

Nachdem Liz die Küche verlassen hatte, wandte Joaquin sich an Abby.

»Es ging eben um ihren Roman, oder?«

Abby lachte. »Ja. Ich verspreche dir, meine Mutter bringt im echten Leben niemanden um. Sie ist sehr süß. Ich dachte an Eistee und Kekse, um unser Energielevel hochzuhalten. Oder bist du Veganer?«

»Kein Veganer«, antwortete er lächelnd.

Abby versuchte, das Flattern in ihrem Magen zu ignorieren. Was ist das nur mit diesem Mann?, fragte sie sich. Ihre Reaktion auf ihn war so verwirrend.

Sie gingen nach unten in das ehemalige Spielzimmer, das jetzt ein Handarbeiten-Bastel-Heimwerker-Zimmer war. Es gab ein paar lange Tische und Klappstühle und einen ganzen Schrank voller Bastelbedarf.

Abby stellte die Snacks auf einen Tisch und bedeutete Joaquin, an einem anderen Tisch Platz zu nehmen.

»Wir haben zwei Hauptprojekte«, erklärte sie. »Das eine

sind die Platzkarten. Ich hatte gehofft, sie schon vor ein paar Tagen fertig zu haben, aber ich wurde abgelenkt.« Von dem Gedanken, dass Joaquin nach Fool's Gold kommen wird, dachte sie. Wenn sie nur gewusst hätte, dass es gar keine schwierige Aufgabe werden würde, ihm ihre Welt zu zeigen.

Sie deutete auf die fertigen Karten. »Das ist ziemlich leicht, aber mühselig. Man muss nur die Dekoblüten draufkleben. Wie genau, siehst du auf den fertigen Karten. Am besten gibst du ein wenig Kleber auf einen Pappteller und streichst ihn dann mit einem Zahnstocher auf die Rückseite der Blüten.« Sie zögerte. »Bist du sicher, dass du das machen willst?«

Wir stehen zu eng zusammen, dachte sie, als sie in seine dunkelblauen Augen schaute. Keine Ahnung, wie das passiert war, aber sie würde sich nicht beschweren. Joaquin war hübsch anzusehen, und er war wesentlich weniger nervig und kratzbürstig, als sie gedacht hatte. Ehrlich gesagt hatte sie sogar Spaß mit ihm.

Er lächelte leicht. »Ja, ich bin mir sicher. Ich bin ohne Vorwarnung hier aufgetaucht und habe deine ganzen Pläne durcheinandergebracht. Zu helfen ist das Mindeste, was ich tun kann.«

»Du bist nicht so, wie ich gedacht habe«, sagte sie, ohne nachzudenken, und stöhnte dann. »Ich meine, ich dachte, du wärst formeller.«

»Das kann ich sein. Und üblicherweise bin ich das auch.« Er runzelte die Stirn. »Aus irgendeinem Grund fühle ich mich in deiner Nähe wohl.«

»Wirklich?«

»Ja. Es ist so leicht, mit dir zu reden.« Er schenkte ihr ein verlegenes Lächeln. »Und ich mag es, dass ich dich zum Lachen bringen kann.«

»Oh.« Ihr Herz machte einen kleinen Satz. »Das mag ich auch.«

Ein paar Sekunden lang schauten sie einander an. Dann ermahnte Abby sich, dass sie loslegen mussten, sonst würde sie noch was Dummes sagen und den Augenblick zerstören.

Sie deutete auf einen Stuhl. »Okay, setz dich und bastle.«

Er lachte. »Das ist mein erstes Mal. Ich bin so aufgeregt.«

»Dann musst du öfter mal raus aus deiner Komfortzone.«

»Ja, da hast du vermutlich recht.«

Sie holte ihren Laptop und öffnete das Grafikprogramm. Sobald sie sich endlich für ein Design entschieden hatte, würde sie alle guten Ratschläge der befreundeten Pärchen hochladen. Sie begann, mit verschiedenen Layouts herumzuspielen, nicht sicher, was auf den großen Pappschildern am besten aussehen würde.

Eine leicht zu lesende Schrift, dachte sie und ging ihre Lieblingsschriften durch. Rahmen oder nicht? Wollte sie Blumen in den Ecken, oder wäre das zu unruhig?

Sie verlor sich in ihrer Arbeit, entwarf verschiedene Möglichkeiten, bevor sie alle wieder löschte und von vorne anfing. Sie wollte, dass die Karten hübsch aussahen, aber nicht von den Worten ablenkten. Die Botschaft war wichtig, nicht die Art der Darstellung.

Schließlich entschied sie sich für ein schlichtes Layout. Eine hübsche, kursive Schrift und oben auf der Karte zwei miteinander verbundene Ringe. Sie druckte ein Muster aus und betrachtete es; erst dabei fiel ihr auf, dass bestimmt schon eine Stunde vergangen war und sie sich nicht um Joaquin gekümmert hatte.

»Tut mir leid«, sagte sie an ihn gewandt. »Ich habe mich total in meiner Arbeit verloren.«

»Du warst konzentriert. Aber wo du jetzt eine Pause machst: Sieht das so aus, wie du es dir vorgestellt hast?«

Sie ging zu ihm und musterte die Karten, die er fertig gemacht hatte. Die Perlen waren perfekt platziert. Während sie zusah, nahm er eine Perle auf, tupfte etwas Kleber darauf und drückte sie an die richtige Stelle.

»Du hast sehr ruhige Hände«, merkte sie an.

Er schaute auf. »Ja, das ist eine Art Berufskrankheit.«

»Oh nein!« Sie riss die Augen auf. »Du bist ja ein berühmter Chirurg. Da sollte ich dich nicht bitten, so etwas zu machen.«

»Warum nicht? Es ist die Hochzeit meines Bruders. Ich meinte das ernst, Abby, als ich gesagt habe, dass ich helfen will.«

»Trotzdem. Was für eine Verschwendung.«

Seine Augen leuchteten humorvoll auf. »Hast du eine Operation, die ich stattdessen durchführen soll? Einen Patienten, der im Hinterzimmer wartet?«

»Nein. Natürlich nicht.«

»Dann lass gut sein. Diese Arbeit ist seltsam entspannend. Und woran hast du gearbeitet?«

Sie zeigte ihm das Design, für das sie sich letztendlich entschieden hatte. »Ich möchte, dass es zurückhaltend, aber hübsch ist. Die Botschaft ist wichtig, nicht das Layout.« Sie zögerte. »Ist es zu schlicht?«

»Ich denke, das wird ihnen gut gefallen.«

»Danke. Das hoffe ich. Ich möchte, dass sie sich über die Überraschung richtig freuen.« Sie sah noch einmal den Ausdruck an. »Okay, ich werde die ganzen Ratschläge hochladen und sie an das Grafikbüro schicken. Dann helfe ich dir mit den restlichen Platzkarten, und danach können wir mit dem Vogelfutter anfangen.«

Joaquin zog die Augenbrauen zusammen. »Vogelfutter?«

»Um das Brautpaar damit zu bewerfen.«

»Dazu nimmst du keinen Reis?«

»Reis ist schlecht für Vögel. Den sollen sie nicht fressen. Vogelfutter ist die sichere Variante.«

Er sah sie an und lächelte. »Und wir mögen Vögel?«

»Wir mögen alles in der Natur.«

»Sogar Schlangen und Spinnen?«

»Von denen halten wir uns fern, aber wir mögen sie trotzdem.«

»Du bist sehr fair.«

»Ich bemühe mich.«

Sie kehrte an ihren Computer zurück. Irgendwie war Joaquin ein ziemlich cooler Kerl. Was nichts zu bedeuten hat, ermahnte sie sich. Mit ihm Zeit zu verbringen war einfach Teil ihrer Aufgabe. Wenn sie dabei noch Spaß hatte, umso besser.

4. Kapitel

Joaquin hatte angenommen, dass ein Morgen mit Bastelarbeiten die reinste Folter wäre, aber er stellte fest, dass er die Erfahrung tatsächlich genoss. Die eintönige Tätigkeit hatte seinen Geist beruhigt, und den wachsenden Stapel an fertigen Platzkarten zu sehen war seltsam befriedigend gewesen. Dabei mit Abby in einem Raum zu sein war nur ein Bonus. Er mochte es, Zeit mit ihr zu verbringen. Zwischendurch hatte er immer wieder einen Blick zu ihr hinübergeworfen und ihr Mienenspiel beobachtet, während sie ihr Projekt fertiggestellt hatte.

Sie war schön, aber die Anziehungskraft lag nicht allein in ihrem Äußeren. Hinzu kam die Energie, die sie verströmte. Das hatte er schon früher am Tag gedacht. Sie zog ihn einfach an.

»Wir sollten zum Mittagessen in *Jo's Bar* gehen«, erklärte Abby kurz nach Mittag. »Die ist ziemlich einzigartig.«

»Vegan?«, fragte er lächelnd.

Sie lachte. »Auf keinen Fall. Bei Jo kommen auch Fleischesser auf ihre Kosten. Außerdem gibt es dort die besten Nachos. Und Margaritas, aber dafür ist es noch ein wenig früh am Tag. Bist du damit einverstanden?«

Einverstanden – womit? Zu *Jo's Bar* zu gehen? Oder ging es um die besten Nachos oder die Tatsache, dass man so früh am Tag noch keine Margaritas trank? Das Ganze war etwas unklar, aber das war ihm egal. Was zählte, war, sie zum Lächeln oder Lachen zu bringen. Außerdem war ihm Essen noch nie wichtig gewesen. Wie so viele Dinge in seinem Leben war es nur Mittel zum Zweck. Er brauchte Energie, um zu funktionieren. Und er ernährte sich gesund, weil das seinem Körper guttat.

»Klingt perfekt«, sagte er.

»Gut.«

»Sollen wir deine Mutter einladen?« Nicht, dass er Interesse daran hatte, mit Liz zusammen zu essen, aber vielleicht ergäbe sich eine Gelegenheit, Simon zu erwähnen.

Abby schüttelte den Kopf. »Nein. Wenn sie in ihrem Büro ist, lassen wir sie in Ruhe. Sobald sie einmal loslegt, stört jede Unterbrechung ihre Konzentration.«

Gemeinsam traten sie in den warmen, sonnigen Tag hinaus. Das Viertel ist ganz nett, dachte Joaquin. Auf beiden Seiten der Straße standen Häuser, es gab grüne Vorgärten, Fahrräder, die an Veranden lehnten. So wuchsen vermutlich die meisten Leute auf – in irgendeiner Art von Nachbarschaft. Auch wenn er seine Hochhauswohnung vorzog, verstand er die Anziehung einer solchen Gegend. Wenn man Kinder hatte, war ein Garten schön. Das Haus seiner Eltern hatte auch einen Garten – allerdings war Joaquin nie ein Kind gewesen, das gern draußen gespielt hatte. Er hatte darin keinen Sinn gesehen. Genau wie jetzt. Sport trieb er nur, weil fit zu sein ihm half, ein besserer Chirurg zu sein, aber er mochte die Natur nicht sonderlich. Sie war zu unvorhersehbar.

»Du siehst aus, als würdest du über etwas nachdenken«, riss Abby ihn aus seinen Gedanken.

»Ich habe mich gefragt, wie es wohl war, an so einem Ort aufzuwachsen.«

»Wo bist du denn aufgewachsen?«

»In Schulen und auf Universitäten.«

»Also keine Pfadfinder?«

»Nein.«

»Ich würde gerne sagen, dass das bestimmt schwer war, aber man kann nicht vermissen, was man nie hatte. Hattest du in der Schule Freunde, oder warst du viel jünger als die anderen?«

»Ich bin kein Typ für Freunde.«

»Das glaube ich nicht. Jeder braucht Freunde.« Sie musterte ihn. »Wie ist es bei der Arbeit? Da muss es doch Menschen geben, die du magst.«

»Einige mehr als andere.«

Die Unterhaltung war ihm unangenehm, und doch versuchte er nicht, das Thema zu wechseln. Vermutlich vor allem, weil er wissen wollte, was Abby dachte. Sie hatte eine Perspektive aufs Leben, die ihm gefiel.

»Haben die Leute Angst vor dir?«, fragte sie.

»Einige.«

»Schreist du manchmal rum, oder schweigst du eher herablassend?«

Er zögerte. »Warum fragst du, ob ich herablassend bin?«

»Weil du Dummköpfe nicht gut erträgst. Sagt man das so? Außerdem sind dir deine Arbeit und deine Patienten offensichtlich wichtig, also bist du bestimmt sauer auf alle, die nicht perfekt sind.« Sie lächelte. »Ich ziehe hier fröhlich meine Schlüsse. Sag ruhig Bescheid, wenn ich den Mund halten soll.«

Er dachte an die Krankenschwestern, die sich für seine Schichten nicht mehr meldeten, und daran, wie die Kollegen verstummten, wenn er sich näherte. Mehr als einmal hatte er im Vorbeigehen ein gemurmeltes »Arschloch« gehört.

»Ich bin nicht der beliebteste Chirurg im Krankenhaus.«

»Aber du bist der beste?«

»Manchmal, aber nicht immer.«

»Es muss schwer sein, einen Patienten zu verlieren«, sagte sie leise.

»Das ist es.«

»Tut mir leid.«

Er nickte und dachte, dass so viele Menschen den Satz »Tut mir leid« einfach so dahinsagten, ohne dass er eine Bedeutung hatte. Doch Abby war anders – er wusste, dass es ihr wirklich leidtat.

Kurz überlegte er, ihr von der Patientin mit den Brandverletzungen zu erzählen, die er verloren hatte. Wie hilflos er sich gefühlt hatte, wie verzweifelt er gewesen war, weil er nicht gewusst hatte, wie er ihr helfen konnte. Er tat es jedoch nicht, weil es gefährlich war, der Wahrheit zu nahe zu kommen. Abby durfte nicht erfahren, warum er in der Stadt war.

In diesem Moment wurde ihm klar, dass er sie hinterging. Das hatte er von Anfang an getan, aber mit einem Mal störte es ihn. Sie hatte Besseres verdient.

»Ich kann ein ziemlicher Arsch sein«, sagte er, ohne nachzudenken. »Ich bin ungeduldig und gedankenlos, was mein Verhalten anderen Menschen gegenüber angeht. Wenn jemand einen Fehler macht, habe ich meistens kein Verständnis dafür.«

Er wandte den Blick ab, weil er nicht sehen wollte, wie das Lächeln aus ihren Augen verschwand.

»Weil du keine Fehler machst?«

»Doch, die mache ich. Natürlich versuche ich, es zu vermeiden, aber es kommt vor.« *Selten.* Und er machte nie zweimal den gleichen Fehler.

»Also bist du frustriert und reagierst entsprechend. Das ist nicht ungewöhnlich, aber auch nicht sonderlich liebenswert. Das solltest du ändern.«

Er sah sie an. »Einfach so?«

»Warum nicht? Wenn du so klug bist, sollte das doch nicht so schwer sein, oder?«

Sie lächelte, während sie sprach. Von ihrer Seite aus war das einfach eine Tatsache, keine Verurteilung. In ihren Augen sah er keinerlei Verachtung oder Spott. Das war es vermutlich, was er von Anfang an gespürt hatte – sie war einer dieser seltenen Menschen, die andere so akzeptierten, wie sie waren.

»Du wirst eine außergewöhnliche Lehrerin sein.«

Ihr Lächeln wurde breiter. »Ich glaube, ich kann eine gute Lehrerin sein, aber außergewöhnlich ist ziemlich viel verlangt. Trotzdem danke, dass du das gesagt hast.«

»Ich meine das auch so.«

Jetzt hätte ihr Lächeln eine Großstadt erleuchten können.

Hier, auf einem Bürgersteig in einer albernen kleinen Stadt, überkam Joaquin auf einmal das Bedürfnis, sich vorzubeugen und diese Frau zu küssen. Sie wirklich zu küssen. Er wollte ihre Lippen auf seinen spüren und sie dann vielleicht an sich ziehen. Ja, definitiv an sich ziehen, denn er musste erfahren, wie es sich anfühlte, Abby in den Armen zu halten.

Dieser Drang war mächtiger als alles, was er je zuvor gefühlt hatte, und die Intensität schockierte ihn.

Abby ging wieder los. Er passte sich ihren Schritten an. Während sie nebeneinanderher gingen, grübelte er darüber nach, was gerade passiert war.

Schnell erreichten sie das Zentrum der Stadt.

»Da drüben ist es schon«, sagte Abby und zeigte auf einen Laden, an dem ein Schild mit »Jo's Bar« hing. »Es ist ein wenig anders, also wappne dich.«

»Ich bin voll gewappnet.«

Sie traten ein.

Joaquin hatte eine Bar erwartet, aber das war es nicht. Also nicht im traditionellen Sinne. Zum einen waren die Farben ganz falsch. Die Wände waren in einem blassen Lavendelton gestrichen, und es gab zu viel Licht.

Einen Tresen gab es auch, aber dazu eine Spielecke, in der mehrere kleine Kinder gerade Bauklötze aufeinanderstapelten. Die Fernseher waren ausgeschaltet, und die Kundschaft schien hauptsächlich aus Frauen zu bestehen.

Beinahe alle Köpfe drehten sich zu ihnen um, als sie weitergingen. Mehrere Frauen riefen Abby einen Gruß zu. Joaquin dachte kurz, dass er sich über Simons Frau hätte informieren sollen, damit er sie erkannte, wenn er sie sah.

Abby stellte ihn als Melissas zukünftigen Schwager, den Arzt, vor. Dann suchten sie sich einen kleinen Tisch in einer Ecke. Sobald sie saßen, schaute Abby ihn fragend an. »Vertraust du mir?«

»Ja.«

»Einfach so? Willst du mich nicht fragen, warum oder was ich vorhabe?«

»Ich habe keinen Grund, dir nicht zu vertrauen.«

»Super. Dann bestelle ich für uns.«

Die Kellnerin kam an den Tisch. Abby lächelte. »Zweimal Hühnchen-Nachos und die Limonade des Tages.«

»Kommt sofort.«

»Das Essen wird dich begeistern«, versprach Abby ihm lächelnd.

»Ich bin mir nicht sicher, ob ich schon mal Nachos gegessen habe.«

»Wie bitte? Wie kann das sein? Ich dachte, du bist aus Kalifornien.«

»Ja, aber trotzdem habe ich sie noch nie probiert.«

»Nachos sind doch *das* traditionelle Essen zum Footballgucken. Was ist mit Superbowl-Partys oder dem Cinco de Mayo? Was ist mit …« Das neckende Funkeln in ihren Augen erlosch. »Oh nein. Das ist noch etwas, das du nie getan hast, weil du so brillant bist, oder? Wir sollten eine Liste erstellen und davon so viele Punkte wie möglich abarbeiten, während du in der Stadt bist.«

Dieses Angebot kann ich nicht ablehnen, dachte er und fragte sich, ob er wohl ein paar Küsse auf die Liste schummeln konnte.

Zwei ältere Ladys traten an ihren Tisch. Die mit dem grellroten Trainingsanzug aus Nickistoff musterte ihn.

»Sind Sie wirklich Arzt?«, fragte sie.

Abby seufzte. »Joaquin, das sind Eddie und Gladys. Das ist Joaquin. Er ist neu. Seid nett zu ihm.«

»Ich bin immer nett«, sagte Eddie, ohne den Blick von Joaquin abzuwenden. »Also, sind Sie wirklich Arzt?«

»Ja.«

»Verheiratet?«

Joaquin zog sich leicht zurück. »Nein.«

Eddie wandte sich an Abby. »Du könntest es schlimmer treffen, Missy. Es wurde langsam Zeit, dass du einen Freund hast.«

Gladys warf ihr einen abwägenden Blick zu. »Da hat sie recht. Dieser könnte sich für unsere Hintern-Show qualifizieren.«

Joaquin hatte keine Ahnung, wovon sie sprachen, fürchtete aber, dass es nichts Gutes war. Abby bedeutete den beiden mit einer Geste, aufzuhören.

»Stopp«, sagte sie entschieden. »Ihr macht ihm Angst. Das ist nicht nett.«

»Früher warst du nicht so barsch«, erklärte Eddie schniefend.

»Aber jetzt schon, also gewöhnt euch daran.«

»Ich muss wohl mal ein Wörtchen mit deiner Mutter reden.«

Abby grinste nur. »Mom wird sich auf meine Seite stellen, und das wisst ihr.«

Die beiden Ladys verzogen sich. Joaquin sah ihnen hinterher. »Will ich wissen, was ihre Hintern-Show ist?«

»Vermutlich nicht, aber es war ein Kompliment.« Sie atmete tief ein. »Die beiden haben eine Sendung im Kabelfernsehen. Da zeigen sie die nackten Hintern verschiedener Männer aus der Stadt.« Sie winkte ab. »Das ist irgendwie ihr Ding. Also ist es schmeichelhaft, dass sie dich in Betracht ziehen.«

»Die beiden sind schon ziemlich alt.«

»Ja, aber das solltest du ihnen gegenüber besser nicht erwähnen.«

Er überlegte, was sie noch gesagt hatten. »Warum machen sie sich Sorgen, dass du keinen Freund hast?«

»Sie wollen, dass jeder seinen Partner findet und heiratet. Ich will das auch. Für mich, meine ich, nicht für alle anderen. Irgendwann einmal.«

In ihrer Stimme klang leise Sehnsucht mit.

»Du willst heiraten.«

Sie hob abwehrend beide Hände. »So sollten wir das nicht

ausdrücken. Zu heiraten ist nicht das Ziel, sondern das Resultat. Ich möchte jemand Besonderen kennenlernen und mich verlieben und *dann* heiraten und Kinder bekommen. Vermutlich hätte ich es tun sollen, als ich noch auf dem College war.«

»Es?« Damit meinte sie doch wohl nicht …

»Mich verlieben. Auf dem Campus gab es viele Jungs. Man sollte meinen, dass ich da den einen oder anderen gefunden hätte, aber ich bin nie weitergekommen, als jemanden ganz gernzuhaben. Und jetzt werde ich unter einem Mangel an angemessenen Männern leiden.«

»Gibt es in Fool's Gold keine Singlemänner?«

»Ein paar schon, aber die meisten von ihnen kenne ich schon ewig. Und durch meine Arbeit werde ich niemand Neues kennenlernen.« Sie hob einen Finger. »Keine Beziehungen im Job. Wenn das schiefläuft, wird es hässlich.«

»Das stimmt.«

Sie reckte einen zweiten Finger. »Die Chancen stehen gut, dass die Väter meiner Schüler verheiratet sind. Und selbst wenn einer es nicht sein sollte, ist es immer noch falsch, weil sein Kind in meiner Klasse ist. Ich weiß nicht, wo ich sonst einen Mann kennenlernen soll – außer er wohnt zufällig in dem Haus, in dem meine neue Wohnung liegt.«

Sie klang hoffnungsvoll. Joaquin war nicht sicher, ob ihm die Vorstellung gefiel, dass sie sich in ihren Nachbarn verlieben könnte. »Wenn das schiefgeht, wäre das auch ein Problem. Du würdest ihm weiterhin ständig über den Weg laufen.«

»Stimmt! Siehst du? Ich hätte es auf dem College tun sollen. Was ist mit dir? Hast du es auf dem College getan?«

In ihrer Frage schwang ein leicht zweideutiger Unterton mit. Nein, sagte er sich. Das interpretierte er sicher falsch.

»Du meinst, ob ich mich verliebt habe?«

»Genau.«

»Ich war zwölf, als ich auf dem College war.«

»Oh, stimmt ja. Also nein.« Sie sah ihn an. »Warum siehst du so anders aus als Davis? Er ähnelt deinen Eltern sehr. Gibt es eine entfernte Tante, die groß und blond ist?«

»Du weißt es nicht?«

Abby schüttelte den Kopf.

»Ich bin adoptiert. Meine Eltern glaubten, dass sie keine Kinder bekommen können, und haben mich zu sich genommen. Zwei Jahre später ist Mom schwanger geworden.« Er hatte sich oft gefragt, ob ihr Körper das aus Selbstverteidigung getan hatte, als sie erkannte, wie schwierig es mit ihm sein würde. Das war zwar keine biologisch fundierte Theorie, aber es gelang ihm nicht, den Gedanken abzuschütteln.

»Das wusste ich nicht. Wieso hat mir das niemand erzählt? Dann haben wir eine Gemeinsamkeit. Nur warst du ein Baby und kanntest es nicht anders. Ich kannte meine leiblichen Eltern. Zumindest meinen Dad. An meine Mom erinnere ich mich nicht mehr. Aber jetzt habe ich Liz und Ethan, und die beiden sind super.«

»Und dazu die über vierzig Verwandten.«

»Die auch. Habe ich dir erzählt, dass Ethan Drillingsschwestern hat? Wie um alles in der Welt kommt man mit drei Babys gleichzeitig klar? Das kann ich mir nicht mal ansatzweise vorstellen. Oh!« Sie lächelte. »Das hätte ich beinahe vergessen: Eine meiner Tanten ist mit einem Chirurgen verheiratet. Simon Bradley. Ich weiß nicht, ob du schon mal von ihm gehört hast. Wie auch immer, er und seine Frau wollen uns zum Abendessen einladen. Also nur, wenn du

Lust hast. Ich dachte, du hast bestimmt viel mit Simon gemeinsam.«

Und da ist sie, die große Chance, dachte Joaquin. Ohne irgendeinen Einsatz von seiner Seite. Kurz fühlte er sich schuldig, als würde er etwas Falsches machen. Aber das tust du nicht, sagte er sich. Abby fragte, ob er mit ihrem Onkel gemeinsam zu Abend essen wollte. Es wäre unhöflich, diese Einladung abzulehnen.

»Das klingt gut«, erwiderte er also.

»Super. Ich organisiere was.«

In dem Moment kehrte die Kellnerin mit zwei Gläsern und einem riesigen Teller voller Nachos an ihren Tisch zurück.

»Du wirst sie lieben«, sagte Abby mit Blick auf die Köstlichkeit.

Er lächelte. »Dessen bin ich mir sicher.«

Ich habe total vergessen, dass ich heute früh Sport habe, also kann ich dich erst danach abholen.

Abby drückte »Absenden« auf ihrem Handy und rollte sich wieder auf den Rücken. Das Aufstehen fiel ihr an diesem Morgen schwer, was vor allem daran lag, dass sie in der Nacht nicht gut geschlafen hatte. Gedanken an Joaquin hatten sie lange wach gehalten.

Sie war normalerweise nicht der Typ, der abends im Bett lag und an einen Mann dachte, also verwirrte sie diese Reaktion. Ja, er war lustig und sehr attraktiv, und sie mochte es, mit ihm zusammen zu sein. Na und? Sie hatte eine Hochzeit zu planen und einen Sommer zu genießen und …

Ich mag ihn, gestand sie sich schließlich ein. Ja, sie mochte ihn. Sie wollte Zeit mit ihm verbringen, selbst wenn sie nichts weiter tun würden, als einander gegenüberzusitzen und sich gegenseitig in die Augen zu schauen. Sie verspürte den Drang, albern zu kichern und ihre Freundinnen anzurufen, um über ihn zu reden. Das war peinlich und mehr als nur ein wenig Furcht einflößend. Sie sollte klüger sein – und außerdem war er nur ein Mann.

Leider fühlte er sich nach mehr an, wie sie zugeben musste. Er war …

Was ist das für ein Sport? Ladys only, oder kann ich mitmachen?

Sie setzte sich auf und versuchte, nicht allzu breit zu grinsen.

Männer sind herzlich willkommen, aber es ist anstrengend.

In dem Bewusstsein, gerade eine Herausforderung ausgesprochen zu haben, drückte sie lächelnd auf den Senden-Knopf.

Seine Antwort kam sofort.

Ich bin dabei.

Super. Ich hole dich um Viertel vor neun ab. Trink viel Wasser und iss nur ein leichtes Frühstück.

Jetzt bin ich fasziniert.

Später wirst du winseln.

Ist das eine Herausforderung?

Eher ein Versprechen.

Pünktlich auf die Minute fuhr sie vor dem Hotel vor. Joaquin wartete schon vor dem Eingang. Abby versuchte, ihr Herz davon abzuhalten, so albern zu hüpfen, aber sie schien darüber nicht wirklich die Kontrolle zu haben.

Es gibt keinen Grund, so zu reagieren, ermahnte sie sich. Ganz sicher nicht sein Aufzug. Joaquin trug eine Sporthose und ein weites T-Shirt. Das war nicht übertrieben sexy. Und doch sah es an ihm – wie alles – gut aus.

»Du bist mit dem Auto da«, sagte er anstelle einer Begrüßung. »Ich dachte, hier in der Stadt macht man alles zu Fuß.«

»Normalerweise ja, aber *CDS* liegt ein wenig weiter draußen, und wenn wir fertig sind, werden wir auf keinen Fall in der Lage sein, zum Hotel zurückzulaufen.« Sie tätschelte das Lenkrad. »Wenn der hier eine manuelle Schaltung hätte, müsste ich warten, bis meine Beine aufhören zu zittern, bevor ich die Kupplung treten und nach Hause fahren könnte.«

Er grinste. »Du versuchst, mir Angst zu machen.«

»Ich warne dich – das ist etwas anderes.« Sie bog auf die Straße ein. »Aber nur zu, sei blasiert und selbstbewusst. Später, wenn du wimmerst, wirst du dich an meine Worte erinnern.«

»Ich wimmere nicht.«

Sie lächelte ihn an. »Das werden wir ja sehen.«

Nach wenigen Minuten erreichten sie den Parkplatz von

CDS. »Das hier nennen die Einheimischen die Bodyguard-Schule. Die Besitzer sind alle ehemalige Mitglieder einer Spezialeinheit der Armee. Sie bieten spezielles Training für Bodyguards an. Außerdem kann man hier Outdooraktivitäten für Firmenevents buchen. Und für die Einheimischen gibt es Kampfkunstklassen und ziemlich intensive Sportprogramme. Wenn CrossFit und dein schlimmstes Fitnesstraining ein Baby bekämen, wäre es dieser Kurs.«

»Wenn du das sagst.«

Joaquin stieg aus und streckte sich. Abby bemühte sich, ihn nicht anzustarren und sich stattdessen vorzustellen, wie er nach dem Training aussehen würde. Eine totale Demütigung zeigte erst den wahren Charakter eines Mannes.

Gemeinsam gingen sie hinein. Consuelo, ihre kleine, fitte Trainerin, kam zu ihnen herüber.

»Wer ist der Kerl?«

»Joaquin, das ist Consuelo. Sie ist mit meinem Onkel Kent verheiratet. Consuelo, das ist Joaquin, der Bruder von Melissas Verlobtem.«

Consuelo streckte ihre Hand aus. »Immer wenn ich denke, ich kenne jeden in der Familie, kommt jemand Neues dazu. Schön, dich kennenzulernen.«

Joaquin nickte.

Consuelo zog die Augenbrauen in die Höhe. »Mögen wir ihn, oder soll ich ihn Staub fressen lassen?«

Die Frage schien Joaquin zu erschrecken. Abby dachte kurz über die Antwort nach. »Er gehört demnächst zur Familie, also bitte keine Narben. Aber er war ein wenig abschätzig, als ich ihn vor der Stunde gewarnt habe.«

Consuelo kniff die Augen leicht zusammen. »Verstanden.«

»Warum hast du das gesagt?«, fragte Joaquin, als Consuelo in Richtung der Matten ging.

»Weil es stimmt. Du hast so getan, als wäre das hier für dich ein Leichtes.« Sie klimperte mit den Wimpern. »Finden wir heraus, ob das stimmt.«

»Das werde ich noch bereuen, oder?«

»Oh ja, und wie.«

Es hatten sich ungefähr zehn Schüler verschiedenen Alters versammelt, die alle unterschiedlich fit zu sein schienen. Abby hatte mit diesem Kurs angefangen, als sie das College beendet hatte und nach Fool's Gold zurückgezogen war. Damals hatte sie sich zum Ziel gesetzt, alle Übungen zu absolvieren, ohne ohnmächtig zu werden oder sich zu übergeben. Bisher schaffte sie ungefähr vierzig Prozent. Wenn Consuelo also zehn Wiederholungen forderte, gab Abby ihr vier. Was immerhin besser war als die drei, die sie am Anfang hinbekommen hatte.

Consuelo blies in ihre Trillerpfeife. »Okay, Leute. Hört gut zu. Wir fangen langsam an. Zehn Runden mit mittlerer Geschwindigkeit, zehn Burpees, dann das Seil raufklettern und die Glocke anschlagen. Wenn ihr fertig seid, reiht ihr euch vor mir auf und wir fangen mit der Stunde an.«

Joaquin riss die Augen auf. »Das ist das Aufwärmen?«

Abby unterdrückte ein Lächeln und zeigte auf die gegenüberliegende Wand. »Auf dem Tisch da steht Wasser. Die große gelbe Tonne ist für den Fall, dass du dich übergeben musst. Dafür bitte keine der anderen Tonnen benutzen. Das mag Consuelo gar nicht.«

»Gut zu wissen.«

Eine Dreiviertelstunde später war Abby schweißgetränkt und machte sich Sorgen, dass sie nie wieder würde gehen können. Ihre Beinmuskeln zuckten, und sie lag flach auf dem Rücken auf einer Matte. Was würde passieren, wenn sie versuchte aufzustehen? Das Gute war, Joaquin war genauso erledigt wie sie. Er hatte enthusiastisch angefangen, aber Consuelo hatte ihn gequält, bis er zusammengebrochen war. Abby hatte ihre Tante schon immer gemocht.

Jetzt verteilte Consuelo Wasserflaschen. Vor Joaquin blieb sie stehen. »Nicht schlecht für einen Anfänger. Gib mir ein paar Monate, und ich könnte wirklich was aus dir machen.« Sie reichte ihm das Wasser. »Zu laufen ist gut und schön, aber du solltest auch mit Gewichten arbeiten. Im Moment bist du stark, weil du jung und ein Mann bist, aber diese Stärke lässt nach. Wenn du nicht als alter, verschrumpelter Typ enden willst, musst du einen Trainingsplan haben. Such dir einen Trainer und arbeite etwas mit ihm aus.«

Joaquin schaffte es zu nicken und die Wasserflasche anzunehmen. »Danke«, keuchte er. »Gute Idee. Woher weißt du, dass ich laufe?«

»Die Muskeln in deinen Beinen verraten dich. Außerdem bist du schnell. Deine Form ist zwar für den Arsch, aber du läufst nicht genug, als dass das einen Unterschied macht.« Sie reichte Abby eine Wasserflasche, zwinkerte dann einmal und ging.

Joaquin sah ihr nach. »Wer *ist* sie?«

Sie wusste, dass er damit nicht auf die Familienverhältnisse anspielte. »Ich bin mir nicht ganz sicher. Sie hat mal für die Regierung gearbeitet, als eine Art Spionin oder so. Gerüchte besagen, dass sie Auftragsmörderin war. Du weißt schon, diese Leute, die sich einem Mann nähern und ihn dann mit einer Kreditkarte töten. Das ist alles sehr geheim.«

Er rappelte sich auf und streckte Abby seine Hand hin, um ihr aufzuhelfen.

»Ich habe mich geirrt«, sagte er. »Ich habe arroganter- und schmerzhafterweise danebengelegen.«

Sie lächelte. »Ehrlich gesagt sind die Schmerzen morgen schlimmer. Wenn du in deinem Zimmer eine Badewanne hast, solltest du vor dem Zubettgehen ein Bad nehmen. Ansonsten wirst du dich morgen nicht bewegen können.«

»Ein ausgezeichneter Rat, den ich gerne annehme.«

Sie humpelten aus dem Gebäude und zum Auto. Joaquin zuckte zusammen, als er sich auf den Beifahrersitz setzte. »Sie hat die meisten Übungen mitgemacht und ist nicht mal ins Schwitzen gekommen. Wie ist so etwas möglich?«

»Ich weiß! Unglaublich, oder? Komm. Ich weiß was, womit du dich sofort besser fühlst.«

Joaquin sah sie an. In seinen Augen blitzte etwas auf, bei dem sich Abbys Eingeweide zusammenzogen und alle Nervenenden vibrierten.

Nein, ermahnte sie sich. Das interpretierte sie falsch. Auf keinen Fall war er an ihr mehr als nur freundschaftlich interessiert. Es wäre dumm von ihr, etwas anderes anzunehmen. Er war ein erfolgreicher Arzt, und sie war nur eine Kleinstadtlehrerin. Sie kannten einander kaum. Nur weil sie bei seinem Anblick jedes Mal dachte: *Oh mein Gott, du bist umwerfend*, hieß das nicht, dass es ihm genauso ging.

»Ich bin offen für Vorschläge«, sagte er.

Sie fuhr in die Stadt und parkte vor einem neueren Laden. Joaquin warf einen Blick auf das Schild.

»*Juicy Joyce?*«, fragte er. »Ich soll mich mit Saft besser fühlen?«

»Nein, mit einem Smoothie. Die Kombination aus Proteinpulver, Antioxidantien und Zucker ist perfekt, um das zu ersetzen, was du beim Training verloren hast.«

»Super. Denn ich würde meinen Stolz vermissen, wenn ich ihn nicht zurückbekäme.«

Abby lachte noch immer, als sie den Laden betraten.

Sobald sie ihre Smoothies hatten, setzten sie sich an einen der kleinen Tische auf dem Bürgersteig. Joaquin hob sein Glas.

»Du hattest recht. Ich werde nie wieder an dir zweifeln.«

»Wenn das nur wahr wäre.«

»Jetzt bist du ein wenig selbstgefällig.«

»Ja, ein bisschen.«

Sie lächelten einander an. Abby spürte ein Kribbeln bis in ihre Zehenspitzen, war aber nicht sicher, was er empfand, und das störte sie. Was an diesem Mann sprach sie nur so an? Da sie wusste, dass es darauf keine Antwort gab, suchte sie nach einem anderen Thema, das es ihr ermöglichen würde, sich wieder in den Griff zu bekommen.

»Du hast gesagt, deine Eltern haben dich adoptiert und dann deinen Bruder bekommen. Ich habe gehört, dass das vielen Paaren so geht. Kennst du den biologischen Grund dafür?«

»Nein. Ich habe das Thema Reproduktion nie tiefergehend untersucht. Bei meinen Eltern ging man zunächst von einem körperlichen Problem aus. Vor so vielen Jahren war künstliche Befruchtung allerdings noch selten und für die beiden viel zu teuer. Auf mich sind sie über den Freund eines Freundes aufmerksam geworden. Er kannte eine junge Frau, die schwanger war – und so kam es letztlich zu der Adoption.«

»Macht es dir was aus, dass deine leibliche Mutter dich weggegeben hat?«

Die Frage schien ihn zu überraschen. »Nein. Sie konnte es damals zwar nicht wissen, aber ich wäre für sie zu schwierig gewesen. Was nicht heißen soll, dass ich ein Problemkind war, aber meine Intelligenz hat schon zwei Elternteile vor große Herausforderungen gestellt, da wäre ich für eine alleinerziehende Mutter, die selbst noch ein Kind war, sicher zu viel gewesen.«

Die Art, wie er die Situation akzeptierte, war beeindruckend. Abby fragte sich, wie lange er gebraucht hatte, um zu dieser Einstellung zu gelangen. Sie erinnerte sich an den Schock, als ihr Vater – der eine mehrjährige Gefängnisstrafe hatte absitzen müssen – seiner Schwester die Vormundschaft für seine Töchter übertragen hatte. Auch wenn es juristisch gesehen die Dinge für alle einfacher gemacht hatte, hatten Abby und Melissa sich von ihm verlassen gefühlt. Er hatte kaum Kontakt zu ihnen gehalten und war dann gestorben. Die Situation war schwierig gewesen, aber einfacher als für viele andere Kinder. Sie und Melissa hatten immer gewusst, dass Liz und Ethan für sie da wären, egal, was passierte.

»Ich bin sicher, deine Mutter wäre heute stolz auf dich«, sagte sie und sah Joaquin an. »Selbst wenn du beim Sport eben nicht sonderlich beeindrucken konntest.«

Er lachte. »Danke, dass du mich an meine Schmach erinnerst.«

»Gern geschehen. Ich denke, das Bild von dir, wie du keuchend auf der Matte gelegen hast, wird eine meiner liebsten Erinnerungen an diesen Sommer werden.«

Sie hatte erwartet, dass er sie ebenfalls aufziehen oder noch mal lachen würde, doch stattdessen tat er etwas ganz Außergewöhnliches. Er stellte sein Glas auf den Tisch, beugte sich vor und strich einmal mit seinen Lippen über ihre. Einfach so.

Die Berührung war kurz und unerwartet. Abby spürte Wärme und einen leichten Druck. Ihre Nerven tanzten glücklich, doch dann war es vorbei, bevor sie richtig wusste, was da gerade passiert war. Was wirklich enttäuschend war.

Sie starrte ihn an. Drei oder vier Herzschläge lang verhakten sich ihre Blicke miteinander, bevor Abby sich vorbeugte und nun ihrerseits Joaquin küsste. Sie ließ sich gerade genug Zeit, um seine Lippen zu fühlen und zu bestätigen, dass es da definitiv einen Funken gab.

»Äh, nur um noch mal sicherzugehen – in deinem normalen Leben wartet wirklich niemand auf dich?«, fragte sie leise.

»Absolut niemand.«

Sie lächelte. »Gut.«

»Das dachte ich auch gerade.«

5. Kapitel

Joaquin fiel es seltsam schwer, sich auf seine eigentliche Aufgabe zu konzentrieren. Er war in Fool's Gold, um Simon Bradley zu treffen, und in weniger als einer Stunde würde er mit Dr. Bradley und dessen Frau gemeinsam zu Abend essen. Das war die Gelegenheit, auf die er gewartet hatte – sein großes Ziel. Und doch schien er sich nicht darauf konzentrieren zu können, einen Plan auszuarbeiten, wie er den Abend am besten für sich nutzen konnte.

Stattdessen dachte er an Abby. Daran, wie sie lächelte, wie sie lachte, wie sich ihr Mund an seinem angefühlt hatte.

Er hatte sie geküsst. Das hatte er nicht vorgehabt. Es hatte keinen Plan und keinen Grund gegeben, außer dass er es gewollt hatte. Und als sie ihn dann auch geküsst hatte, war er … glücklich gewesen. Was für ihn definitiv kein natürlicher Zustand war.

Sich außerhalb der Arbeit mit Frauen abzugeben war für ihn immer kompliziert gewesen. Er wusste nie, was er sagen sollte. Natürlich kannte er die grundlegenden Mechanismen einer lockeren Unterhaltung, aber oft fiel es ihm schwer, dieses Wissen in der Praxis umzusetzen. Er kam sich ungelenk vor, und es gehörte so viel langweilige Arbeit dazu. Eine echte Beziehung zu haben war für ihn immer zu viel Aufwand für zu wenig Gewinn gewesen. Ja, Sex war großartig – er mochte Sex –, aber dahin zu kommen fand er überproportional zeitaufwendig.

Abby war anders. Bei ihr fühlte er sich wohl, die Unterhaltung floss leicht dahin. Er mochte es, dass er sie zum Lachen bringen konnte. Sie war offen und freundlich und einfach nur nett. Er mochte ihre Sicht auf die Welt. Wenn er mit ihr zusammen war, fühlte er sich gut. Und je besser er sie kennenlernte, desto mehr wollte er sich um sie kümmern, ja, sie sogar beschützen.

Die körperliche Anziehung war ein großes Plus. Aber anders als bei anderen Frauen, wo er einfach nur tat, was von ihm erwartet wurde, um sein Ziel zu erreichen und danach mit seinem Leben weiterzumachen, wollte er sich dieses Mal Zeit lassen. Er wollte den Prozess genießen.

Während der Fahrt zu ihrem Haus, wo er sie für das Abendessen abholen würde, dachte er über die Möglichkeiten nach: Wenn er einen Platz in dem Programm von Dr. Bradley bekäme, würde er eine ganze Weile in Fool's Gold bleiben müssen. Dann könnten sie einander weiterhin sehen. Das würde ihm sehr gut gefallen.

Vor ihrem Haus stieg er aus und ging zur Haustür. Abby öffnete, bevor er klopfen konnte.

»Ich bin so aufgeregt«, erklärte sie ihm. »Du wirst Simon und Montana lieben. Meine Tante ist einfach der bezauberndste Mensch auf der Welt, und Simon ist dir sehr ähnlich. Also habt ihr bestimmt viel gemeinsam. Außerdem ist das *Henri's* so schick. Ich liebe es, dort essen zu gehen. Das tun wir immer bei besonderen Gelegenheiten. Die haben hervorragendes Essen, und der Service gibt mir immer das Gefühl, etwas Besonderes zu sein.« Sie neigte den Kopf. »Was ist?«

Er wusste, dass er sie anstarrte, aber er konnte nicht anders.

Abby hatte ein dunkelgrünes Kleid an, das die Farbe ihrer Augen betonte. Es war ärmellos und hatte einen weiten, fließenden Ausschnitt, der den Ansatz ihres Dekolletés zeigte. Dazu trug sie funkelnde Ohrringe, und sie hatte sich geschminkt, was ihr Gesicht vorteilhaft betonte. Die Lust in ihm wuchs zu etwas Unkontrollierbarem heran – was ihn hätte nerven sollen, aber stattdessen fühlte er sich auf einmal unglaublich normal.

»Du bist wunderschön«, sagte er.

»Oh.« Sie lächelte. »Danke. Du siehst auch sehr schick aus. Das ist der Anzug. Männer sehen in Anzügen immer toll aus.«

Er führte sie zu seinem Auto und öffnete ihr die Beifahrertür. Sobald Abby saß, ging er zu seiner Seite herüber und stieg ebenfalls ein. In der Enge des Wagens roch er etwas Süßes, Blumiges.

Ohne einen wirklichen Plan beugte er sich vor und gab Abby einen sanften Kuss. »Ich freue mich sehr auf unser Dinner.«

»Ich mich auch. Und nicht nur, weil es im *Henri's* ist.«

Sie lächelten einander an. Dann startete er den Motor und folgte Abbys Anweisungen aus der Stadt hinaus und in die Berge.

»Wir fahren zum *Gold Rush Ski Lodge and Resort*«, erklärte sie. »Was ein verdammt langer Name ist. Kannst du dir vorstellen, dich fünfzigmal am Tag damit am Telefon zu melden? Im Winter kann man dort Skifahren und im Sommer wandern und so. Oh, die Hochzeit wird ebenfalls dort stattfinden. Die Umgebung ist wirklich atemberaubend.«

Auf dem ganzen Weg zur Lodge plauderte sie munter vor sich hin, wofür Joaquin dankbar war, denn mit einem Mal war er schrecklich nervös. Dieser Abend war für ihn wichtig. Wenn es ihm gelang, dass Dr. Bradley sein Talent und seine Fähigkeiten erkannte, bekam er möglicherweise einen Platz in seinem Programm. Er musste auf sein Ziel konzentriert bleiben.

Überraschenderweise war er dankbar, dass Abby bei ihm war. Sie würde ihn beruhigen, und sollte die Unterhaltung ins Stocken geraten, würde sie bestimmt eingreifen und dafür sorgen, dass alle sich wohlfühlten. So war sie einfach.

Er übergab dem Parkwächter den Schlüssel zu seinem Wagen und hielt Abby dann seinen Arm hin. Untergehakt betraten sie das elegante Restaurant. Am Empfang nannte Abby den Namen ihres Onkels, und sie wurden zu einem Tisch geführt.

Joaquin hatte gründlich über Simon Bradley recherchiert. Er hatte sogar Fotos von ihm angeschaut. Doch nichts davon hatte ihn wirklich vorbereitet, wie er jetzt feststellen musste. Die Krassheit seiner Narben war überraschend. Selbst nach all diesen Jahren wirkten sie beinahe noch wie rohes Fleisch.

Abby bewahrte ihn davor, Simon anzustarren, indem sie vortrat und ihre Tante und ihren Onkel umarmte und sich dann umdrehte, um Joaquin vorzustellen. Er schaffte es, das Richtige zu sagen, während er beiden die Hand schüttelte und alle sich setzten.

»Simon, Joaquin ist ein begnadeter Chirurg, das habt ihr schon mal gemeinsam«, verkündete Abby.

Joaquin lächelte sie an. »Du übertreibst.«

»Wohl kaum.« Sie strahlte ihren Onkel an. »Er ist auch superklug. Bitte fangt nicht an, auf Latein zu reden, dann fühlen Montana und ich uns außen vor.« Sie wandte sich an ihre Tante. »Außer du hast Sprachunterricht genommen und mir nichts davon erzählt.«

Montana lachte. »Nein. Traurigerweise habe ich meine Lateinstunden vernachlässigt. Ich sollte mir dafür mehr Zeit nehmen.«

Simon nahm die Hand seiner Frau. »Keine Sorge. Heute Abend wird nicht über die Arbeit geredet, das verspreche ich dir.«

Joaquins gute Laune löste sich abrupt in Luft auf. Er hatte auf ein wenig Small Talk über die Arbeit gehofft, um einen ersten Einstieg zu haben. Wenn sie nicht über Medizin sprachen, wie sollte er dann das Programm erwähnen?

Simon sah ihn an. »Aber ich würde dich gerne besser kennenlernen, Joaquin. Vielleicht können wir uns mal in meinem Büro verabreden.«

»Das würde mir gefallen, Sir.«

»Ausgezeichnet. Aber das ›Sir‹ lassen wir in Zukunft weg.« Er holte sein Handy heraus. »Lass uns gleich einen Termin ausmachen. Dann können wir unser Dinner mit diesen bezaubernden Frauen genießen.«

Joaquin trug das von Simon vorgeschlagene Datum in seinen Kalender ein und versprach, pünktlich zu sein. Er bemerkte, dass Abby ihn mit einer Mischung aus Glück und Stolz ansah. Nachdem er sein Handy weggesteckt hatte, schob er seine Hand unter die Tischplatte, fand ihre und drückte sie. Sie erwiderte die Geste, bevor sie ihre Aufmerksamkeit wieder auf Simon und Montana richtete.

Alles wird gut, sagte er sich. Wenn er sich mit Simon traf, würde er sehr direkt sein Interesse an dessen Programm bekunden. Mit seinen Qualifikationen gab es eigentlich keinen Grund, warum er nicht zugelassen werden sollte. Er würde seine Ausbildung fortsetzen und hätte noch dazu den Vorteil, in Abbys Nähe zu sein. Alles lief genau so, wie es sollte.

Das Essen verlief noch besser, als Abby gehofft hatte. Ihr war aufgefallen, dass Joaquin in Gegenwart anderer Leute oft sehr schweigsam war, aber mit Montana und Simon schien er sich wohlzufühlen. Zu wissen, dass es ihm gut ging, ermöglichte ihr, den Abend zu genießen. Ihre Tante und ihr Onkel waren immer lustig.

Während des Hauptgangs fragte Montana: »Bist du schon bereit für das neue Schuljahr?«

Abby lachte. »Du weißt schon, dass es bis dahin noch sechs Wochen sind, oder?«

»Ja, aber ich kenne dich. Sag mir, dass du bereit bist.«

Abby lächelte. »Du hast recht, das bin ich.« Sie wandte sich an Joaquin. »Offiziell fange ich am Dienstag nach dem Labor-Day-Wochenende mit dem Unterrichten an, aber die Lehrer treffen sich schon eine Woche vorher. Und in der Woche davor habe ich ein paar Treffen mit meinem Mentor.«

Sie nippte an ihrem Wein. »Alle neuen Lehrer bekommen einen Mentor, der ihnen im ersten Jahr zur Seite steht.«

»Dabei geht es nicht nur darum, dass dann mehr Leute Lehrer werden wollen«, erklärte Montana. »Sondern auch darum, dass das erste Jahr ein positives Erlebnis ist und sie Lehrer bleiben wollen.«

»Ich habe meinen Unterrichtsplan und meine Ersatzkiste schon fertig.« Abby seufzte. »Das macht mich so glücklich.«

»Deine Ersatzkiste?«, fragte Simon.

»Ja, das ist eine Kiste voller Informationen für einen Ersatzlehrer, falls ich mal ausfalle. Die enthält unter anderem den Unterrichtsplan mit allen Einzelheiten, was die Kinder gerade lernen. Dazu Vorschläge für Aktivitäten und sogar Filme, falls man das machen will. Diese Kiste werde ich im Laufe der Zeit immer wieder mit Notizen und Ideen auf den aktuellen Stand bringen.«

»Du wirst eine ausgezeichnete Lehrerin sein«, sagte Joaquin zu ihr.

»Das hoffe ich. Es ist schon ein Unterschied zwischen einem Referendariat und dem echten Leben.«

Sein Blick blieb stetig. »Du wirst das fabelhaft machen«, wiederholte er leise.

»Erzähl uns von dir, Joaquin«, unterbrach Simon ihn. »Wo kommst du her? Wo hast du studiert?« Sein Blick wurde scharf. »Warst du mal verheiratet?«

Abby unterdrückte den Drang, die Augen zu verdrehen. Sie wusste, dass Simon sie nur beschützen wollte – was nett war. Aber sie hatte Joaquin bereits selbst genauer unter die Lupe genommen. Trotzdem … Ein wenig Druck von der Familie war vermutlich nicht schlecht. Sie fühlte sich geliebt, und es war gut, wenn ein Mann wusste, dass sie Leute auf ihrer Seite hatte.

Nicht, dass sie und Joaquin miteinander ausgingen oder so. Nun ja, irgendwie schon, aber es fiel ihr schwer zu definieren, was das mit ihnen war. Freunde, dachte sie. Freunde, die sich geküsst hatten.

Während Joaquin aus seinem Leben erzählte, beugte Montana sich vor und flüsterte Abby ins Ohr: »Dein junger Mann gefällt mir.«

Abby warf einen kurzen Blick zu Joaquin, bevor sie genauso leise sagte: »Mir auch.«

»Danke, dass du das organisiert hast«, sagte Joaquin auf der Rückfahrt zu Abbys Haus. »Die beiden sind sehr interessant.«

Abby lehnte sich im Sitz zurück und lächelte. »Sie sind bezaubernd. Ich hatte Angst, dass du dich mit Simon den ganzen Abend über euren Beruf unterhältst und ihr mir den Appetit verderbt, aber das habt ihr nicht getan.«

»Chirurgische Eingriffe sind nichts, worüber man beim Essen reden sollte.«

»Ein Mann mit Manieren. Das gefällt mir.«

Der Abend ist wirklich gut gelaufen, dachte sie. Davon war sie zwar ausgegangen, aber es war trotzdem schön, dass sich alle so gut verstanden hatten.

»Ich bin froh, dass du dich morgen mit Simon triffst und ihr euch beruflich unterhalten könnt. Das wird dir bestimmt gefallen.«

Joaquin warf ihr einen Blick zu, bevor er seine Aufmerksamkeit wieder auf die Straße richtete. »Ich bin sehr dankbar für diese Möglichkeit.«

»Vielleicht könnt ihr zusammen einen Frosch sezieren oder so.«

Er lachte leise. »Du glaubst also, dass wir das in unserer Freizeit tun?«

»Ich hoffe nicht.«

Vor ihrem Haus hielt er an und drehte sich zu ihr. »Dein Onkel ist sehr nahbar. Das hätte ich vorher nicht gedacht.«

»Weil er ein berühmter Chirurg ist? Als er damals nach Fool's Gold gekommen ist, war er total grummelig und steif.« Sie löste ihren Gurt. »Dann hat er Montana kennengelernt und sich bis über beide Ohren in sie verliebt. Und das hat ihn total verwandelt.« Sie lächelte. »Ich dachte, du wärst, wie er am Anfang war.«

»Grummelig?«

Sie zögerte. »Das ist vielleicht das falsche Wort, aber du weißt schon: Ich dachte, du wärst steif und es wäre schwer, mit dir zu reden. Aber beides stimmt nicht. Du bist lustig, und es ist ganz leicht, sich mit dir zu unterhalten.«

Beinahe hätte sie noch »attraktiv« hinzugefügt, hielt sich aber gerade noch zurück. Nicht, dass es nicht stimmte, aber er könnte das missverstehen. »Außerdem bist du geschickt mit den Händen«, fügte sie ohne nachzudenken hinzu.

Als ihr klar wurde, was sie gerade gesagt hatte, stöhnte sie auf. »Ich habe daran gedacht, wie du die Blüten auf die Platzkarten geklebt hast«, fügte sie schnell hinzu. »Das klang wesentlich anzüglicher, als ich erwartet hatte.«

Er beugte sich vor. »Ich glaube schon, dass ich geschickt mit den Händen bin, aber es kommt mir noch ein wenig früh vor, das zu überprüfen. Du machst den Eindruck, eine Frau zu sein, die einen Mann erst kennenlernen will.«

Wow! Sprachen sie gerade über das, was sie glaubte, worüber sie sprachen? Er war so offen damit. Sprach es einfach aus. Die meisten Männer, die sie kannte, waren wesentlich subtiler und weniger geradeheraus. Aber ihr gefiel Joaquins Art besser.

»Abby?«

»Ja, etwas langsamer ist gut.«

Er hielt ihren Blick fest. »Was ist mit Küssen?«

Sie beugte sich zu ihm vor, und ihr gesamter Körper kribbelte vor Vorfreude. »Küssen ist schön.«

»Freut mich, dass du das auch so siehst.«

Er presste seinen Mund auf ihren. Seine warmen Lippen zu spüren war das perfekte Ende eines perfekten Abends.

Sie legte die Hände auf seine Schultern, und er strich ihr über den Rücken.

Sie wäre gerne noch näher an ihn herangerückt, doch die blöde Mittelkonsole war im Weg. Wer auch immer das Innere dieses Autos entworfen hatte, hatte definitiv nicht ans Küssen gedacht, so viel stand mal fest.

Trotzdem, es war schön, und als sie ihre Lippen leicht öffnete, ließ er seine Zunge zwischen sie gleiten und vertiefte den Kuss. Die Intensität stieg. Hatte Abby sich eben noch Sorgen gemacht, dass sie nicht nah genug an ihm dran war, verlor sie sich nun in dem Gefühl, wirklich und wahrhaftig von ihm geküsst zu werden.

Jede Berührung seiner Zunge verstärkte ihre Lust. Hitze brandete in ihr auf, raubte ihr den Atem. In weniger als fünf Sekunden waren ihre Gedanken von »Klar will ich einen Mann erst besser kennenlernen« zu »Lass uns in dein Hotel zurückfahren« gewechselt.

Sie löste sich ein wenig von ihm und sah ihn an. Er sah so überrascht aus, wie sie sich fühlte.

»Hast du das gespürt?«, fragte sie leise.

»Diesen Blitz, bei dem ich mich gefragt habe, ob wir zu alt sind, um es auf dem Rücksitz eines Autos zu treiben?«, fragte er mit vor Leidenschaft belegter Stimme.

»Ich hatte eher an dein Hotelzimmer gedacht.«

»Das ist natürlich auch eine Möglichkeit.«

Sie wollte ihn, so viel war klar. Sie mochte ihn. Sehr sogar. Aber … aber …

»Die Sache ist die«, sagte sie schulterzuckend. »Ich hatte Freunde, und wir haben herumgemacht und so, aber ich hab's nie bis zum Ende durchgezogen.«

Joaquin starrte sie fassungslos an. »Du bist noch Jungfrau?« Seine Überraschung klang beinahe komisch.

»Zum Großteil. Also, ich hatte schon Orgasmen. Wie gesagt, ich bin Männern nahe gekommen, habe aber nie ...« Innerlich verdrehte sie die Augen. *Liebe gemacht* wäre eine Option. Oder *Geschlechtsverkehr gehabt*. Der Mann neben ihr war Arzt, sie bezweifelte, dass sie irgendetwas über den menschlichen Körper sagen könnte, was ihn schockieren würde.

»Ich wollte, dass es etwas Besonderes ist«, erklärte sie. Was bedeutete, dass es Liebe sein sollte. Denn das eine ohne das andere kam ihr dumm und wie eine Verschwendung vor. »Keine Ehe, aber eine ernste Beziehung.«

Er sah sie lange an, bevor er nickte. »Ich verstehe.«

»Das hoffe ich.« Viele Männer verstanden es nicht. Sie glaubten, Abby würde Spielchen spielen, oder hielten sie für seltsam. Ein paar waren mit ihren Einschränkungen klargekommen und hatten nur zu gerne andere Möglichkeiten mit ihr erkundet. Man konnte viel Spaß haben, auch wenn man nicht bis zum Äußersten ging.

Er küsste sie noch einmal. »Also kein Hotelzimmer.« Das war eine Aussage, keine Frage.

»Nicht heute Nacht.«

Er berührte ihre Wange und strich mit dem Daumen über ihre Unterlippe. »Ich bin froh, dass du glaubst, es wert zu sein, dass ein Mann auf dich wartet.«

Dann stieg er aus, kam zur Beifahrerseite herum und öffnete Abby die Tür. Als sie beide auf dem Bürgersteig standen, zog er sie an sich und küsste sie erneut. Das Begehren flammte auf und ließ Abby die Knie weich werden.

»Wir sehen uns morgen nach meinem Termin mit Simon«, versprach er auf dem Weg zur Haustür. »Ich glaube, die Kerzen sind dann bereit für eine zweite Schicht Farbe.«

»Das Bastelfieber hat dich ganz schön gepackt, oder?«

Er ließ ein Grinsen aufblitzen. »Ich muss den guten Ruf meiner Hände weiter ausbauen.«

6. Kapitel

Joaquin hatte eine schlaflose Nacht hinter sich. Der Abend mit Abby hatte ihn erregt zurückgelassen, aber noch störender für seinen Schlaf war ihr Geständnis gewesen.

Sie war zweiundzwanzig – das war nicht uralt, und doch war es überraschend, dass sie Jungfrau war. Auch wenn er sie noch nicht gut kannte, fand er, dass diese Entscheidung zu ihr passte. Sie war ein glücklicher, in sich ruhender und mit sich zufriedener Mensch. Sie wollte mehr als nur eine Nacht. Das respektierte er, und es machte sie nur noch anziehender für ihn. Er verspürte den seltsamen Drang, zu beanspruchen, was noch kein Mann zuvor gehabt hatte, und es für sich zu behalten.

Was sollte das überhaupt heißen? Dass er sie heiraten wollte? Er kannte sie doch kaum. Er mochte sie – wie sollte er auch nicht –, aber eine Ehe …?

Zum Glück brachte der Morgen eine andere Form der Ablenkung. Um elf Uhr würde er sich mit Simon treffen, und davor wollte er sich noch mal mit Simons beruflicher Laufbahn und den Anforderungen für das Programm vertraut machen.

Pünktlich auf die Minute stand er vor Simons Büro und wurde prompt hereingeführt.

»Joaquin.« Simon stand auf und schüttelte ihm die Hand. »Wir haben das Dinner gestern Abend sehr genossen.«

»Ich auch. Vielen Dank noch mal für die Einladung.«

Sie setzten sich einander an dem großen Schreibtisch gegenüber. Joaquin wusste nicht recht, was er sagen sollte. In gesellschaftlichen Situationen war er immer etwas ungelenk, aber das musste er heute überwinden. Irgendwie musste es ihm gelingen, das Gespräch auf das Programm zu bringen. Vielleicht hätte er doch besser Abby mitbringen sollen. Mit ihr war alles immer so leicht.

Simon lehnte sich in seinem Stuhl zurück. »Bevor du in die Stadt gekommen bist, war Abby bei mir. Sie wollte einen Rat, wie sie mit dir umgehen soll.«

»Das verstehe ich nicht.«

Simon lächelte schief. »Sie nahm vermutlich an, da wir beide Chirurgen sind, hätte ich ein paar Einsichten. Sie ist eine wirklich süße junge Frau. Unsere Kinder lieben es, wenn sie auf sie aufpasst. Sie gehört zu unserer Familie.«

Joaquin spürte, dass in den Worten eine Botschaft lag, hatte aber keine Ahnung, welche.

»Ich habe ein wenig recherchiert«, wechselte Simon abrupt das Thema. »Ich fand es überraschend, dass ein Mann mit deinen Talenten sich drei Wochen freinimmt, um nach Fool's Gold zu kommen. Abby denkt, es ist wegen der Hochzeit deines Bruders, aber ich war mir da nicht so sicher. Du hättest am Tag vorher einfliegen, zur Hochzeit kommen und wieder nach Hause fliegen können.«

Er beugte sich vor und holte eine Mappe aus der Schreibtischschublade. »Du hast dich für das Programm beworben.«

Joaquin spürte, dass die Unterhaltung eine gefährliche Wendung genommen hatte, war aber nicht sicher, warum er sie als gefährlich empfand. Er wollte sich verbessern, weiter ausbilden. Warum sollte das schlimm sein? Trotzdem beschloss er, vorsichtig zu sein.

»Das stimmt.«

»Du bist abgelehnt worden.«

»Ja.«

Simon schlug die Mappe auf. »Du hast ausgezeichnete Qualifikationen, aber die Direktorin des Programms fand, dass es dir an Mitgefühl mangelt. Deshalb bist du hier, oder? Um mich zu überzeugen, dass ich dich aufnehmen soll? Abby und die Hochzeit waren nur … was? Ein Mittel zum Zweck? Ein glücklicher Zufall?«

»Aufgrund der Konvergenz der Ereignisse erschien es mir opportun, eine persönliche Verbindung herzustellen«, sagte er vorsichtig und fragte sich gleichzeitig, warum er so gestelzt redete. »Ich will wirklich auf die Hochzeit meines Bruders gehen.«

»Und Abby?«

Joaquin spürte, wie sein Körper sich unwillkürlich verspannte. »Sie hat nichts damit zu tun. Bevor ich hierhergekommen bin, kannte ich sie überhaupt nicht. Ich hatte zwar schon von ihr gehört, wusste aber nicht, dass ich Zeit mit ihr verbringen würde.« Er sah Simon an. »Abby hat mit meinen beruflichen Zielen nichts zu tun.«

»Du verbringst viel Zeit mit ihr.«

»Stimmt. Wir verstehen uns gut. Und ich helfe ihr bei den Hochzeitsvorbereitungen.«

»Das habe ich gehört. Heute bemalt ihr Votivkerzen.«

Joaquin wusste, dass Simon versuchte, einen Punkt zu verdeutlichen, aber er hatte keine Ahnung, welchen.

»Und du willst immer noch in das Programm aufgenommen werden?«

»Ja.«

Simon klappte die Mappe zu. »Lass mich eines klarstellen: Abby gehört zur Familie. Ich liebe sie, als wäre sie meine eigene Tochter. Tu ihr nicht weh.«

»Das würde ich niemals tun.«

Simon musterte ihn lang. »Ich erkenne ein wenig von mir selbst in dir, Joaquin. Deswegen werde ich dir einen Rat geben: Es ist leicht, Dinge zu übersehen, wenn sie ohne Vorwarnung auftauchen. Vor allem, wenn sie nicht zum Plan gehören. Pass gut auf, dass du nicht etwas verwirfst, nur weil es nicht das ist, wonach du gesucht hast.«

Joaquin hatte schon wieder keine Ahnung, wovon der Mann sprach. »Danke für diesen Rat. Darf ich mich erneut für das Programm bewerben?«

Simon seufzte. »Darüber reden wir nach der Hochzeit. Bis dahin solltest du Abby die Wahrheit sagen. Und zwar alles. Wenn du es nicht tust, mache ich es, und ich werde dich dann nicht wie einen Helden dastehen lassen.«

Was sollte er Abby sagen? Seine Schultern sackten herab. »Du meinst, ich soll ihr sagen, dass ich unter Vorspiegelung falscher Tatsachen hergekommen bin?«

»Und dass du sie benutzt hast, um an mich ranzukommen.«

Gerade wollte er zum Protest ansetzen, als ihm klar wurde, dass er genau das getan hatte. Er hatte sie benutzt, weil er gedacht hatte, sie wäre nicht wichtig. Aber darin hatte er sich geirrt. Genau wie in so vielen anderen Punkten.

»Es ist jetzt alles anders. Ich mag sie. Ich möchte mit ihr zusammen sein und sie besser kennenlernen.«

Simons scharfer Blick blieb stetig. »Erzähl es ihr, sonst tue ich es«, wiederholte er.

Joaquin nickte. »Okay. Ich mach's.«

Er stand auf und verließ das Büro. Sobald er an seinem

Auto war, schaute er noch einmal zu dem Gebäude zurück, dann ließ er seinen Blick durch die Stadt schweifen. Er würde Abby alles erzählen. Sie würde es verstehen. Anfangs vielleicht nicht, aber wenn er sich ihr erklärte, würde sie Verständnis haben und alles wäre gut. Sie war ein Mensch, der andere akzeptierte. Darauf zählte er.

Am Freitagnachmittag fuhr Joaquin los, um das Wochenende bei seinem Bruder in San Francisco zu verbringen. Abby war froh, dass die beiden etwas Zeit miteinander verbringen konnten. Samstagabend würden die zwei Männer ein Spiel der *Giants* besuchen und danach in die Stadt gehen. Es war wichtig, die Verbindung zu den eigenen Geschwistern zu stärken. Deshalb freute Abby sich auch so darauf, dass Melissa nach Hause kam. Und doch … Bei aller Freude wurde Abby irgendwie das Gefühl nicht los, dass sie Joaquin vermissen würde.

»Es sind nur zwei Tage«, sagte sie sich, als sie versuchte, sich auf das Buch zu konzentrieren, das sie gerade las. Oder – besser gesagt – nicht las.

Sie schaute auf die Uhr. Er war gerade mal zwei Stunden weg. Warum war sie so rastlos?

Die Antwort darauf wollte ihr nicht einfallen. Anstatt weiter auf Worte zu starren, die für sie keinen Sinn ergaben, ging sie ins Haus und auf ihr Zimmer. Schon lange hatte sie ihre Klamotten durchgehen wollen, um zu sehen, was sie noch für die Schule benötigte. Sie wollte eine schlichte Garderobe aus einfach zu reinigenden Sachen, die es ihr erlaubten, mit den Kindern auf dem Boden zu sitzen, ohne dass sie einen unschicklichen Anblick bot. Also Hosen oder lange Röcke mit bunten Oberteilen. Sie hatte zwar eine ganze

Sammlung bedruckter T-Shirts und Pullover, aber sie würde noch mehr brauchen.

Drei Stunden später hatte sie alles sortiert, katalogisiert und mehrere Listen erstellt. Gerade genoss sie die Früchte ihrer Arbeit, als sie die Stimme ihrer Schwester hörte.

»Wo versteckst du dich, Abby?«

Sie raste aus dem Zimmer in die Küche und umarmte Melissa.

»Du bist wieder da!«, rief sie. »Wie war der Verkehr?«

»Nicht so schlimm.« Melissa zog ihr Jackett aus und schlüpfte aus den High Heels. »Ich habe die ganze Woche so viel geschuftet«, stöhnte sie. »Ich habe versucht vorzuarbeiten, damit ich in den Flitterwochen kein schlechtes Gewissen habe.«

»Papperlapapp«, erklärte Abby und nahm den kleinen Koffer ihrer Schwester. »Du heiratest. Da darfst du danach Urlaub machen.«

»Ich weiß. Aber die Arbeit ist wichtig. Ich bin beinahe da, wo ich immer hinwollte.« Sie lächelte. »Jetzt muss ich aber mal den Gang wechseln und in den Hochzeitsmodus schalten. Wie war deine Woche?«

»Super. Viel zu tun. Die Platzkarten sind fertig, genauso wie die Behälter für das Vogelfutter, und die Kerzen sind auch bemalt.« Ihr spezielles Projekt erwähnte sie natürlich nicht, aber auch damit war sie fertig. Das Grafikbüro hatte alle Karten ausgedruckt, und Abby hatte sie am Morgen abgeholt und in Joaquins Hotelzimmer versteckt, damit niemand sie vor dem großen Tag zu sehen bekam.

Melissa ging zu ihrem Zimmer voran. »Du hast wirklich viel gearbeitet. Das tut mir so leid. Ich hatte nicht geplant, dass du deinen Sommer mit den Vorbereitungen für meine Hochzeit verbringst.«

»Es war lustig. Joaquin hat mir viel geholfen. Der Mann kann toll malen. Und Perlen aufkleben.«

Nachdem Melissa ihre Handtasche auf den Schreibtisch gestellt hatte, öffnete sie den Reißverschluss ihres Rocks. »Wirklich? Dann hast du also viel Zeit mit ihm verbracht?«

»Ja.«

Sie hob die Augenbrauen. »Und?«

Abby ließ sich aufs Bett fallen. »Er ist super. Warum hast du mir nicht gesagt, dass er so gut aussieht? Ich war total unvorbereitet.«

»Tut er das? Ich finde, Davis ist der Attraktivere von den beiden.«

Abby sagte nicht, dass da vermutlich die Liebe aus ihrer Schwester sprach. Davis war süß und so, aber Joaquin konnte mit seinem Aussehen den Verkehr zum Erliegen bringen. Zumindest den weiblichen Teil.

Melissa zog sich eine Shorts an, schlüpfte aus ihrer Bluse und holte ein T-Shirt aus der Kommode. »Demnach war es nicht so schlimm, sich um ihn zu kümmern?«

»Überhaupt nicht. Wir haben uns super verstanden.«

Ihre Schwester starrte sie an. »Wow. Dann magst du ihn also?«

»Ja. Und sei nicht so überrascht. Du hast einfach nicht genug Zeit mit ihm verbracht. Er ist überhaupt nicht steif. Außerdem hat er einen guten Sinn für Humor und ist gewillt, mir bei allem zu helfen.«

»Wirklich?« Melissa zog das Wort in die Länge. »Erzähl mir alles.«

Lachend setzte Abby sich auf. »Da gibt es nichts zu erzählen. Wir hatten einfach Spaß.«

»Nackten Spaß?«

»Wohl kaum. Er ist erst seit knapp einer Woche hier.«

»Aber du magst ihn.«

Abby schüttelte den Kopf. »Nun dreh mal nicht gleich durch. Du und ich – wir werden nicht zwei Brüder heiraten. Ich sage nur, dass es nett war, ihn näher kennenzulernen.« Und ihn zu küssen, aber das behielt sie für sich.

»Das freut mich. Eine Sache weniger, für die ich mich schuldig fühlen muss.«

»Definitiv.« Abby stand auf und bedeutete Melissa, ihr zu folgen. »Komm, sagen wir Mom, dass du wieder da bist. Sie hat die Masterliste für die Hochzeit. Wir können gucken, was wir über die nächsten anderthalb Tage noch machen müssen, und dann heute Abend zum Mexikaner gehen.«

Melissa hakte sich bei ihr unter. »Du bist meine Lieblingsschwester.«

»Ich weiß. Ist das nicht super?«

Joaquin verspürte eine seltsame Vorfreude bei dem Gedanken daran, nach Fool's Gold zurückzukehren. Er war ein paar Stunden früher als geplant aus San Francisco abgefahren, einfach nur, weil er in die kleine Stadt zurückwollte. Nein, korrigierte er sich, während er über die Interstate 80 fuhr. Er wollte zu Abby zurück.

Sie hatte ihm gefehlt. Er war gerade mal achtundvierzig Stunden weg gewesen und hatte sie vermisst. Wie das möglich war oder was es bedeutete, wusste er nicht. Aber der Drang, sie zu sehen und mit ihr zu reden, ließ ihn schneller fahren, um eher anzukommen.

Er konnte es nicht erwarten, ihr Lächeln zu sehen und ihr von dem Wochenende mit seinem Bruder zu erzählen. Bisher war er immer davon ausgegangen, dass er und Davis nichts gemeinsam hatten, doch da hatte er sich geirrt. Als sie noch jünger gewesen waren, waren ihre Erfahrungen im Leben so verschieden gewesen, dass sie keine Verbindung zueinander hatten aufbauen können, aber das war heute anders. Sie waren beide in ihrem gewählten Beruf erfolgreich und mochten Baseball lieber als Football. Am Samstag beim Spiel hatten sie Riesenspaß gehabt und gemeinsam die *Giants* angefeuert. Das Gespräch war nur selten mal verebbt. Joaquin hatte sich sogar freiwillig und fast mühelos über Themen wie die Hochzeitsfeier und Flitterwochen unterhalten.

Die detaillierte Beschreibung des Resorts direkt am Strand von Maui hatte ihn an Urlaub denken lassen … mit Abby. Er würde gerne mit ihr Schnorcheln gehen, eine Off-Road-Tour mit einem Jeep machen, bei Sonnenaufgang mit dem Fahrrad den Haleakala-Vulkan herunterfahren. Er konnte sich vorstellen, wie sie neben ihm lachte, während sie gemeinsam das tropische Paradies erkundeten. Oder vielleicht sollten sie nach Aspen fahren? Dort könnten sie snowboarden und danach die Abende vor dem Kaminfeuer verbringen. Später im Bett würde er sie berühren und schmecken und verwöhnen und …

Er richtete seine Aufmerksamkeit wieder auf den Highway. Keine Gedanken an Abby mehr, ermahnte er sich. Nicht bevor er sicher in Fool's Gold angekommen war.

Doch als er das Schild sah, das ankündigte, dass es bis zu seinem Ziel nur noch dreißig Meilen waren, verspürte er einen Anflug von Anspannung. Simons Worte waren ständig präsent. Ja, dachte Joaquin. Er würde Abby erzählen, warum er ursprünglich nach Fool's Gold gekommen war. Doch der Gedanke, sie davon überzeugen zu müssen, dass das nicht der Grund war, warum er blieb, ließ ihn zögern.

Er wollte ihr nicht wehtun. Er wollte ihr nicht das Gefühl geben, nichts Besonderes zu sein, denn das war sie. Sie sollte wissen, dass sie ihm wichtig war. Er wusste nicht, wie er ihr die Wahrheit sagen sollte, ohne das zu zerstören, was zwischen ihnen war. Doch er würde es herausfinden. Eine andere Möglichkeit gab es nicht.

Er hatte es üben wollen, indem er Davis davon erzählte, aber irgendwie waren ihm die Worte nicht recht über die Lippen gekommen. Bei seinem zweiten Versuch hatte Davis ihm gesagt, wie sehr er sich freute, dass Joaquin sich endlich mal eine Auszeit von seinem Beruf nahm. Als wäre Joaquin nach Fool's Gold gekommen, um sich zu erholen und Zeit mit seinem Bruder zu verbringen. Die Schuldgefühle hatten ihn beinahe überwältigt und es ihm unmöglich gemacht, die Wahrheit zu sagen.

Er wünschte, er hätte einen anderen Grund für seinen Besuch gehabt. Doch den hatte er nicht, und nun gab es kein Zurück mehr. Er wusste, dass er niemals einfach nur so irgendwohin gefahren wäre. So ein Mensch war er nicht – oder er war es zumindest bisher nicht gewesen.

Nachdem er die Stadtgrenze passiert hatte, fuhr er direkt weiter zu Abbys Haus. Kaum hatte er den Motor abgestellt, fiel ihm ein, dass er nicht einfach so auftauchen konnte – er hätte ihr eine Nachricht schicken sollen, dass er auf dem Weg war. Was, wenn sie mit jemand anderem zusammen war?

Der Gedanke ließ ihn aus dem Wagen springen und zur Haustür eilen. Abby öffnete, noch bevor er die Veranda erreicht hatte. Mit einem strahlenden Lächeln kam sie auf ihn zugelaufen und warf sich ihm in die Arme. Er packte sie und zog sie an sich, bevor er sie küsste.

Sie schmeckte so süß und verlockend, und er wollte sie mehr, als er je eine Frau gewollt hatte. Das hatte nichts mit primitiven biologischen Bedürfnissen zu tun, sondern einzig und allein mit Abby.

Doch ihr Geständnis, dass sie noch Jungfrau war, bedeutete, dass er es langsam angehen musste. Er würde sich seinen Platz in ihrem Leben verdienen müssen. Deshalb ließ er sie nun los und nahm ihr Gesicht in seine Hände.

»Ich bin wieder da.«

Sie lächelte ihn an. »Das sehe ich. Du hast Melissa um ungefähr eine Stunde verpasst, was echt schade ist. Um das wiedergutzumachen, gehen wir beide auf das Hundstagefestival. Das dauert noch bis Sonnenuntergang, uns bleiben also ein paar Stunden.«

»Ich war noch nie auf einem Festival.«

Überrascht riss sie die Augen auf. »Ernsthaft?«

Dass er nie Lust gehabt hatte, auf so eine Veranstaltung zu gehen, war jetzt nicht so wichtig. »Ich weiß«, sagte er neckend. »Ist das nicht traurig?«

»Unglaublich traurig. Warte, ich ziehe mir nur schnell Schuhe an, dann können wir sofort los.«

Sie griff nach seiner Hand und zog ihn mit sich ins Haus. Unsicher, wo es hinging, folgte er ihr die Treppe hinauf und war überrascht, als sie mit einem Mal in ihrem Zimmer standen.

Es war ein großer Raum mit einem breiten Fenster, einem Doppelbett, einer Kommode, Bücherregalen und einem Schreibtisch. Die Wände, die Überdecke und die auf dem Boden verstreut liegenden kleinen Teppiche waren in verschiedenen Rosatönen gehalten. An den Wänden hingen Poster, und überall lagen flauschige Dekokissen in Herz-

oder Sternform. Dazu gesellten sich Stapel aus Lehrbüchern, Romanen und Reiseführern.

»Ich brauche nur eine Sekunde«, sagte sie und verschwand halb in ihrem Kleiderschrank. »Ich meine, es ist das Hundstagefestival und dein erstes Mal, also muss ich gut aussehen.«

Sein Blick glitt zum Bett, und schnell riss er den Kopf herum. Doch nun schaute er direkt in den Spiegel auf der Kommode, was ein Fehler war, denn so konnte er Abby sehen, die sich hinter der geöffneten Schranktür umzog.

Nur in Unterwäsche stand sie vor der Kleiderstange und schien zu überlegen, was sie anziehen sollte.

Sie ist perfekt, dachte er, und Begehren wallte in ihm auf. Durchtrainiert und an den richtigen Stellen wohlgerundet. Sie griff nach einem Kleid, zog es sich über den Kopf und schlüpfte dann in flache Sandalen.

Schnell drehte er sich weg und tat so, als studiere er die Fläschchen und Pinsel, die auf der Kommode lagen. Abby trat vom Schrank zurück, strich sich einmal durch die Haare und stellte sich neben ihn.

»Bitte verurteile mich nicht für das ganze Rosa«, bat sie lächelnd.

»Ich liebe Rosa. Das passt gut zu dir.«

»Ja, typisch Mädchen, ich weiß. Ich kann nicht anders. Die restlichen Farben mag ich auch, aber Rosa hat mir das Herz gestohlen.« Sie lehnte sich an ihn. »Ich bin ein schrecklicher Mensch. Ich habe Melissa davon überzeugt, dass die Brautjungfern rosafarbene Kleider tragen, nur um mich glücklich zu machen. Das war ziemlich egoistisch von mir.«

Er gab ihr einen Kuss auf den Scheitel. »Quatsch, das war es nicht.«

»Doch. Aber es gefällt mir, dass du das anders siehst.« Erneut nahm sie seine Hand und zog ihn mit sich zur Tür. »Okay, mit diesem Festival feiern wir, dass der Sommer beinahe zu Ende ist. Das ist zugleich schön und albern.«

»Und es gibt Hunde?«

Sie verließen das Haus und gingen in Richtung Innenstadt. »Nicht nur Hunde, sondern alle möglichen Tiere. Du wirst schon sehen.«

Sie mischten sich unter die Menge, die sich in den abgesperrten Straßen tummelte. Es gab kostümierte Hunde und auch sonst alle möglichen Tiere, die man sich nur vorstellen konnte. Katzen und Hamster, Käfige mit Mäusen, Echsen und Schlangen. Einige Leute führten Ziegen und Schweine an der Leine mit sich. Und im Schatten der großen Bäume im Park stand ein Elefant.

»Das gibt es doch nicht«, sagte Joaquin und starrte das riesige Tier an, neben dem ein winziges Pony stand.

»Das sind Priscilla und ihr Pony Reno. Sie wohnen draußen auf der Castle Ranch, wo es auch Ziegen und Pferde gibt. Es ist echt nett da. Weihnachten macht sie bei dem großen Umzug mit und hat dafür sogar ein eigenes Kostüm.«

Ungläubig schaute er Abby an. »Wie bekommt man denn einen Elefanten in ein Kostüm?«

»Mit einer Leiter und vielen Haken und Ösen. Die Frauen der Stadt haben es für sie angefertigt. Außerdem macht Priscilla beim Krippenspiel mit, was total super ist.« Abby strahlte. »Einmal haben sie einen Pudel als Jesuskind genommen. Ich fand das ganz charmant, aber einige Leute fanden es unangemessen, deshalb gab es das danach nicht wieder.«

Langsam schlenderten sie an den Ständen entlang, an denen alles von Lavendelseife über Schmuck bis zu einheimischem Honig verkauft wurde.

»Erzähl mir von deinem Wochenende«, bat Abby, als sie in der Schlange vor dem Limonadenstand warteten.

»Es war gut. Wir waren bei einem Spiel der *Giants,* und sie haben gewonnen. Danach sind wir unten am Hafen entlangspaziert.«

»Also hattet ihr Spaß?«

»Oh ja.« Er warf ihr einen Blick zu. »Ich kann mich nicht erinnern, wann Davis und ich das letzte Mal etwas zusammen unternommen haben. Selbst als Kinder nicht. Wir hatten keine gemeinsamen Interessen, und ich war viel weg. So richtig wusste ich nie, worüber ich mit ihm reden soll.«

»Du warst einsam.«

»Ein wenig.«

»Es ist leicht zu vergessen, wie man mit den Leuten befreundet sein kann, die einem am Herzen liegen«, erklärte sie. »Aber jetzt, wo ihr euch daran erinnert habt, könnt ihr enger in Kontakt bleiben. Melissa ist nicht nur meine Schwester, sondern auch meine beste Freundin, und ich würde niemals …«

Ohne Vorwarnung ließ Abby seine Hand fallen und sprintete los. Sie warf sich einem großen, dunkelhaarigen Mann an den Hals und lachte, als er sie herumwirbelte. Der Anblick war für Joaquin wie ein Tritt in den Magen, und er wusste nicht, wie er reagieren sollte. Den anderen Kerl zusammenzuschlagen kam ihm irgendwie nicht richtig vor – außerdem wusste er nicht, ob er überhaupt die dazu nötigen Fähigkeiten hatte. Aber der Drang war trotzdem ziemlich mächtig.

Abby kam mit dem Mann im Schlepptau zu ihm zurück und strahlte über beide Wangen. »Joaquin, du errätst es nicht. Das hier sind Percy und seine Freundin GraceAnn. Das ist Joaquin. Er ist der Bruder von Davis und sein Trauzeuge.«

Sie ließ Percys Hand los und stellte sich wieder neben Joaquin. »Percy war Melissas erster Freund. Sie waren echt süß zusammen, aber leider nicht so süß wie Percy und GraceAnn.«

GraceAnn, eine wunderschöne junge Frau mit dunklen Haaren und dunkler Haut, schüttelte den Kopf. »Ich finde, Melissa ist wesentlich süßer als ich.«

»Gar nicht«, sagten Percy und Abby im Chor und lachten dann.

»Percys Familie wohnt in der Gegend«, erklärte Abby. »Es ist kompliziert, wie so viele Beziehungen. Er ist also zu Besuch in der Heimat, aber er ist auch wegen der Hochzeit hier.« Sie umarmte GraceAnn. »Warte nur, bis du die Kleider für die Brautjungfern siehst.«

GraceAnn lehnte sich an Percy. »Hast du sie zu Rosa überredet?«

»Na klar, was denkst du denn?«

Beide Frauen lachten.

Zu viert unterhielten sie sich einen Moment, dann verabschiedeten Percy und GraceAnn sich. Joaquin sah ihnen nach, während er weiter mit einem Gefühl kämpfte, das er nur als Eifersucht bezeichnen konnte. Da er sich nie zuvor so gefühlt hatte, wusste er es nicht genau, aber es war das Wort, das ihm als Erstes einfiel.

»Was ist?«, fragte Abby, als er ihr die Limonade reichte. »Geht es dir gut?«

»Ja. Nein.« Er zog sie von der Menge fort in eine ruhige Ecke am Park. »Es war hart, mit anzusehen, wie du dich einem anderen Mann in die Arme geworfen hast.«

»In die Arme geworfen?« Ihre Augen funkelten amüsiert auf. »Sind wir etwa eifersüchtig?«

»Ja.«

»Wirklich?« Sie lächelte ihn an. »Das macht mich glücklich.« Sie stellte ihre Limonade auf dem Boden ab und legte dann ihre Hände an Joaquins Brust. »Es gibt keinen anderen, Joaquin. Ich weiß nicht genau, was hier passiert, aber ich bin gern mit dir zusammen.«

Er stellte seinen Becher neben ihren und schlang die Arme um Abbys Taille. »Ich mag dich auch. Sehr sogar.«

Sie sah ihm direkt in die Augen. »Gut zu wissen.«

Er wollte noch mehr sagen, hätte noch mehr sagen sollen, doch stattdessen küsste er sie lieber. Sie schmiegte sich an ihn und öffnete die Lippen, um seiner Zunge Einlass zu gewähren. Wie gut es sich anfühlte, sie zu küssen. Sie zu berühren und von ihr berührt zu werden war besser als alles, was er je erlebt hatte. Das lag vermutlich daran, dass er sich in ihrer Gegenwart so unglaublich wohlfühlte.

Der Kuss dauerte länger, als in der Öffentlichkeit schicklich war, und doch zog Joaquin sich nur widerstrebend zurück.

Abbys Wangen waren gerötet und ihr Blick verträumt.

»Du kannst wirklich gut küssen«, sagte sie und lehnte ihren Kopf an seine Schulter. »Das ist diese Arzt-Sache, oder? Du bist in deinem weißen Kittel vermutlich so sexy, dass du mit einer Trilliarde Frauen ausgegangen bist, und deshalb kannst du besser küssen als die meisten Männer.«

Ihre Einschätzung von ihm stand in so krassem Kontrast

zu seinem wirklichen Leben, dass er laut auflachen musste. »Abby, ich bin sozial total ungelenk. Es hat ein paar Frauen gegeben, aber nicht viele.«

»Ich bin mir nicht sicher, ob ich dir glaube. Ich denke, die Frauen haben bei dir Schlange gestanden.«

»Nicht einmal ansatzweise.«

»Dann sind sie wirklich dumm. Aber das stört mich nicht, so habe ich mehr von dir.«

Sie nahm die Getränke auf und reichte ihm seines. Nachdem er es ihr abgenommen hatte, legte er einen Arm um sie. Er wusste nicht, ob Abby ihn aufzog oder nicht, und es war ihm auch egal. Im Moment fühlte er sich, als könnte er es mit der ganzen Welt aufnehmen.

7. Kapitel

»Nach der ganzen Planung kann ich es kaum glauben, dass die Hochzeit schon in ein paar Tagen ist«, sagte Liz, als sie sich den Ballsaal im Resort anschauten.

»Ich weiß. Das geht alles so schnell«, pflichtete Abby ihr bei.

Am Samstag würden Melissa und Davis heiraten. Sonntagmorgen wollten sie nach San Francisco fahren, um dort in den Flieger nach Hawaii zu steigen. Und am selben Tag würde Joaquin nach Los Angeles zurückfliegen.

Seit er von dem Ausflug zu seinem Bruder zurückgekehrt war, hatten Abby und er jeden Tag miteinander verbracht. Aber sie hatten nie darüber gesprochen, was nach der Hochzeit passieren würde. Würden sie in Kontakt bleiben, einander weiter sehen? Abby wusste, was sie wollte, war sich seiner Pläne aber nicht so sicher. Es war offensichtlich, dass er sie mochte und gern mit ihr zusammen war, aber war sie nur ein kurzes Vergnügen oder mehr?

Unsicherheit war ein Gefühl, das sie nicht mochte. Auf keinen Fall wollte sie eine dieser Frauen sein, die sich ständig Gedanken machten, anstatt den Mann einfach zu fragen. Was die Männer in ihrem Leben anging, war sie immer ziemlich direkt gewesen. Doch dieses Mal hatte sie Probleme, die richtigen Worte zu finden – was hauptsächlich daran lag, dass sie Angst hatte, er würde etwas sagen, das sie nicht hören wollte.

»Abby?«, fragte Liz.

»Oh, tut mir leid. Hast du was gesagt?«

Ihre Mutter lächelte sie an. »Ich glaube, wir sind hier fertig. Wir haben die Kerzen und die Platzkarten abgeliefert und sind die Checkliste noch einmal durchgegangen. Jetzt müssen wir nur noch darauf warten, dass Melissa am Mittwochabend nach Hause kommt, und dann natürlich die Hochzeit feiern.«

Keine ganze Woche mehr, dachte Abby düster. Ihr blieb weniger als eine Woche, bevor Joaquin in sein Leben als begnadeter Chirurg zurückkehrte. Sie dagegen würde hierbleiben, um sich auf den Beginn des neuen Schuljahrs vorzubereiten.

»Geht es dir gut?« Liz sah sie forschend an, als sie zu ihrem Wagen zurückgingen.

»Ich denke nur nach.«

»Über Joaquin?« Liz schloss den Wagen auf. »Mir ist aufgefallen, wie viel Zeit ihr miteinander verbringt. Dahinter steckt mehr als nur pure Höflichkeit einem zukünftigen Familienmitglied gegenüber.«

»Ich weiß.« Abby stieg auf der Beifahrerseite ein. »Ich war nicht sicher, was mich mit ihm erwartet, aber er ist wirklich nett und lustig. Ich mag ihn.«

»Aber?«

»Wenn die Hochzeit vorbei ist, geht er nach L. A. zurück, und ich habe keine Ahnung, was danach passiert. Ich weiß, ich sollte ihn fragen, aber das kann ich nicht.« Sie biss sich auf die Unterlippe. »Ich habe Angst vor der Antwort.«

»Weil du dabei bist, dich in ihn zu verlieben?«

Die Frage in dem sanften Tonfall überraschte Abby. »Was? Verlieben? Nein. Dafür ist es zu früh. Ich war noch nie verliebt. Vermutlich hätte ich es mal sein sollen, aber das Gefühl wollte sich bisher nie einstellen. Also wäre es lächerlich, mich nun ausgerechnet in ihn zu verlieben.«

Liz fuhr vom Parkplatz, ohne etwas zu sagen.

Abby seufzte. »Du glaubst wirklich, dass ich mich verliebt habe?«

»Die Frage kann ich dir nicht beantworten, Liebes. Das weißt nur du.«

Verliebt in Joaquin? Konnte das sein? Das würde zumindest einiges erklären. Zum Beispiel, dass sie ständig an ihn dachte und es nicht erwarten konnte, wieder mit ihm zusammen zu sein. Und dass sie sich solche Sorgen über seine Abreise machte.

»Er lebt in Los Angeles, und ich habe hier eine Stelle als Lehrerin.«

»Es gibt viele Paare, die eine glückliche Fernbeziehung führen. Ich meine, von hier aus sind es, was? Sieben Stunden mit dem Auto oder weniger als eine Stunde mit dem Flugzeug. Er zieht ja nicht auf den Mars.«

»Ja, der Mars wäre komplizierter.« Abby nickte.

»Ich schätze, ich sollte mal mit ihm reden, was? Ihn fragen, was er sich vorstellt, wie es nach der Hochzeit weitergeht.«

»Das wäre ein guter Anfang.«

»Und außerdem sehr erwachsen.« Sie sah ihre Mom an. »Was ist, wenn er mich nicht mag?«

Liz lächelte. »Du weißt, dass er das tut. Es geht nicht um *ob*, sondern um *wie sehr*. Und darum, was er für Erwartungen hat. Außerdem solltest du darüber nachdenken, was du willst. Er wird dich bestimmt danach fragen.«

Hm, was will ich?, fragte Abby sich. »Ich will ihn weiter

treffen. Ich möchte, dass das mit uns exklusiv ist. Und ich will sehen, wohin das mit uns führt.«

Sie wollte ihre Gefühle langsam wachsen lassen, und dann wollte sie mit ihm Liebe machen. Sie wollte, dass er ihr Erster war und vielleicht, ganz vielleicht, auch ihr Einziger.

»Dann sag ihm das. Erzähl ihm, dass er für dich etwas Besonderes ist und du Potenzial für euch siehst.«

»Was mich wieder zu meinem Anfangspunkt zurückbringt: Was ist, wenn er nicht will? Ich möchte mir nicht das Herz brechen lassen.«

»Dafür ist es schon zu spät. Ob er es nun sagt oder nicht – wenn er nicht weiter an dir interessiert ist, wirst du das nach der Hochzeit auf die eine oder andere Weise erfahren. Um dein Herz zu schützen, steckst du schon zu tief in der Sache drin.«

»Hättest du nicht einfach sagen können, dass alles gut wird?«

Liz lächelte. »Alles wird gut.«

»Als wenn ich dir das jetzt noch glauben würde.« Sie lehnte sich im Sitz zurück. »Okay. Ich werde daran arbeiten, mutig und erwachsen zu sein. Das wird mir nicht gefallen, aber ich tue es trotzdem.«

»So kenne ich meine Tochter.«

Joaquin eilte durch Fool's Gold. Er war mit Abby in dem Brautmodengeschäft verabredet, wo die letzte Anprobe für die Brautjungfern stattfand. Was genau das bedeutete, war ihm nicht ganz klar. Warum sollte das Kleid nicht passen, wenn sie die richtige Größe bestellt hatten? Und wie konnte es sein, dass ein Laden nur Brautsachen verkaufte und trotzdem überlebte? Heirateten denn so viele Leute?

Kann mir eigentlich auch egal sein, dachte er, als er das Schild *Paper Moon* am Straßenrand erblickte. Er wollte einfach nur Zeit mit Abby verbringen. Egal, ob sie dabei Kleider anprobierte oder Zäune strich oder ein Cricket-Match auf BBC anschaute. Solange er mit ihr zusammen sein konnte, war er glücklich.

Das war ein neuer Zustand für ihn. Normalerweise fühlte er sich eher »zufrieden« als »glücklich« oder »traurig«. Schön in der Mitte der Emotionen lebte es sich wesentlich leichter.

Aber wenn Abby in der Nähe war, konnte er nicht anders. Das bloße Wissen, dass er sie sehen würde, reichte, um ihn beinahe schwindelig zu machen. Er dachte ständig an sie und zählte die Stunden, bis er sie wiedersah. Im Hintergrund lauerte allerdings immer noch die Tatsache, dass er ihr sagen musste, warum er ursprünglich nach Fool's Gold gekommen war. Doch das hatte noch Zeit, die Hochzeit war ja erst am Samstag.

Als er den Laden betrat, hatte er das Gefühl, in einem anderen Land gelandet zu sein. Das lag nicht nur an den ausgestellten Brautkleidern und Accessoires, sondern auch an dem flauschigen Teppich und den verschnörkelten Möbeln. Der gesamte Raum schien auszustrahlen, dass es hier um etwas ging, das Joaquin nicht verstehen konnte.

An der Tür blieb er unsicher stehen. Sollte er rausgehen und Abby eine Nachricht schicken, damit sie sich später trafen, oder sollte er sich einfach zusammenreißen und versuchen, sie zu finden?

Eine attraktive, hochschwangere Frau kam lächelnd auf ihn zu.

»Schon gut«, sagte sie beruhigend. »Einfach weiteratmen. Die Panik vergeht, und dann fühlen Sie sich besser.«

Ihre blauen Augen funkelten humorvoll, und irgendwie gelang es ihm, den Fluchtimpuls zu bändigen. Sie warf einen Blick über ihre Schulter.

»Abby, ich schätze, dein Freund ist hier. Du musst schnell kommen und ihn beruhigen. Dieser Laden wirkt Furcht einflößend auf die meisten Männer, und er bildet da keine Ausnahme.«

Hinter einer Ecke tauchte Abby auf und kam lächelnd auf ihn zu.

»Zu viel Mädchen?«, fragte sie und hakte sich bei ihm unter. »Ich hätte dich vorwarnen sollen.«

»Ich bin mir nicht sicher, ob das geholfen hätte«, gab er zu. »Es ist das erste Mal, dass ich in so einem Laden bin.«

»Und vermutlich wird es auch das letzte Mal sein.« Sie lächelte die andere Frau an. »Madeline, das ist Joaquin Kincaid. Sein Bruder Davis ist der Bräutigam. Joaquin, das ist Madeline Blaze.« Sie senkte die Stimme. »Okay, normalerweise sage ich das nicht, aber du gehörst bald zur Familie, also ist es in Ordnung: Madeline ist mit Jonny Blaze verheiratet.«

Joaquin interessierte wesentlich mehr, wie sich Abbys Körper an seinen schmiegte, als die Frage, mit wem Madeline verheiratet war. Dennoch lächelte er höflich.

»Schön, Sie kennenzulernen.«

Abby grinste. »Ich hab's dir doch gesagt.«

Madeline wirkte überrascht. »Mögen Sie keine Actionfilme?«, fragte sie verwirrt.

Filme? Was hatten die hiermit zu tun? »Ich habe nicht viel Freizeit, und wenn ich mal nicht arbeite, ziehe ich es vor zu lesen.«

Abby seufzte. »Deshalb bin ich so verrückt nach ihm. Ich kann nicht anders. Er ist einfach perfekt.«

Sie zieht mich nur auf, dachte er. *Hat ein bisschen Spaß mit ihrer Freundin.* Trotzdem, ihre Worte trafen ihn mit der Eleganz eines Schaufelbaggers und ließen ihn zerschmettert am Straßenrand liegen.

Verrückt nach ihm? Meinte sie das ernst? Und fand sie ihn wirklich perfekt? Ihn, der viel mehr Makel hatte als die meisten anderen Menschen? Ihn, der sich in Unterhaltungen und allen anderen sozialen Zusammenhängen immer so ungeschickt anstellte?

»Du hattest recht«, sagte Madeline und lächelte Joaquin an. »Mein Mann ist ein Actionstar. Normalerweise spreche ich nicht über ihn, aber Abby hat behauptet, es würde Sie nicht beeindrucken.«

»Ich bin mir ziemlich sicher, dass er seinen Job sehr gut macht«, sagte Joaquin, weil er Abbys Freundin nicht vor den Kopf stoßen wollte.

Abby lehnte ihren Kopf gegen seine Schulter. »Keine Sorge, du hast sie nicht beleidigt. Deine Einstellung ist sehr erfrischend.« Sie nahm seine Hand und zog ihn mit sich in den hinteren Bereich des Ladens. »Komm, ich muss mein Kleid noch ein letztes Mal anziehen. Ich habe Madeline schon gesagt, dass du in dem bequemen Sessel sitzen darfst.«

Er schaute sich in dem großen Raum um, in dem es ein Podest und riesige Spiegel gab. Verschiedene Ohrensessel waren um kleine Tischchen gruppiert, auf denen Magazine, Kleenexboxen und elegante Teetassen standen. Wieder einmal hatte er das Gefühl, eine Welt betreten zu haben, in die er nicht gehörte.

Abby zeigte auf den größten Sessel. »Ich bin gleich zurück.«

Joaquin nahm Platz. Madeline war ihnen nicht gefolgt, sodass es ihm erspart blieb, Small Talk zu machen. Er holte tief Luft, um die Fassung zurückzugewinnen, und nahm dann eine der Zeitschriften in die Hand. Auf dem Cover war eine Frau im Brautkleid abgebildet. Er blätterte durch die Seiten und sah Dutzende Frauen in verschiedenen Brautkleidern, dazu Anzeigen für alles Mögliche – von Einladungen über Geschirr bis zu Eheringen. Außerdem gab es Bilder von Bräuten, die zwischen Brautjungfern standen, und am Ende gab es eine Rubrik mit Tipps für die Flitterwochen.

Offensichtlich existiert eine ganze Industrie, die sich nur um Hochzeiten dreht, dachte er erstaunt. Angesichts der hochwertigen Aufmachung des Magazins und der Tatsache, dass es überhaupt einen Laden für Brautmoden gab, musste es ein riesiger Markt sein, der Millionen von Dollar wert war. Und er hatte davon keine Ahnung gehabt.

Noch einmal blätterte er das Magazin durch und schaute sich die Kleider genauer an. Nach und nach erkannte er Unterschiede in den Stilen, auch wenn die vorherrschende Farbe Weiß war. Interessiert studierte er die Seiten, die Detailfotos von einer Hochzeit zeigten, darunter die Dekoration auf den Tischen und die Blumengestecke. Es gab …

»Ähem.«

Er schaute auf und sah Abby auf sich zukommen. Ohne nachzudenken, ließ er die Zeitschrift auf den Boden fallen und stand auf.

Sie sah unglaublich aus. Das Kleid war lang und wunderschön; es wurde nur von zwei schmalen Trägern gehalten, sodass Abbys Schultern frei waren. Das Oberteil war irgendwie gefältelt, fiel aber weich, und über ihren Oberarmen lag ein Hauch von Stoff. Die Farbe war ein ganz blasses

Rosa, das interessanterweise mit ihrer Haarfarbe harmonierte.

Sie biss sich auf die Unterlippe und blinzelte ein paarmal. »Wow. Wenn wir uns mal streiten und ich wütend auf dich bin, dann schau mich einfach so an, und ich vergebe dir sofort.«

»Wie sehe ich dich denn an?«

»Als wäre sie die einzige Frau auf der Welt«, sagte Madeline, die in diesem Moment zu ihnen stieß. »Abby, du bist umwerfend. Und nun lass mich sehen, ob wir noch etwas ändern müssen. Wobei, soweit ich das von hier aus beurteilen kann, sitzt das Kleid perfekt.«

Abby stieg auf das Podest und wandte sich dem Spiegel zu. Madeline fing an, am Stoff zu zupfen und zu ziehen, um die Passform zu überprüfen. Joaquin konnte den Blick nicht abwenden, denn er konnte immer noch nicht fassen, was er da sah. Gefühle wallten in ihm auf, für die er keinen Namen hatte, die jedoch wirkten, als könnten sie ihn für immer verändern.

Das will ich, dachte er. Ja, er war wegen des Programms nach Fool's Gold gekommen, aber das kam ihm jetzt im Vergleich zu einer Beziehung mit Abby zweitrangig vor. Er warf einen Blick zu der Zeitschrift am Boden, dann sah er wieder Abby an und erkannte, dass er sie in mehr als nur dem Brautjungfernkleid sehen wollte. Er wollte sie in einem weißen Hochzeitskleid sehen, mit Blumen in der Hand, wie sie ihm langsam entgegenschritt. Er wollte immer mit ihr zusammen sein, wollte alles mit ihr machen, worüber sie gesprochen hatten – sie lieben und ehren, egal, was kommen würde.

Sie war alles, wonach er nie gesucht hatte. Er war nach Fool's Gold gekommen, um seine Karriere voranzutreiben, doch stattdessen hatte er etwas wesentlich Wichtigeres gefunden – den fehlenden Teil seines Herzens.

Er wusste, es war zu früh. Sie hatten einander gerade erst kennengelernt, und auf keinen Fall verdiente er eine Frau wie sie. Doch in diesem Moment war er sich sicher, dass das der eigentliche Grund war, warum ihn das Schicksal nach Fool's Gold geführt hatte: um sie zu treffen und zu erfahren, was möglich war.

»Ich glaube, wir sind fertig«, sagte Liz und ließ den Blick über den Garten schweifen.

Abby schaute sich um und nickte. »Sehe ich genauso. Ich werde noch mal in den Badezimmern gucken, ob auch wirklich genügend Handtücher und so weiter da sind.«

Das Familienbarbecue am Donnerstagabend vor der Hochzeit war mit der Zeit immer größer geworden – genau wie die Hochzeit an sich. Woran man niemandem die Schuld geben kann, dachte Abby, als sie das Gästebad und das Badezimmer neben dem Büro ihres Vaters checkte. Die Sache hatte sich einfach so entwickelt.

Es gab ausreichend Handtücher und Seife, und alles war sauber und ordentlich. Sie machte sich eine mentale Notiz, nach ein paar Stunden noch mal nachzuschauen, nur um sicherzugehen, dass alles in Ordnung war.

Es wurden eine Menge Gäste erwartet. Natürlich Melissa und Davis, dazu Abby, Joaquin, Davis' Eltern, alle sechs Hendrix-Geschwister samt Ehepartnern und Kindern, Grandma Denise und Grandpa Max. Anstatt eines Essens in einem schicken Restaurant hatte Melissa um etwas Lockeres gebeten. Liz hatte Tische im Garten aufstellen lassen und Ana Raquel für das Catering engagiert. Anstelle einer

Bar gab es einen Tisch mit Weinen, ein paar Bierfässern und einer Metallwanne, die mit Eis und Softdrinks gefüllt war. Zum Nachtisch würde es Cupcakes geben, die in Form einer Hochzeitstorte aufgebaut waren. Ethan hatte im Garten Bluetooth-Lautsprecher verteilt, und Davis hatte eine Playlist zusammengestellt.

Pünktlich um sechs trafen die ersten Gäste ein. Abby hielt sich in der Nähe der Tür auf, sowohl, um ihre Familie zu begrüßen, als auch, um auf Joaquin zu warten. Sie hatte ihn den ganzen Tag über nicht gesehen, was keine große Sache sein sollte, sich aber anfühlte wie Wochen. Wenn er kam, wollte sie da sein, weil sie wusste, dass es anstrengend für ihn sein würde, all die neuen Verwandten zu treffen. Daher wollte sie ihm die Situation erleichtern.

Sie begrüßte Molly und Gary Kincaid, ein ganz bezauberndes Paar. Er war Zahnarzt, und sie leitete eine Kindertagesstätte in Gardenia, Kalifornien. Beide umarmten Abby und gingen dann weiter durch in den Garten. Gerade wollte Abby eine Nachricht an Joaquin schicken und ihn fragen, wo er steckte, als sie ihn auf das Haus zukommen sah.

Sofort stürmte sie aus der Tür. Er breitete die Arme aus, und sie warf sich ihm an den Hals. Als er sie küsste, spürte sie das Kribbeln bis in die Zehenspitzen.

»Es ist eine Ewigkeit her«, beschwerte sie sich. »Wieso haben wir uns den ganzen Tag nicht gesehen?«

»Ich weiß nicht, aber wir sollten dafür sorgen, dass so etwas nicht noch mal vorkommt.«

Sie dachte daran, dass er in Los Angeles arbeitete und sie hier lebte. »Aber das wird es, oder?«, fragte sie, bevor sie die Worte zurückhalten konnte. »Sobald die Hochzeit vorbei ist, fliegst du nach Hause. Das hier sind nur Ferien für dich.«

Er presste die Lippen zusammen. »Darüber wollte ich mit dir reden. Ich hätte gerne, dass es mehr ist, Abby. Mit dir zusammen zu sein war …«

»Hey, ihr zwei«, sagte Onkel Finn, der gerade auf sie zukam. »Nehmt euch ein Zimmer, ihr schockiert die ganze Nachbarschaft.«

Tante Dakota folgte mit Hannah und Jordan im Schlepptau. »Finn, lass sie. Sie sind jung und verliebt, das ist doch schön.«

Verliebt? *Verliebt?* Was war nur mit den Leuten los? Abby versuchte, den Gedanken zu verarbeiten, während sie ihre Verwandten umarmte und Joaquin vorstellte.

»Der geheimnisvolle, talentierte Arzt«, zog Dakota ihn auf. »Schön, dich endlich kennenzulernen. Und gut zu wissen, dass du so einen ausgezeichneten Frauengeschmack hast.«

Joaquin grinste. »Das ist eine meiner besseren Eigenschaften.«

Gemeinsam gingen sie hinein. Abby befahl sich, alle Gedanken an das L-Wort für den Moment aus ihrem Kopf zu verbannen. Sie musste eine Party durchstehen und wollte nicht abgelenkt sein, sondern alles genießen. Soweit sie das beurteilen konnte, war Joaquin genauso an ihr interessiert wie sie an ihm. Ja, er hatte ihr noch was erzählen wollen, aber die logistischen Fragen konnten sie später klären. Vielleicht könnten sie einander an den Wochenenden besuchen, außerdem hatte sie ja Ferien und auch über den Sommer frei. Es könnte funktionieren.

Als Melissa und Davis eintrafen, wurden sie mit lautem Jubel begrüßt. Abby führte Joaquin herum und stellte ihm alle Anwesenden vor. So viele Leute machten ihn nervös, das spürte sie, deshalb blieb sie in seiner Nähe und verschränkte ihre Finger mit seinen. Er schenkte ihr ein dankbares Lächeln, während er mit dem Daumen über ihren Handrücken rieb. Im Laufe der ersten Stunde fing er langsam an, sich zu entspannen.

Als Abbys Mutter verkündete, dass das Essen in zehn Minuten fertig wäre, ging Abby in Richtung der Tische. Sie wollte zwei Plätze im hinteren Bereich, auf den sich die allgemeine Aufmerksamkeit weniger richtete. Nicht nur, weil dieser Abend allein Melissa und Davis gehören sollte, sondern auch, weil sie wusste, dass es für Joaquin so leichter war.

Gerade hatte sie sich zwei Stühle ausgesucht, als ihr Onkel Simon zu ihr kam. Er umarmte sie kurz, bevor er sich Joaquin zuwandte.

»Hast du es ihr erzählt?«

Joaquin versteifte sich. »Du hast gesagt, ich hätte Zeit bis zur Hochzeit.«

Auch wenn Abby keine Ahnung hatte, wovon die beiden sprachen, zog sich ihr Magen zusammen und ihr wurde kalt. Worum ging es hier?

»Du hattest mehr als zwei Wochen«, sagte Simon. »Es gab keinen Grund, damit zu warten.« Simon wandte sich ihr zu. »Abby, zuerst sollst du wissen, dass ich dich sehr lieb habe.«

Sie wusste nicht, was folgen würde, doch sie wollte es auf keinen Fall hören. Beinahe hätte sie sich die Ohren zugehalten und verlangt, dass ihr Onkel den Mund hielt. Doch irgendetwas warnte sie, dass das ein Fehler wäre. Denn eines wusste sie mit Sicherheit: Simon liebte sie und würde ihr niemals wehtun. Er würde nie etwas machen, was nicht in ihrem Interesse war.

Schnell sah sie zu Joaquin, der aussah, als wollte er etwas sagen, doch er tat es nicht. Als ihre Blicke sich trafen, las sie in seinem Besorgnis und etwas, das sie nicht definieren konnte. Schuldgefühle? Angst? Was auch immer es war, es war nicht gut.

Simon berührte sie an der Schulter. »Es tut mir leid. Ich habe Joaquin gewarnt, wenn er es dir nicht erzählt, werde ich es tun. Offensichtlich hat er mir nicht geglaubt.«

»Das ist es nicht«, setzte Joaquin an.

Simon brachte ihn mit einer Geste zum Schweigen. »Du hattest ausreichend Zeit. Abby, Joaquin ist nicht wegen der Hochzeit hier. Er kam nach Fool's Gold, um mich zu treffen und mit mir über das Programm zu reden, das ich ins Leben gerufen habe. Vor ein paar Monaten hat er sich dafür beworben, ist aber nicht über die erste Vorstellungsrunde hinausgekommen. Er dachte, wenn wir eine persönliche Beziehung aufbauen, würde ich mir seine Aufnahme in das Programm noch einmal überlegen.«

Verstört trat Abby einen Schritt zurück und sah die beiden an. Es gab keine Möglichkeit, die Worte ihres Onkels anders zu interpretieren als das, was sie waren – eine unschöne Erklärung für eine Sache, über die sie sich von Anfang an gewundert hatte.

»Du hast mich benutzt, um an meinen Onkel ranzukommen?«, fragte sie Joaquin.

»So hat es angefangen, ja. Meine Karriere ist mir wichtig, Abby, das weißt du. Ich habe eine Patientin aufgrund ihrer starken Verbrennung verloren. Es gab nichts, was ich hätte tun können, und ich hasse es, hilflos zu sein. Ich wollte ein besserer Chirurg werden, also habe ich mich beworben und bin abgelehnt worden. Als ich gehört habe, dass die Hochzeit hier stattfindet, wollte ich versuchen, Simon kennenzulernen.«

Ihr wurde eiskalt, als die Wahrheit sackte. »Also war das alles eine Lüge.«

»Nein.« Er trat auf sie zu und blieb direkt vor ihr stehen. »Nein, das war es nicht. Als ich dich kennengelernt habe, hat sich alles verändert. Alles. Du hast meine Aufmerksamkeit und meine Gefühle geweckt. Ich mochte alles, was wir zusammen unternommen haben. Ich habe noch nie jemanden wie dich getroffen, Abby. Ich wollte nichts darüber sagen, warum ich hierhergekommen bin, weil ich das zwischen uns nicht zerstören wollte. Es ist mir wichtig. *Du* bist mir wichtig.«

Zu gerne hätte sie gesagt, dass das keinen Sinn ergab, doch das tat es. Sie war damit beschäftigt gewesen, sich zu verlieben, und er hatte sie nur ausgenutzt. Er hatte ein Spiel mit ihr gespielt.

»Du hast mich benutzt, um an meine Familie heranzukommen. Du hast so getan, als läge dir etwas an mir. Du hast mich ausgetrickst.« Tränen brannten in ihren Augen, doch sie blinzelte sie zurück. »War irgendetwas von alldem echt?«

»Natürlich war es das.« Er streckte die Hand nach ihr aus. »Abby, bitte. Ich will dich nicht verlieren.«

Sie zog sich zurück. »Was solltest du auch sonst sagen?«, fragte sie verbittert.

Schon wollte sie sich umdrehen, um ins Haus zu laufen, als sie sich daran erinnerte, wo sie waren. Das hier war eine Party zu Ehren ihrer Schwester. Die gesamte Familie war da. Sie konnte jetzt keine Szene machen. Sie konnte weder schreien noch weinen noch weglaufen, ohne den Abend für Melissa zu ruinieren.

Also sah sie Joaquin an. »Sag nichts. Ich will nicht, dass Melissa oder Davis mitbekommen, dass etwas nicht stimmt.« Um ihre Mundwinkel zuckte es. »Nicht, dass es dir schwerfallen wird, nichts zu sagen. Darin bist du ja wirklich gut.«

Damit ging sie zu ihrer Mutter. Bei Liz angekommen, beugte sie sich vor. »Ich glaube, meine Periode ist etwas zu früh gekommen«, log sie im Flüsterton. »Ich gehe kurz hoch und nehme etwas gegen die Krämpfe.«

Ihre Mutter lächelte sie an. »Natürlich. Sollen wir mit dem Essen so lange warten?«

Abby schüttelte den Kopf. »Ich bleib nicht lange weg. Ich brauche nur eine Sekunde. Macht einfach weiter. Ich bin gleich wieder da.«

Auf dem Weg zum Haus unterdrückte sie den Drang zu rennen. Sie lächelte alle, die ihr begegneten, an und versuchte, sich so normal wie möglich zu verhalten. Als sie endlich in ihrem Zimmer angekommen war, setzte sie sich auf die Bettkante und schlug die Hände vors Gesicht.

Was für eine Idiotin sie gewesen war. Zum ersten Mal in ihrem Leben hatte sie einem Mann ihr Herz geschenkt – nur um dann zu erfahren, dass alles an ihrer Beziehung gelogen war. Und nun musste sie die nächsten zwei Tage durchstehen, ohne dass jemand mitbekam, was passiert war. Samstag war Melissas großer Tag. Und egal wie – Abby würde alles in ihrer Macht Stehende tun, um diesen Tag perfekt zu machen. Auch wenn das bedeutete, ihre gesamte Familie anzulügen.

8. Kapitel

Als Joaquin einmal mit acht Jahren übers Wochenende aus dem Internat nach Hause gekommen war, hatte er mitbekommen, wie seine Eltern über ihn redeten. Er erinnerte sich daran, dass seine Mutter unter Tränen sagte, dass sie ihren Sohn liebte, aber auch Angst vor ihm hatte.

»Es ist, als gehörte er einer anderen Spezies an«, hatte sie eingestanden. »Ich fühle mich in seiner Gegenwart nie wirklich sicher.«

Er hatte nicht gewusst, was sie genau damit meinte oder wie er das Problem lösen sollte. Aber instinktiv hatte er verstanden, dass sie ihn nicht in ihrer Nähe haben wollte. Am Ende hatte er beschlossen, so weit wie möglich von ihr fernzubleiben, damit sie nicht mehr solche Angst hatte. Er wusste: Wenn er sich zurückzog, war das besser für alle.

Doch es zu wissen und es zu ertragen waren zwei verschiedene Dinge. Auch wenn er glaubte, die richtige Entscheidung getroffen zu haben, weinte er sich beinahe ein Jahr lang jede Nacht in den Schlaf. Er versuchte, sich auf seine Schule zu konzentrieren. Und er redete sich ein, dass er gar nicht wirklich darauf wartete, dass seine Eltern ihn baten, doch endlich mal wieder zu Besuch zu kommen. Als er dann kurz darauf der jüngste College-Student aller Zeiten geworden war, hatte er ähnliche angespannte Mienen bei anderen Studenten gesehen. Er wusste nicht, wieso er ihnen Angst machte, akzeptierte aber, dass es so war.

Nach seinem College-Abschluss war er für ein langes Wochenende nach Hause gefahren und hatte all seinen Mut zusammengenommen, um seine Mutter zu fragen, ob sie immer noch Angst vor ihm hatte. Ihre warmen Umarmungen und das leise Schluchzen des Bedauerns hatten gutgetan, aber zu dem Zeitpunkt war die Wunde schon zu tief gewesen, um noch geheilt zu werden. An diesem Tag hatte Joaquin gewusst, dass nichts jemals mehr schmerzen würde als die Zurückweisung seiner Eltern.

Aber er hatte sich geirrt.

Abby zu verlieren kam nah an das Gefühl heran. Doch was ihn wirklich innerlich zerbrechen ließ, war die Erkenntnis, dass *er* ihr wehgetan hatte. Er hatte etwas Besonderes, Einzigartiges und Kostbares genommen und es mit seinem gedankenlosen Verhalten zerstört. Nachdem er endlich das gefunden hatte, wonach er sein ganzes Leben gesucht hatte, hatte er es kaputt gemacht.

Den Freitag verbrachte er mit seinem Bruder, half ihm bei den letzten Vorbereitungen für die Hochzeit und versuchte, sich nichts anmerken zu lassen. Am Freitagabend ging er zur Probe.

Gemeinsam mit Abby lauschte er den Anweisungen und übte die Abläufe. Er nahm alles an ihr ganz genau wahr – wie rot ihre Augen waren und wie sehr sie sich bemühte, ihn ja nicht zufällig zu berühren.

Er versuchte, ihr zu sagen, wie leid es ihm tat, aber sie wies ihn nur brüsk mit den Worten zurück, dass jetzt nicht der richtige Zeitpunkt war und sie die Hochzeit hinter sich bringen sollten, ohne dass jemand von ihren Problemen erfuhr. Dann schenkte sie ihm ein künstliches Lächeln, das sein bereits zerbrochenes Herz noch mehr zerschmetterte.

Einige von Melissas Verwandten waren gekommen, um sich die Probe anzuschauen. Joaquin sah Simon und wünschte, er könnte ihm die Schuld an dem geben, was passiert war. Doch er wusste, Simon hatte einfach das Richtige getan. Joaquin verstand, dass die Schuld allein bei ihm lag. Er war derjenige, der Abby am Anfang in die Irre geführt hatte. Er war derjenige, der arrogant mit dem Leben anderer gespielt hatte, um sein Ziel zu erreichen. Er mochte ein begnadeter Chirurg sein, aber er war ein fürchterlicher Mensch.

Nachdem die Probe zu Ende war, ging Joaquin zu seinem Bruder.

»Ich habe einen Notruf erhalten«, log er. »Es geht um eine komplizierte Operation. Ich werde bestimmt eine Stunde am Telefon hängen, also schaffe ich es nicht zum Abendessen. Tut mir wirklich leid.«

Sein Bruder schlug ihm kumpelhaft auf den Rücken. »Du wirst uns fehlen, aber ich verstehe das. Natürlich musst du helfen, ein Leben zu retten. Wir sehen uns dann morgen früh.« Davis grinste. »Du wirst meine Nerven beruhigen müssen.«

Joaquin schüttelte den Kopf. »Du warst dir nie einer Sache im Leben sicherer. Du wirst nicht nervös sein.« Er hielt kurz inne. »Melissa ist wundervoll. Du hast wirklich Glück.«

Davis wirkte überrascht. »Danke, das sehe ich genauso.« Dann neigte er den Kopf ein wenig. »Was ist mit Abby? Du findest sie auch ziemlich besonders, oder?«

Joaquin gestattete sich, zu ihr hinüberzuschauen. »Sie ist die perfekteste Frau, die ich je getroffen habe.« Damit ging er.

Es gab natürlich keinen Notfall, und er wollte den Abend

auch nicht allein verbringen, aber er wusste, für Abby wäre es leichter, wenn er nicht da war. Vierundzwanzig Stunden, sagte er sich. In vierundzwanzig Stunden konnte sie aufhören, so zu tun, als wäre alles in Ordnung. Sie konnte allen erzählen, was für ein Arsch er war. Und er würde die Stadt verlassen und sein Bestes geben, um sie danach so selten wie möglich wiederzusehen.

Auf dem Weg zum Hotel dachte er, dass er derjenige hätte sein sollen, der ihr die Wahrheit sagte. Er hätte mutig sein müssen. Nein – er hätte von Anfang an gar nicht erst lügen sollen.

Kaum hatte er die Zimmertür hinter sich zugezogen, als es klopfte. Er öffnete und sah Montana Bradley im Flur stehen. Sie lächelte ihn an.

»Darf ich hereinkommen?«

Wortlos trat er beiseite. Trotz ihres Lächelns war er sich ziemlich sicher, dass sie ihm eine Standpauke halten würde. Aber das war in Ordnung – er hatte es verdient.

Sie schloss die Tür hinter sich und atmete einmal tief durch. »Also, wie geht es dir?«

»Beschissen.«

»Interessant. Warum? Weil du deinen Willen nicht hast durchsetzen können? Weil Simon dich jetzt auf keinen Fall in sein Programm aufnehmen wird und du deine Zeit vergeudet hast?«

Er starrte sie fassungslos an. Wie konnte sie nur so etwas denken? »Was? Nein. Natürlich interessiere ich mich für das Programm, aber das zu verlieren ist nicht das Problem. Ich habe Abby verletzt. Sie ist so süß und liebevoll und sexy und überhaupt wunderbar, und ich habe ihr wehgetan. Ich habe sie hintergangen und zugelassen, dass sie an mich glaubt, obwohl ich wusste, dass ich sie benutze. Das hat sie nicht verdient.«

Während er sprach, verspürte er ein unbekanntes Brennen in den Augen und wandte instinktiv den Kopf ab. Er musste sich räuspern, bevor er weitersprechen konnte.

»Ich komme nicht gut mit Menschen klar. Nicht in gesellschaftlichen Situationen. Ich bin ungeduldig, unhöflich und abweisend. Ich denke, dass meine Arbeit wichtiger ist als alles andere. Aber mit Abby war alles anders. *Ich* war anders. Mit ihr war es leicht, normal zu sein, mir Zeit zum Reden zu nehmen und Menschen kennenzulernen.« Er drehte sich wieder zu Montana um. »Bei ihr bin ich lustig. Ich kann sie zum Lachen bringen. Ich mag es, mit ihr zusammen zu sein. Ich bin in sie verliebt.«

Abwehrend hob er eine Hand. »Ich weiß, wir kennen uns erst seit ein paar Wochen, aber ich habe noch nie für jemanden so empfunden wie für sie. Sie ist ein Wunder, und ich habe sie und das, was aus uns hätte werden können, zerstört. Es ist niemals richtig, einem anderen Menschen wehzutun, aber jemanden wie Abby zu verletzen ist noch schlimmer. Sie ist perfekt, und ich habe dafür gesorgt, dass sie traurig ist und anderen weniger vertraut. Ich habe einen Teil von ihr zerstört, und das werde ich mir nie verzeihen.«

Er stieß ein harsches Lachen aus. »Also – auch wenn mir das mit dem Programm leidtut, ist das wirklich die geringste meiner Sorgen.«

Montana musterte ihn. »Das ist interessant. Warum bist du nicht beim Abendessen?«

»Ich dachte, meine Nähe würde es für Abby nur schwerer machen.« Er hatte immer noch keine Ahnung, warum Montana vorbeigekommen war. Nach einem tiefen Atemzug sagte er: »Bitte sag, was immer du sagen wolltest. Ich habe es verdient.« Ihm kam ein schrecklicher Gedanke. »Bist du hier, um mich zu bitten, morgen nicht zur Hochzeit zu kommen?«

Er dachte an Abby in ihrem wunderschönen Kleid. Allein bei dem Gedanken, nicht sehen zu können, wie sie den Gang zum Altar hinunterschritt, zerbrach er innerlich, aber wenn Montana glaubte, es wäre besser …

»Oh, ich denke, du solltest auf jeden Fall zur Hochzeit kommen.« Sie holte ihr Handy aus der Handtasche und fing an zu tippen. Als sie fertig war, lächelte sie. »Ich habe es ihnen erzählt.«

Er verstand nicht. »Was hast du wem erzählt?«

»Ich habe meinen Schwestern erzählt, dass du verstanden hast, was du getan hast, und dass du deswegen am Boden zerstört bist. Denn deshalb bin ich hier: um zu sehen, ob du verstehst, was du angerichtet hast. Ob du erkennst, wie unglaublich dumm und falsch du dich verhalten hast. Du hast es von Anfang bis Ende vermasselt, und es wäre schlimm, wenn es dir egal wäre. Doch das ist es nicht. Du bist in Abby verliebt. Das glaube ich dir aufs Wort.«

Er hatte immer noch keine Ahnung, wovon sie redete. »Was soll das heißen?«

Sie lächelte. »Das heißt, dass wir dir helfen werden. Nicht deinetwegen, sondern wegen Abby. Du bist der erste Mann, in den sie sich verliebt hat. Eigentlich hatten wir beschlossen, dich auszuweiden und die Leiche verschwinden zu lassen, denn hey, Liz schreibt Thriller und kennt sich mit so etwas aus. Aber jetzt, da wir wissen, dass Abby dir etwas bedeutet, schlagen wir eine andere Richtung ein. Das ist super.«

Machte sie Witze, oder meinte sie das ernst? »Du meinst, es gibt einen Plan?«

»Noch nicht, aber bald. Wir werden uns heute Abend zusammensetzen. Ich melde mich bei dir. Tu bis dahin nichts Dummes.«

»Ich glaube, ich habe meine Ration an Dummheiten für dieses Leben schon aufgebraucht.«

»Das hoffe ich, aber du bist ein Mann, deshalb bin ich mir nicht sicher. Versuch, ein wenig zu schlafen, Joaquin. Wir sehen uns morgen früh.«

Damit ging sie und ließ ihn allein mit seinen Gedanken, seinen Schuldgefühlen und einem winzigen Hoffnungsschimmer. Er würde alles tun, um Abby zurückzugewinnen. Wenn er nur den Hauch einer Idee hätte, was das sein könnte.

Am Samstagmorgen betrachtete Abby sich im Spiegel. Die schlaflosen Nächte sah man ihr langsam an. Sie wusste, sie hatte Glück, weil sie erst zweiundzwanzig war und somit die dunklen Augenringe unter etwas Abdeckcreme verstecken konnte. Wenn sie wesentlich älter wäre, könnte sie nicht mehr so tun, als wäre alles gut. Wobei, wenn sie älter wäre, wäre sie hoffentlich auch klüger und in der Lage, Lügner wie Joaquin auf den ersten Blick zu erkennen.

Zum achthundertsiebenundsiebzigsten Mal sagte sie sich, wie dumm sie gewesen war. Sie hatte vertraut und sich in einen Typen verliebt, der in ihr wenig mehr als ein Mittel zum Zweck gesehen hatte. Sie hatte sich für Großmutters geheimes Guacamole-Rezept gehalten, obwohl sie in Wahrheit einfach nur das grüne Avocadomus einer Billigmarke war. Sie war verzichtbar – zumindest in Joaquins Leben.

Mit alldem konnte sie umgehen – richtigen Herzschmerz hatte sie zwar noch nie durchmachen müssen, aber sie kannte den Prozess. Da waren Wut und Schmerz und alle Stufen der Trauer in ungeordneter Reihenfolge, dazu Zucker und Kohlenhydrate und mit Sachen um sich werfen und sich wie eine Versagerin fühlen. Und irgendwann machte man dann weiter. Auf all das war sie vorbereitet. Womit sie allerdings nicht gerechnet hatte, war, dass Joaquin ihr so sehr fehlen würde. Schlimmer noch, sie machte sich Sorgen um ihn.

Das war lächerlich, aber so war es nun mal: Sie machte sich Sorgen darum, wie er die Hochzeit durchstehen würde. Sie wusste, dass er sich in großen Menschenmengen unbehaglich fühlte und dass es ihm besser ging, wenn sie an seiner Seite war. Natürlich wollte sie nicht, dass es ihm besser ging. Sie wollte … Tja, sie hätte wollen sollen, dass er von einem Truck überfahren wurde, doch stattdessen hoffte sie, dass es ihm einigermaßen gut ging, was ihren Idiotie-Quotienten in ungeahnte Höhen trieb. Und dazu noch die dunklen Augenringe …

Sie ließ sich rücklings aufs Bett fallen und griff nach ihrem Handy. Anrufe hatte sie keine erhalten, aber eine Nachricht. Sie öffnete sie und las sie noch einmal, obwohl sie die Worte inzwischen auswendig kannte.

Von ganzem Herzen möchte ich mich entschuldigen. Was ich getan habe, war falsch und egoistisch. Ich hätte dir die Wahrheit sagen müssen. Ich bin hergekommen, um Simon kennenzulernen, und anfangs warst du nur ein Mittel zum Zweck. Aber das hat sich geändert, als ich dich näher kennengelernt habe. Ich wollte dir die

Wahrheit sagen, aber gleichzeitig nicht das zerstören, was für mich die wunderschönste Beziehung war, die ich je gehabt habe. Ich hatte Angst, also habe ich mich wie ein Feigling verhalten. Das Ergebnis ist total gerechtfertigt. Mein größtes Bedauern ist jedoch, dass du auch bestraft wirst. Du bist in alldem unschuldig – du hast es nicht verdient, auch nur im Geringsten traurig zu sein, und doch weiß ich, dass du es bist.

Ich weiß, dass du verletzt und wütend bist, und ich verdiene alles Grausame, was du über mich denkst und sagst. Es gibt keine Entschuldigung für mein Verhalten. Wenn ich es könnte, würde ich alles anders machen. Da das aber nicht geht, möchte ich dir sagen, dass du der großartigste Mensch bist, den ich je kennengelernt habe. Mit dir zusammen zu sein war ein Privileg, und ich werde unsere gemeinsame Zeit nie vergessen.

Bitte geh nicht davon aus, dass jeder Mann so ein Arschloch ist wie ich. Du hast es verdient, glücklich zu sein, Abby. Es tut mir so leid.

Die Nachricht hatte er am Freitagmorgen geschickt. Anfangs hatte Abby sich geweigert, sie zu lesen, aber irgendwann hatte die Neugierde gesiegt. Den Rest des Tages hatte sie sich gefragt, ob die Entschuldigung wirklich so gut war oder ob sie das nur hoffte, weil sie nicht aufhören konnte, an Joaquin zu denken.

Ihn auf der Probe zu sehen war die reinste Folter gewesen. Er hatte so gut ausgesehen, und sie hatte ihn so sehr vermisst. Sie hatte gehofft, vielleicht beim Dinner mit ihm reden zu können, aber er war gegangen, bevor sie ihren Plan in die Tat hatte umsetzen können. Daraufhin war sie sich erneut dumm vorgekommen, auch wenn sie vermutete, dass er nicht erschienen war, um es für sie nicht noch schwerer zu machen – womit die ganze Sache noch verwirrender wurde.

»Ich werde mich nie wieder verlieben«, murmelte sie und warf das Handy aufs Bett. Dann setzte sie sich auf. »Nicht, dass ich in Joaquin verliebt bin. Das bin ich nicht. Er ist ein Schleimer und dumm, und ich hasse ihn.«

Sie warf einen Blick auf die Uhr auf dem Nachttisch. Ihr blieben noch ein paar Stunden, bevor sie sich mit Melissa und ihrer Mom treffen würde, um sich eine Mani- und Pediküre zu gönnen und sich frisieren zu lassen. Zwei Stunden, um zu schmollen und sich selbst leidzutun, weil sie wusste, dass es lange dauern würde, über Joaquin hinwegzukommen.

Wenn er nur nicht so unfassbar richtig für mich gewesen wäre, dachte sie düster. *Klug, aber süß. Lustig und lieb, und wenn er mich geküsst hat …*

Schnell blinzelte sie die Tränen weg, die ihr in die Augen stiegen. Der Mann war keine Träne wert.

Sie beschloss, unter die Dusche zu gehen. Während sie ihre Sachen zusammensuchte, klopfte es an ihre Zimmertür.

»Abby, hast du eine Minute?«

»Ja.« Sie ließ ihre Mutter herein.

Liz reichte ihr einen Becher Kaffee und setzte sich dann auf den Schreibtischstuhl. »Hast du überhaupt geschlafen?«

Abby ließ sich aufs Bett sinken. »Lass mich raten: Simon hat es Montana erzählt, die es in die Welt hinausposaunt hat.«

Ihre Mom lächelte. »Sie hat es nur ihren Schwestern erzählt.«

Womit offensichtlich nicht nur die Drillinge gemeint waren, sondern die größere Gruppe inklusive Liz, Consuelo und Isabel. Alle Hendrix-Schwestern und ihre Schwägerinnen.

»Wir sollten ein Softballteam gründen oder so«, merkte Abby an. »Ich bin eine ganz gute Werferin.«

»Das stimmt.«

Abby trank einen Schluck Kaffee. »Bitte sag es nicht Melissa. Ich will ihr nicht den Tag versauen.«

»Ich werde schweigen wie ein Grab.« Besorgnis zeichnete sich auf dem Gesicht ihrer Mutter ab. »Ich wünschte, du hättest mir etwas gesagt, Abby. Du solltest das nicht allein durchstehen müssen. Ich hätte dir gestern Abend bei der Probe zur Seite stehen können.«

»Du hattest genug mit der Hochzeit zu tun, Mom. Es ist nichts weiter passiert. Joaquin hat mir vielleicht das Herz gebrochen, aber er hat gute Manieren. Er hat Distanz gewahrt und kaum mit mir gesprochen. Dann hat er sich irgendeine Ausrede einfallen lassen, um nicht zum Essen zu kommen.«

»Erzähl mir, was passiert ist«, bat Liz.

»Mit Joaquin? Das weißt du doch schon. Er hat so getan, als wäre ihm die Hochzeit wichtig. Aber eigentlich wollte er einen Weg finden, Simon kennenzulernen. Er hat mich und unsere Familie zu seinem Vorteil benutzt.«

»Wie hat er dich dazu gebracht, ihm Simon vorzustellen? Ich meine, das ist kein einfaches Thema, um es locker in eine Unterhaltung einzubauen.«

Abby stöhnte. »Das musste er gar nicht. Das habe ich für ihn erledigt. Ich hatte Angst, dass es nichts gibt, worüber wir reden können. Also habe ich mich vor seiner Ankunft mit Simon getroffen und ihn um Rat gefragt. Dabei kam dann die Idee mit dem gemeinsamen Dinner auf. Die Gelegenheit ist ihm einfach in den Schoß gefallen.«

Ihre Mutter nickte. »Ja, das Schicksal ist manchmal seltsam. Es tut mir leid, dass er dir wehgetan hat, aber ich bin froh, dass du die Wahrheit erfahren hast, bevor du emotional zu sehr involviert warst. Er klingt nach einem schrecklichen Menschen.«

»Das ist er nicht, Mom. Er ist ehrgeizig. Und er ist wirklich klug, und ich glaube, als Kind war er sehr einsam, deshalb sind gesellschaftliche Anlässe für ihn extrem schwierig. Aber er ist liebevoll und lustig und kann echt gut küssen.«

»Er hat dich benutzt.«

»Ich weiß.« Sie stellte ihren Becher auf dem Nachttisch ab und schlug die Beine übereinander. »Die Frage ist nur, ob er die Entscheidung dazu getroffen hat, bevor er mich kannte. Er wollte gerne in Simons Programm und war gewillt, alles zu tun, um das zu erreichen. Aber dazu wäre es nicht nötig gewesen, mir bei den ganzen Hochzeitsvorbereitungen zu helfen. Oder mit aufs Festival zu kommen oder mich zum Lachen zu bringen. Das ist es, was ich nicht verstehe. Ich mag ihn sehr. Ich glaube, ich war dabei, mich in ihn zu verlieben. Und dann habe ich diese schlimme Sache über ihn erfahren.«

»Hat er sich bei dir entschuldigt?«

Kurz zögerte Abby, dann warf sie ihrer Mutter das Handy zu. Liz las die Nachricht.

»Was Entschuldigungen angeht, ist die hier nicht schlecht«, sagte sie.

»Aber ist sie echt? Wie kann ich wissen, ob ich ihm glauben kann oder nicht?«

»Das kannst nur du wissen. Was ich hingegen weiß, ist, dass jemanden zu lieben bedeutet, ihn so zu akzeptieren, wie er ist. Mit all seinen Fehlern. Die musst du nicht mögen, aber du kannst nicht so tun, als gäbe es sie nicht. Du schaust sie dir genau an und entscheidest dann, ob du mit ihnen leben kannst. Ob der Rest es wert ist. Und er tut hoffentlich dasselbe mit dir.«

Abby lächelte. »Ich habe keine Fehler, Mom, das solltest du inzwischen wissen.«

Liz lachte. »Das stimmt.« Ihr Lächeln schwand. »Du solltest von Angesicht zu Angesicht mit ihm reden, Abby. Wenn dieser Mann dir wichtig ist, geh nicht einfach, ohne mit ihm gesprochen zu haben. Was ist, wenn er der Eine ist und du das erst in elf Jahren herausfindest? Dann hättest du so viel Zeit vergeudet.«

Abby erinnerte sich an die Geschichte, wie Liz und Ethan zusammengekommen waren – ihr Weg war kein leichter gewesen.

»Du denkst an dich und Dad«, sagte sie leise.

»Ja. Ich weiß immer noch nicht, was wir hätten anders machen können, aber ich wünsche mir trotzdem von ganzem Herzen, wir hätten einander früher gefunden. Ich sage nicht, dass du das, was vorgefallen ist, ignorieren sollst. Aber vielleicht ist es fünfzehn Minuten deines Lebens wert, ihm zuzuhören. Wenn dein Herz und dein Verstand ihm nicht glauben, dann weg mit ihm. Aber wenn du spürst, dass es ihm aufrichtig leidtut, dann könnte er eine zweite Chance wert sein.«

»Ich werde darüber nachdenken.«

Liz trat ans Bett und zog Abby in ihre Arme. »Ich liebe dich, Abby. Ich möchte, dass du glücklich bist.«

»Ich auch.«

»Wenn das mit Joaquin nicht funktioniert, sag mir Bescheid. Ich kann ihn in meinem Buch umbringen. Es wird ein schmerzhafter und grausamer Tod werden.«

Abby lächelte. »Du bist die beste Mom von allen.«

»Ich bemühe mich.«

9. Kapitel

Abby schaute auf die Wanduhr im Ankleidezimmer der Braut. Noch eine gute halbe Stunde, bis die Fotografin kommen und die ersten Fotos machen würde. Die anwesenden Frauen begluckten Melissa und diskutierten, ob es besser wäre, wenn sie von oben in ihr Kleid stieg oder es sich über den Kopf zog. Sobald das erledigt war, wollten ungefähr siebenundachtzig Knöpfe zugeknöpft werden.

Im großen Spiegel fing Abby den Blick ihrer Schwester auf.

»Lauf«, formte Melissa stumm mit dem Mund, wobei sie lächelte. »Lauf, solange du noch kannst.«

Abby hatte sich zu Hause geschminkt. Hairstyling hieß für sie, mit den Händen einmal durch ihre Haare hindurchzufahren. Ihr Kleid hatte nur einen Reißverschluss an der Rückseite. Also hatte sie genau zwei Minuten gebraucht, um Shorts und T-Shirt abzulegen und sich hochzeitsfertig zu machen.

Erneut warf sie einen Blick auf die Uhr und sagte sich, dass niemand sie vermissen würde, wenn sie ein paar Minuten verschwände. Dann trat sie auf den Flur hinaus.

Sie war sich ziemlich sicher, dass Davis und seine Familie auch irgendwo im Resort waren und sich fertig machten. Der Saal war schon für den Empfang vorbereitet, und Abby erhaschte einen Hauch köstlicher Düfte aus der Küche. Es war ein sonniger Tag, warm, aber nicht schwül, und Melissa heiratete den Mann ihrer Träume. Einfach perfekt!

Abby ging zu den offenen Türen, die auf die umlaufende Veranda hinausführten. Bald, versprach sie sich. Bald würde sie aufhören, wegen Joaquin traurig zu sein. Bald hätte sie die Hochzeit hinter sich und könnte sich auf das beginnende Schuljahr konzentrieren. Sie würde endlich Lehrerin sein!

Darüber bin ich glücklich, sagte sie sich. Es war nur …

»Abby?«

Sie drehte sich um und sah, dass Joaquin aus einer anderen Tür auf die Veranda getreten war und auf sie zukam. In seinem schwarzen Smoking sah er sehr gut aus. Nein, nicht gut, umwerfend.

Es fiel ihr schwer, den Drang zu unterdrücken, zu ihm zu laufen und sich in seine Arme zu stürzen. Sie wollte seine Wärme spüren, seinen Duft einatmen und von ihm hören, dass alles gut werden würde. Doch das stimmte nicht.

Also blieb sie, wo sie war, und ließ ihn zu sich kommen. Sie war stark und würde das hier durchstehen. Später würde sie das Angebot ihrer Mutter annehmen und ihn umbringen lassen – in einem ihrer Romane.

Joaquin blieb vor ihr stehen. »Du bist so wunderschön. Ich wusste es, aber du bist noch umwerfender, als ich dachte.«

»Danke.« Ihre Stimme klang steif und angestrengt, vermutlich, weil sie so verwirrt und verletzt und sauer war.

Er sah sie an. »Montana war gestern Abend bei mir. Sie hat gesagt, sie glaubt, mein Bedauern wäre echt und sie würde einen Plan entwickeln, wie ich dich zurückgewinnen kann.« Er grinste schief. »Ich habe noch nichts weiter von ihr gehört, nur damit du das weißt.«

Wie bitte? »Es ist seltsam, mir das zu erzählen.«

»Ich weiß, aber du sollst die Wahrheit wissen. Ich möchte dir nie wieder etwas vorenthalten so wie vorher.«

Seine Schultern sackten ein Stück nach unten. »Abby, es tut mir so leid. Ich war dumm und egoistisch. Ich dachte, in das Programm aufgenommen zu werden wäre wichtiger als alles andere. Was für eine Arroganz. Nur weil ich Chirurg bin, heißt das nicht, dass mein Leben wichtiger ist als das aller anderen. Jeder Mensch hat einen Wert, aber ab und zu vergesse ich das. Ich habe nur an mich gedacht. Und dann habe ich dich kennengelernt.«

Sie wollte nicht auf seine Worte reagieren. Es sind nur Worte, und ich glaube ihm nicht, dachte sie. Er war ein Idiot, und das alles zählte nicht. Nur brachte sie es irgendwie nicht über sich, sich umzudrehen und zu gehen.

»Ich habe mich geirrt. Ich hätte von Anfang an ehrlich zu dir sein sollen«, fuhr er fort und sah sie eindringlich an. »Ich dachte zuerst nicht, dass es wichtig ist, also habe ich mir gar nicht die Mühe gemacht, dir die Wahrheit zu sagen. Und dann haben wir angefangen, Zeit miteinander zu verbringen, und ich *wollte* es dir nicht sagen. Ich wusste, es würde alles verändern. Und ich hatte Angst, dass du mich dann nicht mehr mögen würdest.«

Er schluckte. »Mir liegt viel an dir, Abby. So viel. Ich würde gerne sagen, dass ich in dich verliebt bin, aber wir kennen uns erst seit drei Wochen, und das würde mich klingen lassen wie einen gruseligen Stalker. Aber du hast mich verändert. Ich mag, wer ich bin, wenn ich mit dir zusammen bin. Ich mag es, Zeit mit dir zu verbringen und dir bei Sachen zu helfen. Ich möchte für dich da sein und jemand sein, auf den du dich verlassen kannst. Ich will mich um dich kümmern, wenn du das brauchst, und mich den Rest der Zeit zurückhalten und dich strahlen lassen. Ich habe keine Ahnung, was du denkst, aber wenn du vielleicht in einer kleinen Ecke deines Herzens glaubst, dass du mir noch eine Chance geben kannst, werde ich mein Bestes geben, um dich nie wieder im Stich zu lassen. Ich möchte mich gerne weiter mit dir treffen. An den Wochenenden und wenn du deine Winter- und Sommerferien hast. Wir können telefonieren und skypen.« Er wandte kurz den Blick ab, dann sah er sie wieder an. »Wenn es nicht zu viel ist, dachte ich, dass ich nach einer Chirurgie-Stelle in der Nähe gucken könnte. Ich weiß, es gibt hier ein Trauma-Zentrum, und ich habe die nötigen Erfahrungen.«

Sie blinzelte. »Das würdest du für mich tun?«

»Natürlich. Du bist großartig, und ich will dich nicht verlieren. Ich hoffe, das habe ich nicht schon.«

Um seine Mundwinkel zuckte es, und er räusperte sich. »Das ist alles. Mehr habe ich nicht zu bieten. Nur meine Entschuldigung und mich. Ich schätze, das ist nicht viel.« Er wandte sich ab und warf noch einen Blick zurück. »Du wirst immer ein Teil von mir sein. Ich bin ein besserer Mensch, weil ich dich kenne. Ich wünschte, du könntest das Gleiche über mich sagen, aber das kannst du nicht. Und dafür entschuldige ich mich auch.«

Er setzte sich in Bewegung.

Abby dachte an das, was ihre Mom gesagt hatte. Daran, wie schwer die letzten zwei Tage gewesen waren. Sie wusste nicht, ob es Liebe war, aber es war definitiv mehr, als sie je zuvor gefühlt hatte. Ja, Joaquin hatte es fürchterlich verbockt, und sie war sauer auf ihn. Aber vielleicht bedeutete es etwas, dass er das verstand und dass es ihm leidtat.

Sie wollte nicht in zehn Jahren aufwachen und denken, dass sie einen schrecklichen Fehler gemacht hatte.

»Warte«, sagte sie.

Joaquin wirbelte zu ihr herum. Die Hoffnung in seinen Augen blendete sie. »Abby?«

»Du hast mir sehr wehgetan. Ich habe dir vertraut, und du hast dieses Vertrauen missbraucht.«

»Das stimmt. Und dafür habe ich keine Entschuldigung. Das war falsch von mir.«

Sie nahm einen tiefen Atemzug.

»Die Chancen stehen gut, dass ich es auch mal vermasseln werde. Hoffentlich nicht so schlimm, aber ein wenig. Menschen machen Fehler. Wichtig ist nicht, was man verbockt, sondern wie man sich danach verhält. Das verrät viel über den Charakter.«

Er wartete.

Sie lächelte. »Das war eine gute Rede. Danke, dass du mir das von Montana erzählt hast. Ich werde ihr sagen, dass sie nicht weiter an ihrem Plan arbeiten muss.« Sie hielt inne. »Das hier ist übrigens der Moment, in dem du mich fragst, ob es in Ordnung wäre, mich zu küssen.«

»Ist es?«

»Ja.«

Joaquin streckte die Arme aus und zog Abby an sich. Er eroberte ihren Mund mit einem Kuss, der ihr alles bot, was er hatte. Sie schlang die Arme um ihn und gab sich ihm ganz hin. Ihr gebrochenes Herz begann zu heilen, als sie erkannte, dass sie genau hierhingehörte.

Er zog sich ein Stück zurück. »Ich liebe dich«, flüsterte er und sah ihr tief in die Augen. »Ich weiß, es ist zu früh, und ich werde es mindestens zwei Monate nicht mehr sagen, aber du sollst wissen, dass du alles bist, was ich je gewollt habe. Nur dich, Abby. Für …«

Sie legte einen Finger auf seine Lippen. »Stopp. Du gehst in eine Richtung, für die wir noch nicht bereit sind. Lass uns ehrlich sein – keiner von uns war bisher sonderlich erfolgreich, was Beziehungen angeht. Wir haben beide unsere Gründe dafür. Ich bin immer noch ziemlich jung und du Furcht einflößend klug, also werden wir es zusammen herausfinden. Aber wenn du mir jetzt einen Antrag machst, werde ich schreiend in die Berge laufen.«

Er nickte und grinste schief. »Verstanden.«

»Gut. Die L-Sache werden wir in zwei Monaten angehen, so wie du gesagt hast. Und ich denke, so ungefähr in einem Jahr kannst du darüber nachdenken, mir einen Antrag zu machen.«

»Ich mache mir eine Notiz in meinem Kalender.«

Sie legte die Hände an seine Brust und beugte sich vor. »Aber bis dahin … nur dieses eine Mal …« Ihre Stimme war nur noch ein Flüstern. »Ich liebe dich auch.«

Gerade hatte er sie erneut in seine Arme gezogen, als sie hörten, wie sich jemand näherte. Abby drehte den Kopf und sah ihren Onkel Simon auf sie zukommen.

Er schaute zwischen ihnen hin und her, bevor sein Blick auf Abby zu ruhen kam. »Montana arbeitet noch an ihrem Plan, aber mir scheint, das ist nicht mehr nötig.«

Abby grinste. »Vermutlich nicht.« Sie nahm Joaquins Hand und sah ihren Onkel an. »Die Sache ist die: Er hat sich falsch verhalten. Total falsch. Falscher als falsch. Das weiß er, und er hat sich dafür entschuldigt. Er hat nicht versucht, sich rauszureden, sondern die Verantwortung dafür übernommen. Und ich mag ihn wirklich, und wir werden uns weiter treffen. Also musst du nett zu ihm sein.«

»Ich verstehe.« Simons Blick wurde etwas schärfer. »Sonst noch was?«

»Ja. Er versucht, hier einen Job zu bekommen. Bitte mach ihn nicht schlecht oder was du sonst so tun könntest.«

Simon sah Joaquin an. »Soll Abby die ganze Zeit für dich sprechen?«

»In diesem Fall erscheint mir das eine kluge Entscheidung zu sein, Sir.«

»Interessant.« Simon hielt kurz inne. »Joaquin, du solltest deine Angelegenheiten in Ordnung bringen.«

»Wie bitte?« Abby funkelte ihren Onkel böse an. »Du wirst ihn nicht umbringen lassen. Wie kannst du nur daran denken? Mom redet zwar immer davon, aber sie würde dir nie helfen, jemandem wehzutun.«

Simon seufzte. »Ich meinte für den Umzug. Ich habe beschlossen, ihn in das Programm aufzunehmen. Dafür muss er in Fool's Gold wohnen.«

»Das kannst du so einfach machen?«, staunte Abby.

Simon berührte ihre Wange. »Das kann ich. Und lass mich eines klarstellen: Ich tue das, weil mir der Charakter des Mannes gefällt, und nicht, damit du weiter mit ihm ausgehen kannst.«

Er wandte sich an Joaquin. »Deine Fähigkeiten standen nie infrage. Es ging um deine Persönlichkeit. Wir haben gerne Ärzte mit Herz, die den Wert von Mitgefühl verstehen. Das Angebot gilt natürlich nur, falls du noch Interesse hast.«

Joaquin schüttelte seine Hand und konnte gar nicht damit aufhören. »Das habe ich. Vielen Dank, Dr. Bradley.«

»Gern geschehen.«

»Wirklich?«, fragte Abby. »Du lässt dich jetzt von ihm Dr. Bradley nennen?«

Simon lächelte. »Für den Moment.« Er zeigte aufs Hotel. »Kommt, ihr zwei. Es gibt eine Hochzeit, bei der ihr beide eine Rolle spielt. Ihr könnt später weiterknutschen.«

Gemeinsam gingen sie hinein. Joaquin gab Abby noch einen Kuss, bevor er zu seinem Bruder eilte und Abby ins Brautzimmer zurückkehrte. Liz warf ihr einen Blick zu.

»Du siehst glücklich aus«, sagte sie leise.

Abby lächelte. »Das bin ich auch. Wir haben uns ausgesprochen, und er wird nach Fool's Gold ziehen. Wir werden weiter miteinander ausgehen.«

»Nur ausgehen?«

»Wirklich, Mom?«, zog Abby ihre Mutter auf. »Willst du, dass ich mit dir über mein Sexleben rede?«

»Äh, nein. Ehrlich gesagt nicht.« Liz umarmte sie. »Ich freue mich, dass ihr das hinbekommen habt. Denn trotz allem mag ich Joaquin wirklich gern.«

»Ich auch.«

Die Fotografin kam und fing an, erste Fotos zu machen. Die Hochzeitsplanerin übernahm die Regie, bis es an der Zeit für die Zeremonie war. Abby nahm ihren Platz ein, bereit, vor ihrer Schwester zum Altar zu schreiten. Während sie langsam und im Takt der Musik einen Fuß vor den anderen setzte, konnte sie nicht anders, als Joaquin in die Augen zu schauen. Es war beinahe, als warte er auf sie und nicht Davis auf Melissa.

Der Gedanke ließ sie lächeln. Vielleicht überstürzte sie die Dinge wirklich. Jetzt, wo sie und Joaquin über alles gesprochen hatten, lag ihr gesamtes gemeinsames Leben vor ihnen. Sie würden es langsam angehen, würden einander kennenlernen, bevor sie sich bis über beide Ohren ineinander verliebten. Aber alles in allem war das bisher ein sehr guter Anfang.

Epilog

Ein Jahr später

Abby zog sich ein lose sitzendes T-Shirt über ihren feuchten Badeanzug. Als das Boot zum Anleger zurückfuhr, nahm sie die Flasche mit der Sonnencreme, die Joaquin ihr hinhielt, und cremte sich pflichtbewusst noch einmal ein. Mit ihrer hellen Haut war es eine Herausforderung, auf Hawaii keinen Sonnenbrand zu bekommen. Bisher schlug sie sich allerdings ganz gut.

»Das war unglaublich«, sagte sie, während sie die Lotion auf ihren Armen verteilte. »Ich kann immer noch nicht glauben, wie blau das Wasser ist und wie viele Fische es dort gibt. Und die Korallen. Ich liebe das Meer. Können wir noch mal schnorcheln gehen?«

Er lächelte sie an. »Wir können so oft schnorcheln, wie du magst. Wenn wir wieder im Hotel sind, machen wir eine Liste mit allem, was du tun willst, und erstellen einen Stundenplan.«

Sie lachte. »Du weißt, wie man mein Herz erobert.«

»Das hoffe ich doch.«

Sie ließ die Sonnencreme in ihre Strandtasche fallen und drehte sich dann so, dass sie sich an Joaquin lehnen konnte. Ihre ersten gemeinsamen Ferien waren noch besser, als sie gehofft hatte. Aber wenn Joaquin dabei war, war alles immer ziemlich perfekt, also sollte sie nicht überrascht sein.

Das letzte Jahr ist so schnell vergangen, dachte sie, während Maui immer näher kam. Für das Programm von Onkel Simon war Joaquin nach Fool's Gold gezogen. Die Arbeit mit Brandopfern hatte er als sehr befriedigend empfunden, und im Mai hatte Simon ihm angeboten, Partner in seiner Klinik zu werden.

Währenddessen hatte sie ihr erstes Schuljahr als Lehrerin hinter sich gebracht. Sie liebte die Arbeit und die Kinder noch mehr, als sie gedacht hatte. Jeder Tag war ein Abenteuer gewesen, und sie konnte es nicht erwarten, dass das neue Schuljahr im September begann.

Wie geplant war sie in ihre eigene Wohnung gezogen. Allein zu leben war gut für sie gewesen, auch wenn sie nicht wirklich viel allein gewesen war. Entweder war Joaquin bei ihr oder sie bei ihm.

Drei Monate nachdem sie sich kennengelernt hatten, war er mit ihr für ein langes Wochenende nach Lake Tahoe gefahren, wo er ihr seine Liebe erklärt und sie sich ihm hingegeben hatte. Bei dem Gedanken daran, *wie* gut dieser Mann mit seinen Händen war, musste sie leise lachen.

»Was ist so lustig?«, fragte er.

»Ich bin verblüfft, wie viel sich im vergangenen Jahr verändert hat. Ich bin ziemlich beeindruckt von uns.«

»Die Beeindruckende bist du.«

Das Boot legte an, und Joaquin nahm die Strandtasche und ihre Handtücher, während sie darauf warteten, dass die anderen Passagiere von Bord gingen. Mit dem offenen Shuttlebus fuhren sie zurück zu ihrem wunderschönen Hotel und gingen direkt hinauf in ihr Zimmer.

»Macht es dir was aus, wenn ich zuerst dusche?«, fragte er, als sie die Tür hinter sich geschlossen hatten. »Ich brauche auch nicht lang. Danach kannst du in aller Ruhe ins Bad, und dann gehen wir essen.«

Sie schlang die Arme um ihn. »Oder wir könnten gemeinsam duschen.«

Er gab ihr einen Kuss, bevor er sich von ihr löste. »Lass uns damit besser warten. Ich möchte sichergehen, dass du dir heute keinen Sonnenbrand geholt hast.«

»Schwarzmaler.«

Er grinste. »Für Sie immer noch Dr. Schwarzmaler, junge Dame.«

Während er unter der Dusche war, überlegte sie sich, was sie zum Abendessen anziehen wollte, und ging dann auf den Balkon, um aufs Meer zu schauen. Was für unglaubliche Ferien, dachte sie glücklich. An diesem schönen Ort mit dem Mann ihres Herzens ... Besser konnte das Leben nicht sein.

Sie schlenderte in dem Moment ins Zimmer zurück, als Joaquin aus dem Bad kam.

»Es gehört ganz dir«, verkündete er.

Sie gab ihm einen Kuss, dann sprang sie unter die Dusche und machte sich danach fürs Essen fertig.

Dreißig Minuten später – angezogen und geschminkt – kam sie aus dem Bad und sagte: »Da ist dieses Fischrestaurant, über das wir gesprochen haben ...« Der Rest des Satzes erstarb auf ihren Lippen, als sie die Veränderung im Raum sah.

Das Zimmer war über und über mit Orchideen geschmückt – auf dem Bett, in Vasen, als Blumenkette um Joaquins Hals. In der einen Hand hielt er eine zweite Kette für sie. Abby sah, dass auf dem Balkon ein kleiner Tisch mit zwei Stühlen aufgestellt worden war. In einem Eiskühler lag eine Flasche, von der sie annahm, dass es sich um Champagner handelte. Leise Musik erklang aus den versteckten Lautsprechern.

Blinzelnd stand sie da und versuchte zu verstehen, was das alles bedeutete.

»Das hast du für mich getan?«, fragte sie, als er ihr die Blumenkette umlegte.

»Ja.«

»Deshalb wolltest du nicht mit mir zusammen duschen?«

»Ganz genau.«

Sie grinste. »Die Überraschung ist dir gelungen.«

»Das freut mich.«

Er nahm ihre Hand und führte sie daran in die Mitte des Zimmers. Dort blieb er stehen und sah sie an.

»Heute vor einem Jahr haben Melissa und Davis geheiratet«, sagte er.

»Ich erinnere mich. Ich war dabei.«

»Erinnerst du dich auch daran, was du damals zu mir gesagt hast?«

»Auf der Hochzeit? Was habe ich … Oh!« Sie schluckte, als ihr die genauen Worte wieder einfielen. *So ungefähr in einem Jahr kannst du darüber nachdenken, mir einen Antrag zu machen.* »Joaquin?«

Er legte ihre Hand an seine Brust und schaute ihr tief in die Augen. »Abby, die letzten Monate mit dir waren die glücklichsten meines Lebens. Du bist die unglaublichste Frau, die ich je getroffen habe. Du bist liebevoll und lustig, klug und wunderschön. Jeder Tag mit dir ist ein Geschenk. Du hast mir gezeigt, wie wertvoll und wichtig Beziehungen und Familie sind. Du machst mich zu einem besseren Menschen, und dafür bin ich dankbar. Und für dich auch. Ich liebe dich von ganzem Herzen. Das tue ich beinahe seit dem

Tag unseres Kennenlernens, und ich werde dich weiter lieben, bis ich meinen letzten Atemzug tue.«

Er ließ ihre Hand los und sank auf ein Knie. »Heirate mich, Abby. Heirate mich, und ich werde für den Rest unseres Lebens dein Liebhaber, dein Ehemann und dein Partner sein.«

Tränen stiegen ihr in die Augen, als sie ihn auf die Füße zog und sich ihm an den Hals warf. »Ich liebe dich, und ja, ja, ja, ich heirate dich.«

Er zog sie an sich und küsste sie. Nach ein paar Minuten zog er sich zurück und steckte ihr einen Ring an den Finger. Beide starrten sie den funkelnden Diamanten an.

»War das die ganze Zeit dein Plan?«, fragte sie leise. »Hattest du deshalb so genaue Vorstellungen davon, wann wir nach Hawaii fliegen sollten?«

»Ich dachte, es wäre ein schöner Ort für einen Antrag. Und was den Zeitpunkt angeht: Dein Wunsch ist mir natürlich Befehl.«

»Das war eher ein genereller Vorschlag, kein Befehl.«

»Ich möchte dich einfach glücklich machen, Abby.«

Sie lehnte sich an ihn. »Das tust du. Immer.«

Gemeinsam gingen sie auf den Balkon hinaus, wo Joaquin ihnen Champagner einschenkte. Hinter ihnen setzte der Sonnenuntergang den Himmel in Flammen, doch Abby und Joaquin hatten nur Augen füreinander.

»Du weißt, dass wir eine große Hochzeit haben werden«, sagte sie.

»Auf jeden Fall. Mindestens dreihundert Leute. Deine Familie allein kommt ja schon auf knapp fünfzig.«

»Dazu unsere Freunde und Kollegen. Wir könnten aber auch durchbrennen und heimlich heiraten, wenn dir das lieber ist.«

Er setzte sich und zog sie auf seinen Schoß. »Auf keinen Fall. Wenn ich dich heirate, will ich, dass die ganze Welt zusieht. Lass sie alle staunen, dass ich dieses Mädchen bekommen habe.«

»Und ich dich.«

Susan Mallery

So zärtlich wie du

Roman

Aus dem amerikanischen Englisch von
Tatjána Lénárt-Seidnitzer

mtb

1. Kapitel

Gut aussehenden Männern sollte es nicht gestattet sein, ohne Vorankündigung von mindestens vierundzwanzig Stunden auf der Schwelle aufzutauchen, dachte Stephanie Wynne. Müde lehnte sie sich an die Tür und versuchte, nicht daran zu denken, dass sie seit fast achtundvierzig Stunden nicht mehr geschlafen hatte und ihre kurzen blonden Haare aussahen, als wären sie mit einem Dreschflegel geschnitten worden.

Drei Kinder mit Magengrippe raubten einer Frau irgendwie die Energie und das glanzvolle Aussehen. Nicht, dass den Mann, der vor ihr stand, ihre privaten Probleme interessieren dürften.

Obwohl es fast zwei Uhr morgens war, sah der gut gekleidete Fremde ausgeruht und gepflegt aus. Sie blickte von seinem eleganten Anzug auf das zerrissene, fleckige Footballhemd, das sie aus dem Lumpensack gekramt hatte, als ihr vor zwei Tagen die saubere Wäsche ausgegangen war, weil …

Angestrengt dachte sie über den Grund nach. Ach ja, die Waschmaschine war kaputt gegangen.

Auch das sollte ihn nicht kümmern. Ein zahlender Gast wollte nur einen ausgezeichneten Service, ein ruhiges Zimmer und ein gutes Frühstück.

Sie zwang ihren Mund zu einem hoffentlich freundlichen Lächeln. »Sie müssen Nash Harmon sein. Danke, dass Sie angerufen und mir Bescheid gesagt haben, dass Sie später ankommen.«

Er zog die Brauen zusammen und musterte sie von Kopf bis Fuß. »Ich hoffe, ich habe Sie nicht geweckt, Mrs. …«

»Wynne. Stephanie Wynne.« Sie trat zurück in das Foyer des alten viktorianischen Hauses. »Willkommen in *Serenity House*.«

Ihr Gast trug eine Reisetasche und einen Kleiderbeutel ins Haus. Ihr Blick glitt von seinen teuren Lederstiefeln zu ihren Mickymaus-Slippern mit den zerfetzten Ohren. Wenn sie endlich dazu kam, ins Bett zu gehen, musste sie unbedingt daran denken, nicht in den Spiegel zu sehen. Die Bestätigung ihrer schlimmsten Befürchtungen würde sie veranlassen, vor Schreck laut zu schreien und somit die Kinder zu wecken.

Er füllte das Anmeldeformular am Empfangspult aus, und sie reichte ihm einen altmodischen Messingschlüssel.

»Ihr Zimmer liegt hier entlang«, sagte sie und ging die Treppe hinauf.

Sie hatte ihm das vordere Zimmer zugedacht. Es war nicht nur groß und behaglich, mit einem Blick über Glenwood, sondern auch eines der zwei einzigen Gästezimmer, die nicht unter ihrer Wohnung im zweiten Stock lagen. Wenn sie nicht voll ausgebucht war, brachte sie ihre Gäste dort unter, um ihre Kinder nicht ständig ermahnen zu müssen, leise zu sein.

Fünf Minuten später hatte sie ihrem Gast die Unterkunft gezeigt und die Frühstückszeit mitgeteilt. Sie wünschte ihm eine gute Nacht und eilte den Flur entlang.

»Mrs. Wynne?«

Sie drehte sich zu ihm um. »Stephanie, bitte.«

Er nickte. »Haben Sie eine Karte von der Gegend? Ich bin hier, um jemanden zu besuchen, und kenne mich nicht aus.«

»Sicher. Ich lege Ihnen eine auf den Frühstückstisch.«

»Danke.«

Es war spät, und die Augen fielen ihr beinahe zu, und doch entging ihr nicht, dass seine schwarzen Haare im Schein der Deckenlampe bräunlich glänzten und Bartstoppeln ihn ein klein wenig gefährlich aussehen ließen.

Stephanie wandte sich ab und dachte dabei, dass sie aus Schlafmangel offensichtlich an Halluzinationen litt. Gefährliche Männer kamen nicht nach Glenwood. Bestimmt war Nash Harmon etwas völlig Harmloses wie Schuhverkäufer oder Professor. Außerdem ging es sie nichts an, womit er sich die Brötchen verdiente. Ihr war es egal, ob er Programmierer oder Pirat war, solange seine Kreditkarte gedeckt war.

Dass er gut aussah und möglicherweise Single war – zumindest trug er keinen Ehering –, sollte sie nicht weiter interessieren. Neun Jahre Ehe mit Marty, der verantwortungslos und kindlich wie ein Zehnjähriger geblieben war, hatten sie davon kuriert, sich je wieder mit einem Mann einzulassen. Nun, gelegentlich fühlte sie sich einsam, und es war schwer, ohne Sex zu leben, aber die Alternative war wesentlich schlimmer. Sie hatte bereits drei Kinder zu versorgen. Eine Liaison mit einem Mann hätte ihrer Erfahrung nach bedeutet, sich auch noch ein viertes anzuschaffen, und dazu besaß sie einfach nicht die Nerven.

Obwohl Nash bis spät in die Nacht aufgeblieben war, erwachte er bereits kurz nach sechs Uhr am nächsten Morgen. Er drehte sich auf den Rücken und starrte an die Decke.

Was zum Teufel will ich hier?

Dumme Frage, sagte er sich. Er war in einer Kleinstadt,

von der er bis vor wenigen Wochen nie gehört hatte, um die Angehörigen kennenzulernen, von deren Existenz er nichts gewusst hatte. Nein, das stimmte nicht ganz. Er war da, weil ihm von seinem Chef Zwangsurlaub verordnet worden war und er kein besseres Reiseziel gefunden hatte. Wäre er in Chicago geblieben, hätte sein Zwillingsbruder Kevin das nächste Flugzeug zu ihm genommen.

Nash setzte sich auf und schlug die Bettdecke zurück. Ohne die Routine seiner Arbeit erstreckte sich der Tag endlos vor ihm. Ging er wirklich so sehr in seinem Beruf auf, dass es nichts anderes mehr in seinem Leben gab?

Zweite dumme Frage.

Er wusste, dass er sich noch am Vormittag mit Kevin in Verbindung setzen und ein Treffen vereinbaren musste. Nachdem sie einunddreißig Jahre lang nichts von ihrem leiblichen Vater gewusst hatten als die Tatsache, dass er ihre damals siebzehnjährige Mutter geschwängert und dann im Stich gelassen hatte, sollten sie sich nun mit ihren Halbgeschwistern treffen.

Kevin fand es gut, dass weitere Familienangehörige existierten. Nash war bislang anderer Meinung.

Eine halbe Stunde später war er geduscht, rasiert und mit Jeans, langärmligem Hemd und Stiefeln bekleidet. Es war Mitte Juni, aber ein kalter Nebel hing über dem Teil der Stadt, den er von seinem Fenster aus sehen konnte. Rastlos wanderte er in seinem Zimmer umher. Schließlich beschloss er, auf das Frühstück zu verzichten und durch die Gegend zu fahren. Vielleicht konnte er so ergründen, warum er seit einigen Monaten schlecht schlief, keinen Appetit hatte und sich für nichts interessierte als seinen Job.

Er lief die Treppe hinunter. An der Rezeption nahm er

sich Papier und Stift, um seiner Wirtin eine Nachricht zu hinterlassen, als er Geräusche aus dem hinteren Teil des Hauses hörte. Wenn sie schon auf war, konnte er ihr persönlich sagen, dass er das Frühstück ausfallen lassen wollte.

Er folgte den Geräuschen einen langen Flur entlang und durch eine Pendeltür. Als er die hell erleuchtete Küche betrat, stiegen ihm die Düfte von frischem Kaffee und Gebäck in die Nase. Das Wasser lief ihm im Mund zusammen, und sein Magen knurrte.

Er blickte sich um, aber die große Küche war leer. Auf der Kochinsel stand ein Tablett mit einer Thermoskanne, einer Tasse und einem Teller mit frischem Obst. Durch eine Tür zur Linken drang eine gedämpfte Frauenstimme.

Er betrat den Nebenraum. Eine Frau stand auf Zehenspitzen vor einem Regal. Sie griff nach etwas auf dem obersten Bord, erreichte aber nur die Kante.

Nash trat vor, um ihr zu helfen. In diesem Moment reckte sie sich etwas höher. Ihr Sweater rutschte über den Bund ihrer schwarzen Hose hinauf und enthüllte einen Streifen nackter Haut.

Abrupt fühlte er sich benommen, und zum ersten Mal seit fast zwei Jahren verspürte er einen Anflug von Leben unterhalb der Gürtellinie.

Wegen ein paar Zentimetern nackter Haut? Offensichtlich hatte er wesentlich mehr Probleme, als ihm bewusst gewesen war. Er schien wirklich ausgebrannt zu sein, wie Jack, sein Boss, behauptete.

Ein Aufschrei brachte ihn zurück in die Gegenwart. Er richtete den Blick von der nackten Taille der Frau zu ihrem Gesicht und sah, dass seine Wirtin ihn mit großen Augen anstarrte.

Sie presste sich eine Hand auf die Brust und rang nach Atem. »Sie haben mich fast zu Tode erschreckt, Mr. Harmon. Ich wusste nicht, dass Sie schon auf sind.«

»Nennen Sie mich Nash.« Er trat vor. »Was brauchen Sie?«

»Den blauen Beutel.«

Er holte den Beutel vom Regal und reichte ihn ihr.

»Danke. Ich wollte immer groß sein, aber irgendwie bin ich nie dazu gekommen.«

»Ich wusste gar nicht, dass man es sich vornehmen kann. Ich dachte immer, es passiert einfach.«

»Oder auch nicht.« Sie seufzte. »Möchten Sie Kaffee?«

»Gern.«

Er ging voraus in die Küche und lehnte sich an einen Schrank.

Sie füllte die Thermoskanne auf dem Tablett mit Kaffee und drehte sich zu ihm um. »Milch und Zucker?«

»Schwarz.«

»Die Croissants müssten jeden Moment fertig sein. Ich hatte vor, Ihnen ein Omelett zu machen. Schinken? Käse? Champignons?«

Am vergangenen Abend hatte er sie kaum beachtet. Vage erinnerte er sich an ein müdes, seltsam gekleidetes Wesen mit abstehenden, kurzen Haaren. Nun sah er eine zierliche Blondine mit großen blauen Augen und vollen Lippen. Sie trug die Haare in einem flotten Schnitt, der Ohren und Nacken frei ließ. Eine enge schwarze Hose und ein knapper Sweater zeigten ihm, dass alles an ihr an der richtigen Stelle saß. Sie war hübsch.

Nash versuchte zu ergründen, wann er das letzte Mal darauf geachtet hatte, ob eine Frau hübsch, hässlich oder irgendwas dazwischen war. Nicht seit zwei Jahren, entschied er.

»Machen Sie sich keine Mühe«, sagte er. »Kaffee und Gebäck reichen mir.« Er blickte zu dem Tablett. »Und das Obst.«

Stephanie runzelte die Stirn. »Im Preis ist ein volles Frühstück inbegriffen. Haben Sie keinen Hunger?«

Mehr als seit einer ganzen Weile, aber weniger, als er hätte haben sollen. »Vielleicht morgen.«

Die Zeitschaltuhr am Herd piepste. Stephanie nahm zwei Topflappen und holte das Backblech aus dem Ofen. »Heute gibt es Croissants mit Orange, Limone und Schokolade«, erklärte sie. »Alle sind köstlich, was wahrscheinlich eingebildet klingt, weil ich sie selbst gebacken habe, aber es ist wahr. Als Mann werden Sie sich nicht an den Kalorien stören, und das ist gut so.« Sie schenkte ihm ein Lächeln und deutete zu einer Tür. »Da geht's ins Esszimmer.«

Er ging ins Nebenzimmer und fand einen großen, für eine Person gedeckten Tisch vor. Die Lokalzeitung lag neben einem Umgebungsplan.

Stephanie folgte ihm und wartete, bis er sich gesetzt hatte. Dann schenkte sie ihm Kaffee ein, stellte die Butter in seine Reichweite, wünschte ihm einen guten Appetit und verschwand wieder in die Küche.

Nash griff nach einem dampfenden Croissant. Orangenduft stieg ihm in die Nase. Mit knurrendem Magen nahm er einen Bissen.

Zarte Aromen mischten sich auf seiner Zunge. Hunger attackierte ihn – ungewohnt wie willkommen. Als Nächstes nippte er an dem Kaffee, und dann aß er eine Erdbeere. Alles schmeckte köstlich. Er konnte sich nicht an das letzte

Mahl erinnern, das er so genossen hatte. Er verzehrte vier Croissants, das ganze Obst und die Kanne Kaffee. Als er schließlich gesättigt war, griff er zur Zeitung und begann zu lesen.

Gelächter unterbrach seine Lektüre des Wirtschaftsteils. Ihm wurde bewusst, dass mehrere leise Stimmen aus der Küche drangen. Hatte Stephanie einen Ehemann?

Der Gedanke an einen Mr. Wynne rief Schuldgefühle hervor. Es war nicht seine Art, Frauen anderer Männer zu begaffen und ihre nackten Bäuche zu bewundern.

Er blätterte die Zeitung um und las weiter, nur um erneut unterbrochen zu werden, diesmal von rennenden Schritten im Flur. Er blickte gerade rechtzeitig auf, um drei Jungen zur Haustür rasen zu sehen.

»Leise! Wir haben einen Gast!«

Sofort verlangsamten drei Fußpaare den Schritt, und drei Köpfe drehten sich in seine Richtung.

Nash erhaschte einen flüchtigen Blick auf drei Blondschöpfe im ungefähren Alter zwischen acht und zwölf Jahren. Die beiden Jüngsten waren Zwillinge.

Stephanie trat in sein Blickfeld und lächelte reumütig. »Entschuldigung. Es ist die letzte Woche Schule vor den großen Ferien, und sie sind ziemlich aufgedreht.«

»Kein Problem.«

Die Jungen musterten ihn neugierig, bis Stephanie sie zur Haustür scheuchte. Die Zwillinge drehten sich zu ihr um, gaben ihr einen flüchtigen Kuss und verschwanden.

Sie blieb in der offenen Tür stehen. Durch das Fenster sah Nash einen Bus vor dem Haus halten. Erst als die Jungen eingestiegen waren, schloss sie die Tür und kam ins Esszimmer.

»Hatten Sie genug zu essen?«, erkundigte sie sich. »Es ist noch Gebäck da.«

»Ich bin satt. Es war alles großartig.«

»Danke. Das Originalrezept ist mehrere Generationen alt. Mein verstorbener Mann und ich hatten vor vielen Jahren ein Gasthaus von einem englischen Ehepaar gepachtet. Mrs. Frobisher konnte hervorragend backen und hat es mir beigebracht. Ich kann auch sehr gute Mürbeteigkekse backen. Wenn Sie möchten, stelle ich Ihnen welche ins Zimmer.«

Nash sagte sich, dass die Erwähnung ihres verstorbenen Mannes lediglich bedeutete, dass er sich nicht schuldig fühlen musste, weil er ihren nackten Bauch bewundert hatte.

Er schaute ihr ins Gesicht und sah einen erwartungsvollen Ausdruck in ihren blauen Augen. Er räusperte sich. »Wenn es nicht zu viel Mühe macht.«

»Keineswegs.« Mit einem höflichen Lächeln trug sie das Geschirr aus dem Esszimmer.

Nash blätterte durch den Sportteil, schloss dann die Zeitung und stand auf, um die Gegend zu erforschen. Er zögerte. Sollte er seiner Wirtin sagen, dass er das Haus verließ? Normalerweise verreiste er beruflich und stieg in unpersönlichen Hotels ab. Er hatte noch nie in einer Frühstückspension gewohnt, die zwar ebenfalls eine geschäftliche Einrichtung, aber gleichzeitig das Zuhause der Wirtin war.

Er entschied, dass es sie nicht interessierte, was er mit seiner Zeit anfing, und ging hinaus zu seinem Leihwagen.

Zwei Minuten später kehrte er in das Haus zurück. Er ging in die Küche und fand sie leer vor. Räumte Stephanie gerade sein Zimmer auf, oder hatte sie sich in ihre Privaträume zurückgezogen?

Ein lautes Hämmern ertönte aus dem hinteren Teil des Hauses. Er folgte dem rhythmischen Geräusch in eine große Waschküche. Stephanie saß auf dem Fußboden vor einer Waschmaschine. Eine aufgeschlagene Gebrauchsanleitung lag auf ihrem Schoß, und um sie herum lag allerlei Werkzeug verstreut. Sie hatte sich umgezogen und trug nun eine verwaschene Jeans und ein T-Shirt mit Mickymaus auf dem Vorderteil.

»Verdammter Schrotthaufen«, murrte sie, während sie mit einem Schraubenschlüssel auf das Gehäuse einschlug. »Ich hasse dich. Ich werde dich immer hassen. Das musst du für den Rest deines Lebens ertragen.«

Nash räusperte sich.

Sie rang nach Atem und drehte sich mit aufgerissenen Augen zu ihm herum. Dann verzog sich ihr Mund zu einem Lächeln, das zugleich verlegen und amüsiert wirkte. »Wenn Sie sich weiter so anschleichen, werde ich Ihnen eine Glocke um den Hals hängen müssen.«

Er deutete mit dem Kopf zur Waschmaschine. »Gibt es ein Problem?«

»Sie funktioniert nicht. Ich versuche, Schuldgefühle zu erwecken, aber das scheint nicht zu helfen. Ich dachte, Sie wären weggefahren.«

»Die Batterie will nicht.«

»Haben Sie es mit Schuld-Erzeugen probiert?«

»Ich dachte, eine Starthilfe wäre effektiver.«

»Sicher.« Sie warf den Schraubenschlüssel auf den Boden und stand auf. In Turnschuhen reichte sie ihm kaum bis zur Schulter. Sie gab der Waschmaschine noch einen Tritt und ging zur Tür.

»Ich kann mir das Ding ja mal ansehen, wenn Sie möchten.«

»Sie wirken auf mich nicht wie ein Waschmaschinenmechaniker.«

»Das bin ich auch nicht, aber ich bin technisch ganz begabt.«

»Danke, aber ich rufe lieber einen Profi. Ich hole meinen Autoschlüssel. Wir treffen uns vor dem Haus.«

Stephanie rannte die Stufen hinauf. Als sie das zweite Stockwerk erreichte, sagte sie sich, dass ihr rascher Herzschlag vom Treppensteigen und nicht vom Aussehen ihres Gastes kam. Sie schätzte, dass das zu etwa sechzig Prozent der Wahrheit entsprach.

Fakt war, dass er in Jeans ebenso gut aussah wie im eleganten Anzug. Auch das Tageslicht stand ihm gut. Obwohl er nur ein paar Stunden geschlafen hatte, sah er gebräunt, attraktiv und ausgeruht aus. Sie hingegen hatte dunkle Augenringe, die dem Abdeckstift trotzten, und verspürte eine unsägliche Müdigkeit, die von allerlei Problemen herrührte.

Sie ging zur Hintertür hinaus und fuhr ihren Van so dicht an seinen Leihwagen, dass sich die Schnauzen beinahe berührten.

Dann lief sie in die Garage und kramte nach einem Starterkabel. Nach einigen Minuten fand sie es hinter einer Kiste mit alten Ersatzteilen. Als sie sich zum Ausgang umdrehte, stieß sie prompt mit Nash zusammen.

»Alles klar?«, fragte er und packte sie an den Oberarmen, um sie zu stützen.

Alles klar? Während ihre Nase beinahe seine breite Brust berührte und ihre Hände auf seinem steinharten Bauch lagen?

Er riecht gut, dachte sie sehnsüchtig. Tief in ihr regte sich etwas, das seit drei Jahren geschlafen hatte, und erwachte allmählich zu neuem Leben.

Sie wich zurück und räusperte sich. »Okay. Wenn ich nachher einkaufen fahre, werde ich diese Glocke für Sie besorgen.« Sie drückte ihm das Starterkabel in die Hand. »Das Anschließen überlasse ich lieber Ihnen. Ich weiß, wie eine Batterie aussieht, aber würde ich dieses Ding verwenden, würde ich mir bestimmt einen tödlichen Stromschlag zufügen und beide Autos in Brand setzen.«

»Kein Problem. Danke für die Hilfe. Sind Sie sicher, dass ich nicht als Gegenleistung Ihre Waschmaschine reparieren soll?«

»Nein danke. Betrachten Sie es als Service des Hauses.«

Nash musterte sie einige Sekunden, bevor er sich abwandte und hinaus zu den Autos ging.

Sie atmete erleichtert auf. Das Angebot der Gegenleistung war zwar echt nett, aber sie wollte nicht, dass ein Amateur an ihrer Waschmaschine herumfummelte. Wann immer Marty seine Hilfe angeboten hatte, war das fragliche, leicht defekte Gerät völlig untauglich geworden. Nun heuerte sie nur noch Experten an. Das kam auf lange Sicht eindeutig billiger.

Sie folgte Nash hinaus und beobachtete, wie er die Kabel an beiden Fahrzeugen anbrachte. »Was führt Sie nach Glenwood?«, erkundigte sie sich.

»Ich besuche Angehörige.«

»Ich kenne hier niemanden, der Harmon heißt.«

»Ihr Nachname lautet Haynes.«

»Die Haynes-Männer?«

»Sie kennen sie?«

»Sicher. Travis Haynes ist unser Sheriff, sein Bruder Kyle und seine Schwester Hannah sind seine Deputys.« Nachdenklich neigte sie den Kopf. »Moment, ich glaube, Hannah ist nur eine Halbschwester. Da sind noch ein paar Brüder. Einer ist Feuerwehrmann, und einer wohnt in Fern Hill.«

»Sie wissen sehr viel.«

»Glenwood ist keine Großstadt. Es ist ein Ort, an dem wir uns alle über jeden auf dem Laufenden halten.« Und das war eines der Dinge, die ihr gefielen. Es war nie ihr Traum gewesen, eine Frühstückspension zu führen, aber wenn sie es schon tun musste, dann lieber hier als in einer kalten, anonymen Großstadt.

Nash stieg in sein Auto und drehte den Zündschlüssel. Der Motor sprang an.

Als er wieder ausstieg, musterte sie seine dunklen Haare und sein markantes Kinn. »Ich sehe die Familienähnlichkeit. Sind Sie ein Cousin?«

»Eigentlich nicht.« Er entfernte das Starterkabel. »Ich weiß nicht viel über die Haynes. Vielleicht können Sie mich später aufklären.«

Ein Schauer durchlief sie. Na großartig, dachte sie. In der kurzen Zeitspanne, die das Servieren des Frühstücks und das Hervorkramen eines Starterkabels erforderte, hatte sie sich verknallt. Sie war dreiunddreißig Jahre alt. Sollte sie nicht immun gegen derartige Dummheiten geworden sein?

Er rollte das Kabel zusammen und reichte es ihr. »Wenn es Ihnen nicht zu viel Mühe macht.«

»Aber nein. Rufen Sie mich einfach, wenn Sie so weit sind. Ich bin gewöhnlich in der Küche, wenn die Jungs aus der Schule zurück sind.«

»Danke.«

Ein Lächeln trat auf sein Gesicht. Seine Augen strahlten einen Moment lang, was den kalten, nebelverhangenen Morgen plötzlich weniger trübe wirken ließ.

Oh, es hatte sie schlimm erwischt. Eine strenge Gardinenpredigt war fällig. Sich in ein hübsches Gesicht zu vergucken hatte ihr Leben schon einmal in ein Desaster verwandelt. Wollte sie das wirklich ein zweites Mal riskieren?

Die Chancen, die Liebe bei einem anständigen, verantwortungsbewussten Mann zu finden, mussten wesentlich geringer stehen als eins zu einer Million. Sie tat gut daran, das nicht zu vergessen.

2. Kapitel

Nachdem Nash zwanzig Minuten lang über die Autobahn gefahren war, um die Batterie aufzuladen, nahm er die nächste Abfahrt und kehrte nach Glenwood zurück.

Gemächlich fuhr er durch die malerischen Wohnviertel. Uralte Bäume säumten die Straßen und bildeten dichte, Schatten spendende Blätterdächer. Große Rasenflächen mit leuchtend bunten Blumenrabatten erstreckten sich vor gepflegten Häusern.

Die ruhige Kleinstadt hatte praktisch nichts mit Chicago gemein, wo er derzeit lebte. Vielmehr wurde er an den Ort erinnert, in dem er aufgewachsen war. Possum Landing in Texas mochte nicht so vornehm sein wie Glenwood, aber dort herrschte die gleiche freundliche, geruhsame Atmosphäre.

Ziellos, gedankenlos fuhr er weiter und bog in eine breite, von viktorianischen Villen gesäumte Straße ein. Alle Gebäude waren renoviert, elegant und von hohen Bäumen beschattet. Ein diskretes Schild vor einem Haus wies es als Pension mit Restaurant aus. Flüchtig fragte er sich, warum Stephanie ihr Geschäft nicht in diesem vornehmen Viertel statt am anderen Ende der Stadt eröffnet hatte.

Zehn Minuten später, als er gerade ein großes Einkaufszentrum erreichte, klingelte sein Handy. Er hielt am Bordstein an, prüfte die Nummer auf dem Display und drückte die Sprechtaste. »Was liegt an?«

»Ich wollte nur wissen, wo du steckst«, verkündete sein Zwillingsbruder Kevin. »Hast du im letzten Moment gekniffen, oder bist du wirklich hier?«

»Ich bin in der Stadt.«

»Echt?«

Kevin klang überrascht. Nash teilte das Gefühl. Hätte man ihm die Wahl gelassen, wäre er bei der Arbeit.

»Wieso hast du dich dazu durchgerungen?«

»Ich hatte keine andere Wahl. Du hast mir doch befohlen anzutanzen.«

»Als ob du je darauf gehört hättest, was ich sage.« Kevin lachte. »Aber ich bin froh, dass du da bist. Ich habe mich schon mit Travis und Kyle getroffen.«

Ihre Halbbrüder, von denen sie bis vor Kurzem nichts geahnt hatten. Nash konnte sich immer noch nicht mit dem Gedanken anfreunden. »Und?«

»Es ist prima gelaufen. Sie sehen uns verdammt ähnlich. Unser Vater muss sehr starke Gene haben. Wir sind in etwa gleich gebaut, und sie haben auch dunkle Haare und Augen.«

Im Hintergrund sagte jemand etwas, das Nash nicht verstehen konnte.

Kevin lachte. »Ich soll dir von Haley sagen, dass alle gut aussehen. Ich verstehe nichts davon. Das ist Frauensache.«

Haley?

Bevor Nash nachhaken konnte, fuhr Kevin fort: »Wir sind für morgen Abend zum Dinner verabredet. Alle Brüder mit Frauen und Kindern. Gage ist auch hier.«

Nash und Kevin waren mit Gage und Quinn Reynolds eng befreundet, solange er denken konnte. Sie waren zusammen aufgewachsen. Drei Wochen zuvor hatte sich herausgestellt, dass sie alle denselben leiblichen Vater hatten.

»Ich habe Gage seit einigen Jahren nicht gesehen«, sagte Nash. »Wie geht's ihm?«

»Er ist verlobt.«

»Unmöglich!«

»Erinnerst du dich an Kari Asbury?«

Nash runzelte die Stirn: »Der Name kommt mir bekannt vor.«

»Er war nach dem Militärdienst eine Zeit lang mit ihr liiert. Sie ist dann als Model nach New York gegangen.«

»Ach ja. Groß. Hübsch. Sie wollen wirklich heiraten?«

»Ja. Sie ist zurückgekommen, und dann hat es sich wohl sehr schnell ergeben.«

»Gage hat zwar immer von Familie geredet, aber ich dachte trotzdem, dass er Single bleiben würde. Hoffentlich geht es gut mit den beiden.«

»Das wünsche ich ihm auch. Er kommt übrigens morgen zu dem Dinner. Du auch, oder?«

»Deswegen bin ich hier.« Um seine neue Familie kennenzulernen. Um sich für etwas anderes als seine Arbeit zu engagieren. Um vielleicht einen Weg zu finden, wieder etwas zu empfinden. War das möglich oder nur eine kindische Traumvorstellung? Er wollte nicht darüber nachdenken. Daher fragte er: »Wie geht's deinem Bein?«

»Es heilt.«

Kevin war *US Marshal* und in Ausübung seines Berufes angeschossen worden.

»Humpelst du?«

»Ein bisschen, aber angeblich gibt sich das bald.«

»Ich vermute, dass du eine Narbe behältst. Wie ich dich kenne, wirst du sie beim anderen Geschlecht zu deinem Vorteil nutzen.«

»Komisch, dass du das sagst.« Kevin räusperte sich. »Ich hatte noch keine Gelegenheit, es dir zu sagen, weil du zu einem Einsatz unterwegs warst. Ich habe da wen kennengelernt.«

Nash dachte an die Frau, deren Stimme er vorhin gehört hatte. »Haley?«

»Ja. Wir wollen heiraten.«

Gages Verlobung hatte Nash überrascht, Kevins machte ihn sprachlos. Er starrte hinaus auf die Allee und fand keine Worte.

»Willst du sie kennenlernen?«

»Unbedingt.« Kevin war als Wildfang geboren worden. Eine Frau, die es schaffte, ihn anzubinden, musste eine interessante Mischung aus Sünde und Stahl sein.

»Wir sind in einer Pension abgestiegen.« Kevin nannte Namen und Straße.

»Ich bin gerade daran vorbeigekommen. Ich bin gleich da.«

»Eine Pfarrerstochter?«, hakte Nash verblüfft nach.

Kevin grinste. »Das hättest du nicht erwartet, wie?«

»Allerdings nicht. Was ist aus all den schlimmen Mädchen geworden?«

»Ich habe Haley kennengelernt.« Kevin ging voraus in einen formell eingerichteten Salon.

Nash musterte die teuren Tapeten und Kristalllüster und stellte fest, dass diese Pension größer und vornehmer war als Stephanies, die eher heimelig wirkte.

Kevin humpelte zu einem großen Sofa, sank auf das geblümte Polster und rieb sich den Oberschenkel.

Nash setzte sich in einen Sessel. »Was hat der Arzt dazu gesagt?«

»Dass es in ein paar Wochen verheilt sein wird. Bis dahin tut es gelegentlich noch weh. Ich hatte Glück. Die Kugel hat den Knochen nicht verletzt.«

»Du hast uns doch versprochen, dass wir uns keine Sorgen mehr um dich machen müssen.«

»Es war nicht meine Schuld. Hätte ich nicht den Kürzeren gezogen, hätte ich in Florida einen Drogenring auffliegen lassen, statt einen Gefangenen auszuliefern.« Er grinste. »Nicht, dass ich mich beklage. Wäre ich nicht in Kansas gewesen, hätte ich Haley nicht kennengelernt.«

»Eine Pfarrerstochter«, wiederholte Nash verwundert. »Ich kann es immer noch nicht fassen. Wo seid ihr euch über den Weg gelaufen? In der Kirche?«

»In einer Bar.«

Die Antwort kam von der Tür. Nash drehte sich um, sah eine junge Frau eintreten und stand auf. Sie war recht hübsch, mittelgroß und blond, mit kurzem Fransenschnitt und blaugrauen Augen. Sie trug Shorts und ein enges T-Shirt, das ihre Rundungen betonte. Automatisch glitt sein Blick zu ihren nackten Beinen. Er wartete auf die Art von Reaktion, die Stephanies nackter Bauch ausgelöst hatte.

Nichts geschah. Es ergab keinen Sinn. Wenn in ihm endlich wieder eine sexuelle Regung erwacht war, warum rührte sich dann bei Haleys Anblick gar nichts?

»Du musst Nash sein.« Sie trat zu ihm und legte den Kopf in den Nacken. »Wow! Du bist genauso groß wie Kevin und siehst echt super aus.« Sie zog die Nase kraus. »Was habt ihr nur für Gene? Wird denn keiner von euch fett oder kahlköpfig oder sonst wie unattraktiv?«

Kevin legte ihr einen Arm um die Taille und küsste sie auf

die Schläfe. »Haley redet immer, wie ihr der Schnabel gewachsen ist. Du wirst dich daran gewöhnen müssen.«

»Und wenn nicht, bist du bestimmt höflich genug, es mir nicht ins Gesicht zu sagen«, entgegnete sie, während sie auf das Sofa sank und Kevin mit sich zog. Sie beugte sich zu Nash vor, der sich ebenfalls wieder gesetzt hatte. »Ich bin echt aufgeregt wegen der vielen Schwäger, die ich jetzt kriege. Ich bin Einzelkind. Ich hatte viel zu viele Mütter und habe mir immer Geschwister gewünscht, um von mir abzulenken. Ich meine, ich konnte nicht mal was Schlimmes denken, ohne dass es rauskam. Das war echt furchtbar, und …«

Kevin stieß sie sanft in die Rippen. »Quatsch ihn nicht so voll. Er ist nicht der gesellige Typ.«

Durchdringend musterte sie Nash. »In echt?«

Unbehaglich rutschte er im Sessel umher. »Meinen Glückwunsch zur Verlobung«, sagte er, um sie von sich abzulenken. »Falls Kevin nicht ganz offen über seine Vergangenheit war, liefere ich gern die Details.«

Haley kicherte. »Ach, er hat mir ein paar schlimme Sachen aus seiner Kindheit erzählt, aber nichts über seine Frauengeschichten. Es muss Dutzende gegeben haben. Oder sogar Hunderte?«

Nun rutschte Kevin umher. »Haley, du weißt alles, was wichtig ist. Ich liebe dich. Ich will den Rest meines Lebens mit dir verbringen.«

Sie seufzte und lehnte den Kopf an seine Schulter. »Ist er nicht der Beste? Ich kann es gar nicht erwarten, ihn zu heiraten. Apropos, bist du eigentlich liiert, Nash?«

»Das reicht.« Kevin stand auf und zog sie mit sich hoch. »Du hast meinen Bruder genug terrorisiert.«

»Wie bitte?« Pikiert stemmte sie die Hände in die Hüften. »Was habe ich denn gesagt?«

Er gab ihr einen kleinen Schubs in Richtung Flur. »Es wird nicht lange dauern.«

Sie wandte sich an Nash. »Habe ich dich irgendwie gekränkt?«

»Aber nein.« Er stand auf. »Soweit ich es beurteilen kann, bist du genau das, was mein Bruder braucht.«

»Ha!« Sie warf den Kopf zurück und marschierte aus dem Raum. »Ich bin oben und plane die Hochzeit. Eine echt große Hochzeit.«

»Viel Spaß«, wünschte Kevin und sank zurück auf das Sofa. »Sie macht einem manchmal ganz schön zu schaffen.«

»Eine interessante Frau.«

»Das finde ich auch. Sie ist klug, geistreich, furchtlos. Sie gibt von ganzem Herzen. Das muss ich erst noch lernen, aber sie macht es einem verdammt leicht, sie zu lieben.«

War das mein Problem? War es nicht leicht, Tina zu lieben?

»Aber genug von mir«, sagte Kevin. »Wie geht's dir?«

»Gut.«

»Ich hätte nicht gedacht, dass ich dich von der Arbeit loseisen könnte.«

Nash zuckte die Achseln, anstatt zuzugeben, dass der Urlaub nicht auf seinem Mist gewachsen war. »Ich bin hier und bereit, die Familie kennenzulernen.«

Kevins Miene wurde ernst. »Du warst immer sehr still, aber seit Tinas Tod ist es noch schlimmer. Kommst du allmählich darüber weg?«

»Sicher. Es geht mir großartig.«

Kevin schüttelte den Kopf. »Du machst dir immer noch Vorwürfe. Es war nicht deine Schuld.«

»Wessen war es dann?«

»Vielleicht hatte niemand Schuld. Vielleicht ist es einfach so passiert.«

»Wie auch immer«, murmelte Nash. Um das Thema zu wechseln, sagte er: »Erzähl mir von den Brüdern.«

»Die beiden, die ich kennengelernt habe, scheinen ganz okay zu sein. Sie sind ebenso überrascht wie wir.« Er lächelte. »Übrigens sind alle Cops.«

»Unmöglich!«

»Im Ernst. Oh, Moment, einer von ihnen ist ein Querkopf. Er ist Feuerwehrmann.«

»Es muss im Blut liegen.«

Kevin nickte.

»Earl Haynes war jahrelang der Sheriff hier. Er hat ein paar Brüder, die auch Gesetzeshüter sind. Vielleicht folgen wir unserem Schicksal.«

Schicksal? Nash glaubte nicht an derartigen Unsinn. Er war beim FBI gelandet, weil er noch im College angeworben worden war und es von allen Angeboten das lukrativste gewesen war.

»Ich habe Gage gesehen«, berichtete Kevin. »Ich kann es immer noch nicht richtig fassen, dass er und Quinn unsere Brüder sind.«

»Wir haben uns wie Brüder verhalten«, gab Nash zu bedenken. »Aber ich dachte auch, dass wir nur gute Freunde waren.«

»Morgen Abend beim Dinner wird es wie im Zoo zugehen. Alle bringen ihre Frauen und Kinder mit. Ich möchte zum Lunch ein Treffen nur mit den Jungs arrangieren. Hast du Interesse?«

»Sicher.«

Kevin deutete mit dem Kopf zur Zimmerdecke. »Hier sind noch ein paar Zimmer frei. Willst du nicht hierherziehen?«

»Meine Unterkunft ist ganz okay.«

»Sicher?«

Nash nickte entschieden, um Kevin in dem Glauben zu lassen, dass er zu viel Kontakt mit der Außenwelt meiden wollte. Doch es steckte mehr dahinter. Zum ersten Mal seit langer Zeit spürte er einen Anflug von Interesse an etwas anderem als seiner Arbeit, und er wollte wissen, wohin das führen mochte.

Am frühen Nachmittag kehrte Nash zurück nach *Serenity House* und fand das Haus leer vor. Es hätte ihn erleichtern sollen. Er mochte nicht viel Gesellschaft, zog Einsamkeit leerem Geplapper vor. Er mochte die Stille. Nur nicht an diesem Tag. Momentan fühlte er sich rastlos.

Er wandte sich der Treppe zu seinem Zimmer zu, ging drei Stufen hinauf und zögerte. Er wollte nicht lesen oder fernsehen.

Auf der Suche nach einer Zerstreuung ging er schließlich zum rückwärtigen Teil des Hauses. In der Waschküche fand er die Waschmaschine in mehrere Einzelteile zerlegt vor. Er öffnete den Deckel und sah die Trommel voller Wäsche und Wasser. Ein Blick auf den Wählschalter verriet ihm, dass die Maschine kurz vor dem Schleudergang den Geist aufgegeben hatte.

Er setzte sich auf den Boden und begann, die Einzelteile und das Werkzeug zu sortieren.

Eine gute Stunde später hatte er das Problem eruiert. Gerade hatte er begonnen, die Maschine zusammenzubauen, als er die Haustür zuschlagen hörte. Prompt fiel ihm der Schraubenschlüssel aus der Hand.

Leise fluchend hob er ihn auf. Wenn er alles fallen ließ, nur weil er erwartete, Stephanie zu sehen, dann steckte er in argen Schwierigkeiten.

Er drehte sich um, als sich Schritte näherten. Entgegen seiner Erwartung trat ein Junge ein, und zwar Stephanies Ältester. »Hallo«, sagte Nash lächelnd.

Der Junge lächelte nicht. Er verschränkte die Arme vor der Brust und musterte Nash mit zusammengekniffenen Augen. »Sie sind nicht der Monteur.«

»Das stimmt. Ich bin Nash Harmon. Ich bin Gast hier.« Er streckte seine Hand aus.

»Brad Wynne.« Nach kurzem Zögern schüttelte der Junge ihm flüchtig die Hand. »Wieso fummeln Sie an der Waschmaschine rum? Gäste sollen so was nicht tun, und wenn Sie die Maschine noch mehr kaputt machen, wird Mom echt sauer, und die Reparatur wird noch teurer.«

Brad schien etwa elf oder zwölf Jahre alt zu sein. Er war groß und schlaksig, hatte hellblonde Haare und blaue Augen wie seine Mutter. Er wirkte feindselig und sehr, sehr jung. Kein Kind in dem Alter sollte das Gefühl haben, zwischen seiner Familie und einer feindlichen Welt zu stehen.

Behutsam legte Nash den Schraubenschlüssel nieder. Brads Verhalten erweckte Erinnerungen an damals, als er selbst sich für das Wohlergehen seiner Mom und seines Bruders verantwortlich gefühlt hatte.

»Eigentlich hast du recht«, gab er zu. »Aber heute Morgen war die Batterie an meinem Leihwagen tot, und deine Mutter hat mir Starthilfe gegeben. Das wollte ich wiedergutmachen. Sie hat echt Klasse, und ich weiß, dass sie kein

Geld von mir annehmen würde. Deswegen wollte ich ihr helfen, indem ich die Waschmaschine repariere.«

Brads Miene besänftigte sich ein wenig, aber er wirkte immer noch abweisend. »Was ist, wenn Sie es noch schlimmer machen?«

»Dann bezahle ich natürlich die Reparatur. Aber ich bin ziemlich sicher, dass ich den Fehler gefunden habe.«

»Ach ja? Zeigen Sie doch mal.«

Nash rückte beiseite. »Das Teil dahinten hat sich gelockert, und dadurch ist dieses Teil hier nach vorn gerutscht und blockiert die Trommel.«

Brad hockte sich hin und lauschte, während Nash erläuterte, wie er den Schaden zu beheben beabsichtigte. »Aber wenn du willst, höre ich auf.«

»Sie meinen, wenn ich Nein sage, machen Sie nicht weiter?«

»Genau.«

»Na ja, es ist wohl okay. Ich glaube nicht, dass Sie es schlimmer machen.«

Ein hohes Lob, dachte Nash und unterdrückte ein Grinsen. »Willst du mir helfen?«

»Oh ja«, sagte Brad enthusiastisch. Dann zuckte er die Achseln. »Ich meine, ich hab grad nichts Besseres vor.«

Nash gab ihm einen Schraubenschlüssel und zeigte ihm, welcher Bolzen zuerst nachgezogen werden musste. Eine Viertelstunde später war die Waschmaschine so gut wie neu. Brad hatte sein abweisendes, trotziges Verhalten eingestellt, nachdem Nash ihm als *Arbeitskollegen* das Du angeboten hatte.

»Wie hast du rausgefunden, was kaputt ist?«, wollte er wissen. »Hast du schon mal eine Waschmaschine repariert?«

»Als Teenager. Heutzutage sind die modernen Haushaltsgeräte mit Computerchips und viel Elektronik ausgestattet und ziemlich kompliziert, aber das hier ist ein älteres Modell. Dadurch war es leichter. Außerdem hatte deine Mom sie schon auseinandergenommen. Ich brauchte nur noch zu suchen.«

»Als bei meinem Fahrrad mal die Kette ab war, habe ich sie wieder drangemacht und gespannt, aber das ist wohl nicht dasselbe.«

»Du bist technisch ziemlich begabt«, sagte Nash. »Du kannst gut mit Werkzeug umgehen.«

Brad täuschte Gelassenheit vor. »Ich weiß.«

In diesem Moment ertönte ein Räuspern. Nash blickte über die Schulter und sah Stephanie in der Tür stehen. Die Zwillinge standen direkt hinter ihr und spähten an ihren Hüften vorbei zu ihm. Sie sah nicht glücklich aus.

»Ich weiß, dass Sie nur helfen wollen, Mr. Harmon, aber das ist nicht Ihre Aufgabe.«

»Schon okay, Mom. Ich glaube, Nash hat sie repariert. Er kennt sich mit Maschinen aus. Wir haben sie gerade wieder zusammengebaut und wollen sie jetzt testen.«

Stephanies Zweifel waren ihr so deutlich ins Gesicht geschrieben wie ihr Missmut. »Brad, die Waschmaschine ist kein Spielzeug.«

»Das ist gut so.« Nash stand auf. »Denn ich spiele nicht.«

3. Kapitel

Stephanie musste den Kopf in den Nacken legen, um Nash in die Augen schauen zu können. Ihre Blicke hielten sich gefangen, und sie fragte sich, was sie derart an ihm faszinierte. Sein markantes Aussehen? Der Anflug von Traurigkeit, selbst wenn er lächelte? Sein hochgewachsener, muskulöser Körper? Seine Stimme?

Ich spiele nicht.

Sie wusste, was er mit diesen Worten gemeint hatte: dass er nicht einen Monteur spielte, sondern nur helfen wollte. Aber sie wollte, dass er etwas anderes meinte. Dass er sie für sexy, geheimnisvoll und unwiderstehlich hielt, dass er nicht mit ihr spielte.

Ja, sie wollte all das und dazu, dass auf wundersame Weise ein Flaschengeist auftauchen und mit einem Kopfnicken die Berge Schmutzwäsche reinwaschen möge.

»Stephanie? Ist alles in Ordnung?«

Gute Frage.

»Na klar.« Sie zwang sich, den Blick von seinem Gesicht zu lösen und sich der Waschmaschine zuzuwenden. Das verstreute Werkzeug auf dem Fußboden erinnerte sie an Marty, der es geliebt hatte, Dinge zu *reparieren* und damit sich selbst wie ihr Budget gefährdet hatte. »Sagen Sie mir genau, was Sie getan haben.« Sie brauchte diese Information, um es dem Mechaniker zu erklären.

Bevor Nash antworten konnte, stürzte Brad sich in eine

ausschweifende Erklärung, gespickt mit Fachausdrücken für Ersatzteile und Werkzeug. Sie bemühte sich zuzuhören. Echt. Aber die Waschküche war ziemlich klein, und Nash stand ihr so nahe, dass sie sein Shampoo riechen konnte.

Bisher hatte sie sich ihre morgendliche Reaktion auf ihn mit Koffeinmangel und niedrigem Blutzuckerspiegel erklärt. Da sie inzwischen reichlich Kaffee getrunken hatte und noch gesättigt vom Lunch war, musste es eine andere Erklärung dafür geben, dass sie sich derart zu ihm hingezogen fühlte.

»Mom, du hörst ja gar nicht zu«, beschwerte sich Brad.

»Doch, aber du bist mir zu technisch geworden. Das ist wohl eine Männersache.«

Er schwankte zwischen Verärgerung über ihre Unaufmerksamkeit und Stolz über die Bezeichnung *Mann*.

»Es gibt einen einfachen Weg, Sie zu beruhigen«, warf Nash ein.

Widerstrebend blickte sie in seine Richtung und achtete dabei sorgsam darauf, sich nicht in seinem Blick zu verlieren. »Lassen Sie mich raten. Sie wollen sie einschalten und beweisen, dass sie funktioniert.«

»Genau.«

Er lächelte, und das wirkte beinahe so betörend wie sein Blick.

»Also gut.« Sie legte den Zwillingen die Hände auf die Schultern. »Ihr beide passt gut auf. Wenn die Waschmaschine anfängt zu zischen und zu rütteln, rennt ihr raus und verkriecht euch. Okay?«

Die beiden nickten ernst.

Nash schloss den Deckel und drückte den Wählschalter. Eine Sekunde lang herrschte Stille, gefolgt von einem Klicken. Dann erwachte das alte Gerät zum Leben. Die Trommel drehte sich, und Wasser gurgelte in den Abfluss.

»Ich fasse es nicht«, murmelte Stephanie. »Sie könnte tatsächlich funktionieren.«

Brad grinste. »Mom, sie funktioniert wirklich. Nash und ich haben sie repariert.«

»Ich bin beeindruckt.«

Adam zupfte am Saum ihres T-Shirts. »Mom, ich hab Hunger. Ich will jetzt meinen Snack.«

»Ich auch«, sagte Jason.

»Geht schon mal vor in die Küche.« Sie wandte sich an Nash. »Ich weiß nicht, wie ich Ihnen danken soll. Natürlich ziehe ich Ihnen was von der Miete ab. Der Monteur hat letztes Mal hundert Dollar verlangt.«

»Vergessen Sie's«, entgegnete er, während er sich hinhockte und das Werkzeug einsammelte. »Sie haben mir heute Morgen ausgeholfen. Wir sind quitt.«

»Starthilfe ist nicht einer Reparatur gleichzusetzen. Ich muss Ihnen was bezahlen.«

Er blickte auf. »Dann nehme ich auch einen Snack.«

Brad stemmte die Hände in die Hüften. »Und was kriege ich?«

»Meine unsterbliche Dankbarkeit.«

»Was ist mit einem neuen Skateboard?«

Sie zog eine Grimasse. Das Modell, das er sich wünschte, hatte spezielle Räder oder einen besonderen Schliff oder irgendetwas anderes, das den Preis bis in die Stratosphäre hochschraubte. »Darüber reden wir noch.«

»Das sagst du ewig, aber wir tun es nie«, murrte er und marschierte hinaus.

Zu ihrer Erleichterung ging er in die Küche statt hinauf in

sein Zimmer. Er war zwölf – fast ein Teenager. Sie wollte nicht daran denken, allein mit einem Teenager zurechtkommen zu müssen. Sie wollte nicht daran denken, dass sie *alles* ganz allein schaffen musste.

Sie wandte sich an Nash. »Was halten Sie von Kaffee und Keksen?«

Er legte das Werkzeug in den Kasten und stand auf. »Klingt gut.«

»Ich serviere in fünf Minuten im Esszimmer.« Sie wandte sich zum Gehen, blieb dann stehen, als die Waschmaschine zu schleudern begann. »Ich kann es immer noch nicht glauben. Die Schmutzwäsche stapelt sich schon bis zur Decke. Wir haben nichts Sauberes mehr anzuziehen. Ich bin Ihnen sehr dankbar für Ihre Hilfe.«

»Ich habe es gern getan. Mein Beruf hält mich ziemlich in Schach. Ich bin es nicht gewohnt, Freizeit zu haben, und dadurch hatte ich was zu tun.«

Sie lachte. »Als Nächstes werden Sie mir noch erzählen, dass ich Ihnen einen Gefallen getan habe, indem Sie an der Waschmaschine arbeiten durften.«

»Genau.«

»Netter Versuch, Nash, aber das kaufe ich Ihnen nicht ab.«

Sie eilte in die Küche, setzte Kaffee auf und holte Gläser für die Kinder aus dem Schrank. Während Brad Milch einschenkte, bereitete sie Kekse und Weintrauben mit Käsewürfeln vor. Als der Kaffee durchgelaufen war, goss sie ihn in eine Thermoskanne und stellte ihn mit dem Snack auf ein Tablett.

»Ich bin gleich wieder da«, sagte sie zu ihren Kindern und brachte das Tablett ins Esszimmer.

Nash stand am Fenster und blickte hinaus auf die Straße. Lächelnd drehte er sich um. »Danke.«

»Keine Ursache.« Sie stellte das Tablett auf den Tisch. »Sagen Sie Bescheid, wenn Sie noch etwas möchten.«

»Das werde ich tun.«

Sie hätte sich gern eingebildet, dass er von mehr als nur dem Essen sprach, dass sich hinter seiner lässigen Haltung und gelassenen Miene eine erotische Spannung verbarg. Oder sie konnte realistisch sein und in die Küche verschwinden.

Da sie einigermaßen intelligent war, entschied sie sich für Letzteres und ließ ihn in Ruhe. Der arme Mann hatte nicht um ihren plötzlichen Hormonstoß gebeten. Wenn sie nicht beide in Verlegenheit bringen wollte, musste sie ihre eigensinnige Fantasie irgendwie unter Kontrolle bringen.

»Erzählt mir von der Schule«, sagte sie, während sie sich an den Tisch setzte.

Die Zwillinge gingen in die dritte Klasse, während Brad gerade das erste Jahr an der Mittelschule vollendete.

»Mrs. Roscoe hat gesagt, dass wir ihre beste Klasse überhaupt sind«, teilte Adam ihr stolz mit.

»Wir haben heute unsere Leseliste für die Ferien gekriegt«, warf Jason ein. »Ich habe mir schon fünf Bücher ausgesucht. Können wir diese Woche in die Bibliothek fahren?«

»Sicher. Über welches müsst ihr ein Referat schreiben?«

Adam holte ein Blatt Papier aus seinem Rucksack und reichte es ihr.

Stephanie überflog die Liste und blickte zu Brad. »Was ist mit dir?«

»Meine Liste ist in meinem Zimmer. Ich will das Referat auf dem Computer schreiben. Kriegen wir endlich einen neuen? Du hast gesagt, dass wir drüber reden, wenn die Schule aus ist.«

»Stimmt. Und wenn ich den Kalender nicht falsch gelesen habe, ist die Schule noch nicht aus.«

»Aber es sind bloß noch vier Tage.«

»Womit ich noch sechsundneunzig Stunden habe, bevor du mich damit nerven kannst.«

Brad unterdrückte ein Grinsen. Seit Monaten drängte er auf einen neuen Computer. Der vorhandene funktionierte zwar einwandfrei, war aber nicht kompatibel mit den echt coolen Spielen. Sie hoffte, dass sie Brad noch bis Weihnachten hinhalten konnte. Dann sollte ihr Sparschwein durch die wöchentliche Fütterung von zwanzig Dollar fett genug geworden sein.

Während die drei nacheinander von ihrem Schultag berichteten, glitt Stephanies Aufmerksamkeit zu dem Mann im Nebenzimmer. Er saß ganz allein da, während sie von ihren Kindern umringt war, und sie verspürte den Impuls, ihn in den Kreis einzubeziehen. Doch das war verrückt. Sie hatte noch nie einem Pensionsgast Familienanschluss angeboten.

Außerdem ist er bestimmt verheiratet, sagte sie sich. Oder er hatte eine feste Freundin in Chicago.

Unschlüssig rutschte sie auf ihrem Stuhl umher, bis sie es schließlich nicht mehr aushielt. »Ich bin gleich wieder da«, sagte sie und verließ die Küche.

Sie betrat das Esszimmer und fand Nash dort vor, wo sie ihn zuletzt gesehen hatte. Er stand am Fenster und starrte hinaus auf die Straße. Ein Blick zum Tablett verriet ihr, dass er es nicht einmal angerührt hatte.

Er drehte sich um und zog fragend eine Augenbraue hoch.

Sie räusperte sich und überlegte, was sie sagen sollte. Ihr fiel nichts Geistreiches ein. Also murmelte sie ein wenig verlegen: »Sie müssen Ihre Familie vermissen.«

Er zog die Augenbrauen zusammen. »Ich habe sie noch nicht kennengelernt.«

»Ich meinte Ihre Familie in Chicago.«

»Ich habe dort keine. Ich bin nicht verheiratet.«

Sie bemühte sich, nicht erleichtert auszusehen oder zu klingen. »Okay, Sie können Nein sagen. Es ist total verrückt, und ich frage normalerweise gar nicht erst. Warum sollten Sie es wollen?« Sie schüttelte den Kopf und wich einen Schritt zurück. »Vergessen Sie es einfach.«

»War da eine Frage an mich dabei?«

»Ich glaube nicht.« Sie deutete zur Küche. »Wir sitzen da so rum, und die Jungs erzählen mir von ihrem Schultag und essen. Sie wirken so ... Sie dürfen gern zu uns kommen, wenn Sie möchten.«

Er wirkte überrascht und nicht unbedingt angetan von der Idee. Natürlich. Er war ein gut aussehender, erfolgreicher Single. Männer wie er gaben sich nicht mit drei Kindern und einer ledigen Mutter ab.

Hitze stieg ihr in die Wangen. »Schon gut«, sagte sie betont fröhlich. »Es war ein dummer Vorschlag.«

Sie wandte sich zur Küchentür um, doch bevor sie zwei Schritte gegangen war, verkündete er: »Ich komme gern.«

Sie drehte sich zu ihm um. »Warum?«

Er lächelte. »Weil Sie gefragt haben und es nach Spaß klingt.«

»Spaß kann ich nicht versprechen, aber Lautstärke.«

»Das reicht.«

Nun, da er akzeptiert hatte, kam ihr die Einladung noch

törichter vor. Sie nahm das Tablett vom Tisch. »Machen Sie sich auf was gefasst«, warnte sie und stieß die Tür mit der Schulter auf.

Alle drei Jungen redeten gleichzeitig. Sie achteten kaum auf Stephanie, doch als Nash eintrat, weiteten sich drei Augenpaare, und drei Münder schlossen sich abrupt.

»Das ist Mr. Harmon«, verkündete sie und stellte das Tablett auf den Schrank.

»Nash«, warf er ein.

»Okay, Nash. Das sind meine Jungs. Brad kennen Sie ja schon. Und das sind meine Zwillinge Jason und Adam.« Sie legte ihnen die Hände auf die Schultern. »Sagt Nash Guten Tag.«

Die Zwillinge begrüßten ihn enthusiastisch, aber Brad sagte nichts. Seine Miene wurde abweisend. Um einer peinlichen Äußerung von ihm zuvorzukommen, sagte sie hastig: »Setzen Sie sich doch.«

Während sie seine Kaffeetasse und seinen Imbiss auf den Tisch stellte, sank er auf einen der beiden freien Stühle. Ihre Kinder, deren Münder sonst nicht stillstanden, starrten ihn stumm an. Bevor ihr etwas zu sagen einfiel, um die wachsende Spannung zu vertreiben, brach Nash selbst das Eis.

Er beugte sich zu Jason und Adam vor und verkündete: »Ich bin auch ein Zwilling.«

»In echt?«, hakte Jason ungläubig nach.

»Ja. Kevin und ich sehen uns nicht so ähnlich wie ihr euch, weil wir nicht eineiig sind, aber wir sind Zwillinge.«

»Cool«, fand Adam mit einem schüchternen Lächeln.

Nash wandte sich an Brad. »Freust du dich schon auf die Sommerferien?«

Stephanie sah, wie ihr Ältester mit seinem angeborenen Enthusiasmus und seinem Drang nach Unnahbarkeit kämpfte.

»Ein bisschen«, antwortete er schließlich.

»Wir gehen jeden Tag baden«, warf Jason ein. »Und eine Woche schlafen wir im Ferienlager. Und Adam und ich spielen Volleyball im Park.«

»Das klingt gut«, sagte Nash.

»Brad spielt sehr gut Baseball«, teilte Stephanie ihm mit. »Sein Team hat es ins Endspiel geschafft.«

»Welche Position spielst du?«, fragte Nash.

»Malhüter.«

Sie spürte, dass Brad darauf brannte, mehr zu sagen, es sich aber aus irgendeinem Grund versagte. Sie seufzte. Er sah sich als Mann im Haus und nahm seine Verantwortung sehr ernst. Sie wusste seine Bemühung zu schätzen, aber sie hätte ihn gern davon überzeugt, dass es ihr viel wichtiger war, ihn Kind sein zu lassen.

Nach einer Viertelstunde hatten die Kinder ihre Teller geleert, und sie eröffnete: »Ratet mal, was jetzt kommt.«

»Jetzt machen wir unsere Hausaufgaben«, sagte Adam, und die drei Jungen marschierten aus der Küche.

Stephanie erwartete, dass auch Nash sich zurückziehen würde. Sie hatte ihn lange genug mit ihrer Familie gequält. Zweifellos war ihm nun nach Einsamkeit zumute.

»Leckere Kekse«, sagte er und stand auf.

»Danke. Ich sage Ihnen lieber nicht, wie viel Butter sie enthalten.«

»Das weiß ich zu schätzen.« Er trug sein Geschirr zur Spüle und drehte den Wasserhahn auf.

Stephanie blinzelte überrascht und hätte sich beinahe die

Augen gerieben. Es musste eine Halluzination sein, dass ein Mann Hausarbeit verrichtete. »Sie müssen das nicht tun.«

»Es macht mir nichts aus.« Er holte das Geschirr der Kinder und spülte es ebenfalls ab. Dann öffnete er den Geschirrspüler und stellte alles hinein.

Sie konnte es nicht fassen. Marty hatte nicht einmal gewusst, wo der Geschirrspüler stand, geschweige denn, wozu er diente.

Als Nash zu den Gläsern griff, kam sie zur Vernunft. »He, ich bin hier die Küchenhilfe, nicht Sie«, sagte sie und nahm ihm das Glas aus der Hand.

Ihre Finger berührten sich. Nur eine Sekunde lang, doch das reichte. Sie hätte schwören können, dass sie Funken zwischen ihnen überspringen sah. Heiliger Strohsack! Sic hatte nicht gedacht, dass so etwas mit über dreißig noch möglich war.

Nash blickte sie an. In seinen dunklen Augen strahlte etwas, das sie gern für ein leidenschaftliches Feuer gehalten hätte, aber vermutlich von der Deckenbeleuchtung herrührte. Sie verspürte den Drang, die Arme um ihn zu schlingen und ihn wild zu küssen, gefolgt von hemmungslosem Sex, hier in der Küche.

Sie schluckte und trat einen Schritt zurück. Irgendetwas stimmte wirklich nicht mit ihr. War es eine Allergie? Zu viel Fernsehen? Nicht genug? Sie fühlte sich schwach und aufgewühlt. All das war so außergewöhnlich, so unerwartet und so intensiv, dass es beinahe belustigend anmutete – wäre es nicht so Furcht einflößend gewesen.

Nash fragte sich, ob Stephanie mit ihren geöffneten Lippen und großen Augen tatsächlich eine Einladung äußerte. Wahrscheinlich war es nur Wunschdenken seinerseits.

Schritte ertönten auf der Treppe. Die Jungen kamen in die Küche. Adam und Jason hatten Rucksäcke bei sich, während Brad ein Mathebuch und Schreibpapier unter dem Arm trug.

Nash hielt es für angebracht, sich zurückzuziehen. Hausaufgaben waren Familienangelegenheiten. Doch bevor er sich entschuldigen konnte, klopfte Jason mit einem gewinnenden Lächeln auf den Stuhl neben sich.

»Ich muss meinen Kalender für den Sommer fertig machen. Ich habe zu jedem Monat was geschrieben. Willst du es hören?«

Nash blickte fragend zu Stephanie, die ihm mit einem Achselzucken zu verstehen gab, dass sie ihm die Entscheidung überließ.

Was soll's, dachte er und setzte sich. »Dein Kalender ist also nur drei Monate lang«, vermutete er.

»Ja. Wir haben Bilder gemalt. Guck mal. Für Juli habe ich ein Feuerwerk in den Himmel gemalt, weil dann der vierte ist und wir immer zum Feuerwerk in den Park gehen.« Jason öffnete eine Mappe und holte ein großes Blatt hervor.

Nash bewunderte gebührend die Buntstiftzeichnung und beugte sich näher, um zu sehen, was darunter geschrieben stand.

»Das ist ein Gedicht«, sagte Jason stolz. »Das hab ich von der Tafel abgeschrieben. Ich kann es dir ja vorlesen.«

Nash nickte, denn der letzte Satz klang wie eine Frage. »Okay, fang an.«

Jason räusperte sich und trug das Gedicht vor.

Als er fertig war, schob Adam einen Rechtschreibtest über den Tisch und sagte: »Ich hab alles richtig geschrieben.«

Nash las das große A oben auf dem Blatt und die Wörter darunter. »Das hast du prima gemacht. Da sind ja richtig schwere Wörter dabei.«

Adam strahlte.

Die Zwillinge kramten ihre Hefte hervor und machten sich an die Arbeit. Doch es war kein stiller Prozess. Sie stellten unzählige Fragen, zankten sich, stritten um den Bleistiftanspitzer und verlangten noch etwas zu trinken und zu essen.

»Normalerweise sind sie mehr bei der Sache«, erklärte Stephanie. »In der letzten Woche vor den Ferien sind sie immer unkonzentriert.«

Nash erinnerte sich gut daran – an die schier unendliche Vorfreude auf einen ganzen Sommer ohne Hausaufgaben. Das Zusammensein mit den Jungen rief ihm viele Dinge aus der Kindheit in Erinnerung. Wie er artig seine Hausaufgaben gleich nach der Rückkehr aus der Schule gemacht hatte, während Kevin sich gewöhnlich nach draußen zum Spielen verdrückt hatte und es deshalb immer Krach gegeben hatte, wenn ihre Mom am Abend von der Arbeit gekommen war.

Ihm wurde bewusst, dass er sich nicht erinnern konnte, wann er das letzte Mal Zeit mit Kindern verbracht hatte. Es lag nicht daran, dass er sie nicht mochte. Sie waren einfach kein Bestandteil seiner Welt.

Stephanie trat an den Tisch und legte Brad eine Hand auf die Schulter. »Wie kommst du voran?«

»Gut.«

Nash war sich nicht sicher, ob das stimmte. Brad hatte seit über zehn Minuten nichts mehr zu Papier gebracht.

Sie lächelte Nash an. »Er hat schon Algebra, und das ist ziemlich schwer. Mir hat Mathe leider nie gelegen, und deshalb kann ich ihm nicht helfen.«

»Mom, ich kann das schon allein«, behauptete Brad gekränkt.

»Ich weiß, Honey, du machst das großartig.«

»Ich war ganz gut in Algebra«, warf Nash an.

»Sagen Sie bloß nicht, dass Ihnen Mathe liegt«, warf Stephanie ein.

»Doch, tut mir leid. Mir hat immer gefallen, dass es feste Regeln gibt. Wenn man die erst mal gelernt hat, wendet man sie nur noch an. Man muss die richtige Reihenfolge einhalten. Sonst findet man die Lösung nicht.«

Sie schüttelte den Kopf. »Ich habe die richtige Reihenfolge nie begriffen. Warum kann man eine Gleichung nicht einfach von links nach rechts machen wie beim Lesen?«

»Das kann man. Gewissermaßen. Wie bei der Aufgabe hier.« Er deutete auf das Mathebuch. »Man muss nur zuerst das in Klammern lösen, und dann geht man von links nach rechts vor.«

»Warum?«

»Weil man Schritt für Schritt vorgehen muss. Wenn man ein Modellauto baut, kann man auch nicht die Motorhaube ankleben, bevor man den Motor einsetzt.«

Sie stöhnte. »Muss ich Ihnen jetzt gestehen, dass ich auch keine Modellautos bauen kann?«

Brad tippte mit dem Bleistift auf den Tisch. »Kann ich mein Buch wiederhaben?«

»Sicher.« Nash schob es ihm hin und beobachtete, wie er eifrig zu rechnen begann.

Er fing einen Blick von Stephanie auf und sah, dass sie »Danke« mit den Lippen formte. Offensichtlich hatte sie sein Bestreben durchschaut, Brad unauffällig zu helfen. Er versuchte, die Emotionen zu deuten, die über ihr Gesicht huschten, aber sie kamen und gingen zu rasch. Zurück blieb nur ein Eindruck von Kummer, so als gäbe es etwas zu bereuen.

Natürlich, sagte er sich, jeder hat was zu bereuen im Leben. Doch zum ersten Mal seit langer Zeit wollte er eine andere Person fragen, was sie bedrückte. Er wollte mehr über sie erfahren und verstehen, was sie dachte. Er wollte eine Verbindung herstellen.

Sein Interesse ging über Sex hinaus, und das jagte ihm Angst ein. Sich zu engagieren, Gefühle zu entwickeln, das wäre ein Desaster. Er sagte sich, dass er sofort verschwinden sollte, bevor es zu spät war. Aber obwohl er wusste, dass es falsch war zu bleiben, konnte er sich einfach nicht zwingen, aufzustehen und zu gehen.

4. Kapitel

Nash blieb zum Dinner. Stephanie konnte sich den Grund nicht erklären und auch nicht entscheiden, ob es gut oder schlecht war. Er war nett. Die Zwillinge bewunderten ihn bereits, auch wenn Brad sich weiterhin abweisend gab. Sie freute sich über die Gelegenheit, zur Abwechslung mit einem Erwachsenen reden zu können. Also hätte alles in Butter sein sollen.

Außer dass sie nicht wusste, was er davon hatte. Warum sollte sich ein gut aussehender, intelligenter Mann mit ihr und ihren drei Kindern abgeben? Warum sollte *irgendein* Mann das tun? Hassten Männer nicht die Kinder anderer in einer Beziehung? Nicht, dass er es auf sie abgesehen hatte. Auch wenn er in ihr Sehnsucht nach Satinbettwäsche und Champagner erweckte, sah er in ihr bestimmt nicht mehr als eine tüchtige Wirtin.

Warum also war er geblieben?

Du kannst ihn ja fragen, schlug eine kleine innere Stimme vor.

Beinahe hätte Stephanie laut gelacht. Das war einfach nicht ihr Stil.

»Wir sind fertig«, verkündete Brad.

Sie drehte sich um und sah, dass der Tisch abgeräumt und das schmutzige Geschirr neben der Spüle gestapelt war. »Gut gemacht«, lobte sie. »Habt ihr alle Hausaufgaben fertig?«

Drei Köpfe nickten eifrig.

Sie lächelte. »Dann dürft ihr jetzt fernsehen.«

»Oh ja!«

Brad stieß mit der Faust in die Luft. Die Zwillinge rannten aus der Küche.

»Halt!«, rief sie ihnen nach. »Ihr geht nach oben zum Fernsehen.«

»Warum?«, fragte Nash.

Sie drehte sich zu ihm um und ignorierte seine sexuelle Ausstrahlung. Denn zum einen wollte sie sich nicht zum Narren machen, und zum anderen befand sich immer noch ein Minderjähriger im Raum. »Der Fernseher hier unten ist für die Pensionsgäste gedacht.«

Er lächelte. »Ich bin kein großer Fernseher. Von mir aus können sie unten bleiben.«

Sie lächelte Brad an. »Heute scheint euer Glückstag zu sein. Geh es deinen Brüdern sagen, und dreht den Ton nicht zu laut.«

Mit strahlender Miene stürmte er hinaus und schrie: »Wir können unten bleiben!«

»Schlichte Freuden«, murmelte sie. »Wenn das Leben nur so einfach bliebe.«

»Das wäre schön«, pflichtete Nash ihr bei, während er das Geschirr abzuspülen begann.

Stephanie zwickte sich verstohlen in den Arm, um sich zu überzeugen, dass sie nicht träumte. Es war schier unfassbar, dass er erneut im Haushalt half – ohne Aufforderung, ohne Gemurre, einfach von sich aus.

Offensichtlich spiegelte sich Verwunderung auf ihrem Gesicht, denn er fragte: »Was ist denn?«

»Sie müssen das wirklich nicht tun.«

»Es macht mir wirklich nichts aus.«

»Zufällig weiß ich aus Erfahrung, dass die meisten Männer nicht von Natur aus so nützlich in der Küche sind. Wer hat Sie also trainiert?«

Er stellte die Teller in den Geschirrspüler. »Ich war eine Zeit lang verheiratet, aber mein Training, wie Sie es nennen, rührt hauptsächlich daher, dass ich von einer ledigen Mutter erzogen wurde. Sie hat viel gearbeitet und kam abends völlig erledigt nach Hause. Also habe ich ihr geholfen, so gut ich konnte.«

»Sie machen mir Hoffnung.«

»Inwiefern?«

»Sie scheinen ein dufter Typ zu sein. Erfolgreich, gebildet, kein Serienkiller – zumindest nicht, soweit ich weiß. Auch Sie sind ohne Vater aufgewachsen. Also wird aus meinen Jungs vielleicht auch was Anständiges.«

Er lächelte. »Mit Sicherheit. Sie sind eine großartige Mutter.«

»Ich bemühe mich.«

»Sehr erfolgreich.«

Das Kompliment machte sie verlegen. Sie musste sich räuspern, bevor sie fragen konnte: »Was ist aus Ihrer Ehe geworden?«

Er stellte die Gläser in den Geschirrspüler. »Tina ist vor zwei Jahren gestorben.«

»Das tut mir leid«, murmelte sie automatisch. Sie schätzte Nash auf Anfang dreißig und nahm an, dass seine Frau in etwa demselben Alter gewesen war. Was mochte eine so junge Frau getötet haben? Krebs? Ein betrunkener Autofahrer?

»Was hat Sie nach Glenwood verschlagen?«, fragte er. »Oder sind Sie eine Ureinwohnerin?«

Der abrupte Themenwechsel beendete ihre Überlegungen. »Zufall.«

Nash wusch das Schwammtuch aus und begann, die Arbeitsplatte abzuwischen.

Sie musste sich zwingen, ihn nicht vor Verblüffung mit offenem Mund anzustarren und stattdessen den Geschirrspüler einzuschalten. »Wir sind ständig umgezogen. Marty hat sich immer wieder wundervolle neue Lebensräume einfallen lassen.«

Nicht die ganze Wahrheit, dachte sie traurig. Es war vielmehr die beschönigte Version ihrer Ehe, die sie fast jedem auftischte, vor allem ihren Kindern.

»Wir haben acht Monate im Wald gelebt und fast ein Jahr auf einer Ranch gearbeitet. Einen Sommer haben wir auf einem Fischerboot verbracht und einen Winter in einem Leuchtturm.«

Er lehnte sich an den Schrank und verschränkte die Arme vor der Brust. »Mit den Kindern?«

»Es war eine großartige Erfahrung für sie.« Sie bemühte sich, enthusiastisch zu klingen. »Sie haben wundervolle Erinnerungen.« Dafür hatte sie gesorgt. Was immer sie auch für ihren verstorbenen Mann empfinden mochte, Brad und die Zwillinge sollten ihres Vaters gern und voller Liebe gedenken.

»Ich habe Welten kennengelernt, von deren Existenz ich keine Ahnung hatte.« Und sie wäre liebend gern ignorant geblieben. »Ich habe Brad die dritte Klasse hindurch zu Hause unterrichtet, was gut ging. Er ist sehr klug. Aber Marty und ich haben uns wegen der Sozialisierung gesorgt und beschlossen, uns fest niederzulassen.«

Eigentlich war es nicht ganz so gelaufen. Marty hatte weiterziehen wollen, aber sie hatte auf einem ordentlichen Wohnsitz bestanden und ihm gedroht, ihn notfalls zu verlassen. In dem Winter in dem gottverdammten Leuchtturm hatte Adam über vierzig Grad Fieber bekommen. Mitten in einem heftigen Sturm war es unmöglich gewesen, das Festland und einen Arzt zu erreichen. Sechsunddreißig Stunden lang hatte sie um das Leben ihres Sohnes gebangt und sich geschworen, nicht mehr so zu leben.

»Zufällig an dem Tag, als wir in Glenwood ankamen, erfuhren wir von einer Erbschaft. Wir verliebten uns auf Anhieb in das Städtchen und dieses Haus und hatten genügend Geld, um es zu kaufen. Es war die perfekte Gelegenheit, ein Zuhause und ein Geschäft zu gründen.«

Nash blickte sich in der modernisierten Küche um. »Sie haben gute Arbeit geleistet.«

»Danke.«

Sie verriet ihm lieber nicht, dass eine Hypothek auf dem alten viktorianischen Haus lastete. Ebenso wenig erwähnte sie die diesbezüglichen Streitereien mit Marty. Das Geld hätte für ein normales Haus gereicht, aber das war ihm zu langweilig gewesen. Da die Erbschaft von seiner Seite der Familie stammte, war sie nicht in der Position gewesen, sich durchzusetzen. Sie seufzte. »Wir hatten uns gerade hier niedergelassen, als er starb.«

»Also ist es eine Weile her.«

»Drei Jahre. Es war ein Autounfall.«

»Das muss hart gewesen sein.«

Sie nickte, obwohl ihre Liebe zu Marty lange vor seinem Tod gestorben war. »Brad hat am meisten getrauert. Die Zwillinge waren erst fünf. Sie haben nicht viele Erinnerungen. Ich wünschte, es wären mehr.«

»Sie erziehen Ihre Kinder sehr gut.«

»Nicht zu potenziellen Serienkillern?«

»Bestimmt nicht.«

»Ich mache mir Sorgen, weil sie ohne Vater aufwachsen. Ich bin Einzelkind und habe keine Erfahrung mit der Erziehung von Jungs. Ich versuche, Macho-Verhalten bis zu einem gewissen Grad zu dulden und sie doch zu zivilisieren.«

»Sie meinen, im Haus darf nicht gespuckt werden?«

Sie grinste. »Genau. Kein Spucken, kein Bekritzeln der Wände, keine ekligen Krabbeltiere, kein übermäßiger Schmutz.«

»Ziemlich strikte Regeln.« Es zuckte um seine Mundwinkel. »Und typisch weiblich. Schmutz macht Spaß.«

»Sie haben gut reden. Sie müssen ja auch nicht sauber machen.«

Nash trat einen Schritt auf sie zu. Die bis dahin lockere Atmosphäre wurde plötzlich gespannt. Ihr stockte der Atem, und ihr war heiß und kalt zugleich.

Als sich seine Augen verdunkelten, sagte sie sich, dass es eine optische Täuschung sein musste. Denn dass Nash auch nur einen Anflug von sexueller Anziehungskraft verspürte, war schier unmöglich.

»Ich will Sie nicht länger aufhalten«, sagte sie schließlich. Es war das Richtige, das Vernünftige. Wie enttäuschend, dass er nickte!

»Wir sehen uns morgen früh«, sagte er lächelnd und ging hinaus.

Sie gestattete sich einen letzten Blick auf seinen Po und sank auf einen Stuhl. Sie musste sich zusammenreißen. Die Anziehungskraft war nett. Das prickelnde Gefühl bewies ihr, dass sie nicht tot war. Doch es war bedeutungslos angesichts der Tatsache, dass Männer ihrer Erfahrung nach nichts als Scherereien einbrachten.

»Ist er weg?«

Sie blickte auf und sah Brad eintreten. »Mit *er* meinst du wahrscheinlich Nash.«

Er nickte.

»Er ist in sein Zimmer gegangen.«

Brad setzte sich neben sie. »Wieso hängt er hier rum?«

»Vielleicht ist er Filmproduzent und stellt Nachforschungen über die perfekte amerikanische Familie an.«

Er verdrehte die Augen.

Stephanie grinste. »Hast du eine bessere Erklärung?«

»Nein, aber es ist komisch.«

»Ich finde es nett. Vergiss nicht, dass er unsere sehr temperamentvolle Waschmaschine gezähmt hat. Die Wäscheberge und ich sind ihm sehr dankbar.« Sie berührte seine Schulter. »Du hast ihm doch dabei geholfen. Ich dachte, du magst ihn.«

Er zuckte die Achseln.

Sie überlegte, was in ihm vorgehen mochte. Fühlte er sich in irgendeiner Weise von Nash bedroht? Sie hatte seit Martys Tod keine Männerbekanntschaften geschlossen. Vielleicht fürchtete er nun, dass sein Vater ersetzt werden sollte.

»He, keine Sorge.« Sie beugte sich zu ihm und schlang die Arme um ihn. »Nash ist ein Gast. Das bedeutet, dass er woanders zu Hause ist und in ein paar Wochen wieder verschwindet. Er ist nett und räumt seine Sachen auf, und ich habe gern einen Erwachsenen zum Reden. Das ist alles. Okay?«

Da sie allein waren, schmiegte Brad sich an sie. Er hatte das Stadium erreicht, in dem er keine Liebkosungen in Gegenwart anderer Leute gestattete, aber unter vier Augen war er immer noch ihr kleiner Junge.

Er hob den Kopf und blickte sie forschend an. »Vermisst du Dad noch?«

Sie musterte seine tiefblauen Augen und den Mund, der genau wie Martys geformt war. »Natürlich. Ich habe ihn sehr geliebt.«

Brad nickte erleichtert.

Stephanie sagte sich, dass die Lüge unter den gegebenen Umständen nicht zählte. Ihre erste Pflicht war es, den Kindern eine sichere und stabile Welt zu bieten. Ein kleiner dunkler Fleck auf ihrem Gewissen war ein geringer Preis dafür.

Die blutjunge Kellnerin musterte die vier Männer am Tisch und verkündete: »Ich bin neu hier in der Stadt, aber nach allem, was ich gehört habe, seid ihr die Brüder Haynes. Groß, dunkelhaarig, umwerfend. Will jemand meine Telefonnummer?«

Die vier Männer waren nahezu identisch in Größe und Statur. Ihre Haare wiesen dieselbe Farbe auf. Die Form ihrer Augen und Münder war ähnlich. Travis und Kyle waren ein paar Jahre älter als Nash und Kevin, aber unverkennbar mit ihnen verwandt.

»Danke, heute nicht«, entgegnete Kyle und nahm die Speisekarten entgegen.

»Dein Verlust«, meinte sie.

»Vielleicht, Darling, aber du solltest dich lieber an Jungs in deinem Alter halten.«

»Was ist mit all dem Gerede, dass ältere Männer sich besser mit Frauen auskennen?«

Er grinste. »Alles gelogen.«

»Das glaube ich nicht.« Sie zwinkerte ihm keck zu, nahm die Getränkebestellung auf und ging davon.

Kevin schüttelte den Kopf. »Sie hat ja ein äußerst einladendes Wesen.«

Travis wickelte das Besteck aus der Papierserviette. »Unsere Familie hat einen gewissen Ruf in dieser Stadt. Vier Generationen lang hatten die männlichen Haynes einen beachtlichen Verschleiß unter der weiblichen Population. Wir vier versuchen, das zu ändern, aber diese Art von Image ist schwer auszulöschen.«

»Anscheinend«, warf Nash ein. »Wir in Possum Landing haben so einen Ruf nicht. Wir müssen irgendwas falsch gemacht haben.«

»Eher richtig«, entgegnete Kyle. »Ein Frauenheld zu sein ist nichts, worauf man stolz sein kann. Ein guter Ehemann und Vater zu sein, das ist wichtig.«

»Stimmt«, pflichtete Travis ihm bei. Er wandte sich an Nash. »Bist du gut untergebracht?«

»Ja. Ich bin in einer Frühstückspension am anderen Ende der Stadt abgestiegen.«

»Bei Stephanie Wynne«, sagte Kyle. »Ihr Ältester ist mit meinem Ältesten befreundet.« Er grinste. »Es ist eine Kleinstadt. Hier gibt es nicht viele Fremde und noch weniger Geheimnisse.«

Travis verteilte die Speisekarten. »Alles ist gut hier. Ich empfehle die Hamburger, aber ich habe ja auch einen einfachen Geschmack.«

Kevin blickte Nash an. »Wir sind auch nicht unbedingt Sushi-Liebhaber.«

Kyle beugte sich vor. »Findet ihr das alles auch so seltsam wie wir?«

»Nach all der Zeit Familienangehörige zu finden?«, hakte Nash nach. »Wir hatten keine Ahnung, dass unser Vater weitere Kinder gezeugt hat.«

»Es war schon überraschend festzustellen, dass unsere besten Freunde in Wirklichkeit unsere Halbbrüder sind«, sagte Kevin. »Als wir auch noch von euch erfuhren, waren wir total verblüfft.«

Die Kellnerin erschien mit den Getränken. Alle vier hatten Eistee bestellt, und alle bestellten nun Hamburger mit viel Zwiebeln und Pommes.

»Wir sind insgesamt fünf«, eröffnete Travis mit angestrengt gerunzelter Stirn. »Wir haben noch eine Halbschwester – Hannah. Sie arbeitet auch im Sheriffbüro, als Telefonistin. Ihre Mutter Louise ist …« Er schüttelte den Kopf. »Es ist verdammt verwirrend.«

»Dann sprich langsam«, riet Kevin.

Kyle schmunzelte. »Darin ist er gut – wenn er geistig derart gefordert wird.«

»Mit dir kann ich es immer noch aufnehmen«, konterte Travis.

»Mit welcher Armee denn?«

»Jedenfalls sind wir vier Brüder«, fuhr Travis fort. »Craig ist der Älteste. Er wohnt in Fern Hill mit seiner Frau Jill und ihren fünf Kindern.«

Nash hatte gerade an seinem Glas genippt und verschluckte sich beinahe. »Fünf?«

Travis grinste. »Wir haben alle viele Kinder. Ich bin mit Elizabeth verheiratet. Wir haben vier Mädchen. Jordan und Holly haben drei Mädchen.«

»Ich bin der Jüngste«, sagte Kyle. »Ich bin mit Sandy verheiratet. Wir haben auch fünf Kinder. Vier Mädchen, ein

Junge. Hannah ist unsere Halbschwester, durch unseren Vater. Sie ist mit Nick verheiratet und hat mit ihm zwei Mädchen.« Er wandte sich an Kevin. »Die Pension, in der du und Haley abgestiegen seid, gehört Nick und Hannahs Mutter Louise.«

Nash stellte sein Glas ab. »So viele Personen werde ich nie auseinanderhalten können.«

»Mit der Zeit klappt es schon«, meinte Travis. »Dann ist da noch Austin Lucas. Er ist gewissermaßen ein adoptiertes Familienmitglied. Er und seine Frau Rebecca haben drei Jungen und ein Mädchen.«

»Warte ab, bis wir euch erzählen, welche Kinder aus vorangehenden Ehen stammen«, warf Kyle ein.

Kevin hielt die Hände hoch. »Das will ich lieber gar nicht erst wissen.«

Nash versuchte auszurechnen, wie viele Personen zum Dinner an diesem Abend zu erwarten waren, aber irgendwo über zwanzig verlor er den Überblick. »Das sind verdammt viele Familienmitglieder. Kevin hat mir erzählt, dass euer Vater nicht hier lebt.« Er schüttelte den Kopf. »Ich sollte wohl *unser* Vater sagen, aber irgendwie betrachte ich ihn nicht so.«

Travis tauschte einen Blick mit Kyle und sagte: »Er lebt in Florida mit Ehefrau Nummer sechs oder sieben. Ich habe den Überblick verloren. Wir stehen nicht in Kontakt mit ihm.«

»Warum nicht?«, wollte Kevin wissen.

»Er ist … Er war uns kein besonders guter Vater.«

Nash beugte sich vor. »Ihr braucht keine Angst zu haben, unsere Gefühle zu verletzen. Was Kevin und mich angeht, ist Earl Haynes nichts weiter als ein Schuft, der unsere minderjährige Mutter geschwängert und sitzen gelassen hat.«

»Das ist Dads Stil«, sagte Kyle leise. »Er ist chronisch untreu, genau wie seine Brüder, und seine Kinder interessieren ihn keinen Deut.«

»Wir wollen anders sein«, fügte Travis hinzu. »Meine Brüder und ich waren sehr unglücklich wegen unseres Rabenvaters und wollten verhindern, dass sich die Geschichte wiederholt. Nach drei Generationen von Schuften wollten wir uns um unsere Frauen und Kinder kümmern.«

»Wir wollten Mädchen zeugen«, warf Kyle schmunzelnd ein.

»Wieso das denn?«, hakte Nash nach.

Die Kellnerin servierte das Essen.

Kyle griff nach dem Senf und erläuterte: »Vier Generationen lang wurde kein Mädchen in der Familie geboren.«

»Hannah nicht mitgerechnet«, korrigierte Travis. »Wir wussten lange nichts von ihr.«

»Okay, kein Mädchen außer Hannah.«

»Zuerst kriegten Travis und Elizabeth eine Tochter, dann Sandy und ich, dann Craig und Jill«, zählte Kyle auf. »Holly und Jordan waren die Nächsten. Er ist auf die passende Theorie gekommen.«

»Welche Theorie?«, hakte Kevin nach.

»Dass ein Haynes nur dann Mädchen zeugen kann, wenn er die Frau liebt.«

»Das ist ja verrückt«, meinte Nash.

Travis wandte sich an Kevin. »Warte ab, bis du und Haley Kinder kriegt.«

»Ich freue mich auf unsere Kinder – unabhängig vom Geschlecht.«

»Das ist gut so«, meinte Kyle, »weil ihr bestimmt viele kriegen werdet.«

5. Kapitel

Als Nash vom Lunch in die Pension zurückkehrte, hörte er Geräusche aus dem kleinen Pförtnerhaus neben der Auffahrt.

Aus Neugier näherte er sich der offenen Haustür. Die Geräusche erwiesen sich als Radiomusik. Er folgte den Klängen in ein leeres, renovierungsbedürftiges Wohnzimmer. Stephanie stand in einem Türrahmen und hielt in jeder Hand ein Stück Sandpapier.

An diesem Morgen war sie *öffentlich* gekleidet gewesen, wie er es bei sich nannte – in Schneiderhose und pinkfarbenem Sweater. Nun trug sie Jeans und T-Shirt und ein Tuch um den Kopf.

Sie reckte sich und bearbeitete eine Stelle hoch über ihrem Kopf. Das T-Shirt rutschte hinauf und enthüllte einen Streifen Bauch. Sofort regte sich etwas in seiner Lendengegend. Was hatte es mit dieser Frau und ihrem Bauch nur auf sich? Hätten ihn nicht eher ihre Brüste oder ihre Beine erotisch aufreizen sollen?

»Sie brauchen eine Leiter«, stellte er lapidar fest.

Sie zuckte zusammen, schrie auf, starrte ihn finster an. »Ich schwöre, dass ich beim nächsten Einkauf in die Tierhandlung gehe und ein Halsband mit Glöckchen für Sie kaufe.«

»Das wird mir nicht passen.«

»Ich binde es Ihnen ums Handgelenk.«

»Dazu müssten Sie mich erst zu Unterwürfigkeit zwingen.«

Seine Bemerkung sollte ein Scherz sein, aber ihre Augen verdunkelten sich.

Also ist diese Zuneigung nicht ganz einseitig, dachte er zufrieden. Nicht, dass es etwas bedeutete. Als ledige Mutter von drei Kindern war sie vermutlich nicht auf der Suche nach Vergnügungen ohne Verpflichtung. *Sehr schade.*

Er mochte sie begehren, aber er würde sie auf keinen Fall benutzen. Er war mit einer alleinerziehenden Mutter aufgewachsen und wusste daher, welch schweres Dasein es war.

Er ignorierte das Verlangen zwischen ihnen und deutete auf die nackten Wände. »Wird das die Präsidentensuite?«

Stephanie blinzelte, so als erwache sie aus einer Trance. »Was? Oh. Nein. Das ist für mich und die Kids.«

Das Haus war nicht groß, wies aber ein zweites Stockwerk auf. »Warum wollen Sie denn umziehen?«

»Das war schon immer geplant. Marty und ich wollten gleich nach dem Kauf dieses Haus herrichten und einziehen. Dadurch hätten wir mehr Zimmer zum Vermieten gehabt. Als er starb, musste ich dieses Projekt zurückstellen. Ich hoffe, dass ich in diesem Sommer fertig werde.«

»Ist im Haupthaus nicht mehr Platz für Sie und die Kinder?«

»Das schon, aber wir wohnen im zweiten Stock über den Gästezimmern, und wenn wir ausgebucht sind, müssen die Jungs still sein. Sie bemühen sich wirklich, aber sie sind jung. Außerdem hasse ich es, sie ständig zu ermahnen. Ich will nicht, dass sich ihre Kindheitserinnerungen darauf beschränken, dass sie keinen Lärm machen durften. Wir sind bereit, Platz für mehr Privatsphäre zu opfern.«

»Das leuchtet mir ein. Darf ich mich mal umsehen?«

»Gern.«

Er ging durch das Wohnzimmer, das einen Kamin und große Fenster zur Straße aufwies, in einen kurzen Flur mit Treppe nach oben. Im rückwärtigen Teil befanden sich Küche, Esszimmer und Abstellkammer. Das zweite Stockwerk wies drei Schlafzimmer und ein Badezimmer auf.

Nash kehrte ins Wohnzimmer zurück. »Sehr hübsch, aber nur drei Schlafzimmer. Teilen sich die Zwillinge eins?«

Stephanie nickte. »Sie tun es jetzt auch und lieben es.«

Er sah ihr etwa dreißig Sekunden bei der Arbeit zu. Als sie sich erneut reckte und ein Streifen nackter Haut sichtbar wurde, knurrte er: »Schmirgeln Sie irgendwo tiefer.«

Sie wirbelte zu ihm herum. »Wie bitte?«

Er nahm ihr das Sandpapier aus der Hand. »Sie sind nicht groß genug. Ich mache das.«

»Ich bin durchaus selbst dazu fähig.«

»Nicht ohne Leiter.« Er legte die Hände auf ihre Oberarme und schob sie sanft beiseite. Einen Moment lang hatte er den Eindruck von weichen Rundungen, Wärme und femininem Duft. Dann kehrte er der Versuchung entschieden den Rücken und begann, den oberen Türrahmen zu bearbeiten.

»Ich kann das nicht zulassen«, protestierte sie. »Sie sind Gast hier.«

»Ich bin unruhig und gelangweilt. Ich brauche eine Beschäftigung.«

Sie lachte. »Ach ja, wie dumm von mir. Natürlich tue ich Ihnen einen Gefallen, indem ich Sie helfen lasse. Wie konnte ich das nur vergessen?«

»Keine Ahnung.« Er blickte über die Schulter und sah, dass sie rebellisch das Kinn vorgereckt und die Hände in die

Hüften gestemmt hatte. »Sagen Sie einfach Danke und lassen Sie es gut sein.«

»Aber ich …« Sie seufzte. »Danke, Nash, ich weiß die Hilfe zu schätzen. Solange wir es beim Namen nennen. Ihr Versuch, mir einzureden, dass ich Ihnen einen Gefallen tue, war ziemlich dürftig.«

Er schmunzelte und schmirgelte weiter. Unter dem alten Lack kam wundervolles altes Holz zutage. »Wer immer dieses Haus gebaut hat, verstand sein Handwerk. Qualitativ gutes Material und großartige Konstruktion.«

»Wann immer ich wegen der Hypothek in Panik gerate, sage ich mir, dass diese Gemäuer die Zahlungen wenigstens ein Jahrhundert überdauern werden. Nicht, dass ich beabsichtige, dann noch da zu sein.«

»Die Jungs werden sich über die Erbschaft freuen.«

»Das hoffe ich. Wenn einer von ihnen die Pension fortführen will, ist es großartig. Wenn nicht, können sie das Haus verkaufen und den Erlös aufteilen.«

»Sie planen sehr langfristig.«

»Ich lege Wert aufs Detail und versuche, verantwortungsvoll zu sein. Mein Mann nannte mich *pedantisch*.« Sie kniete sich auf den Boden und schmirgelte die Fußleisten. »Bestimmt kommt es daher, dass ich Einzelkind bin.«

»Nicht unbedingt. Ich war auch immer der Verantwortungsbewusste in der Familie. Da mein Bruder und ich zweieiige Zwillinge sind, kann ich nicht mal sagen, dass ich der Ältere bin. Trotzdem war ich immer brav und Kevin notorisch ungezogen. Er bekam etwa dreimal pro Woche Hausarrest.«

Nun konnte Nash darüber schmunzeln, doch früher hatte er sich große Sorgen um Kevin gemacht.

»Was hat er denn so angestellt?«

»Er hat zum Beispiel ein Auto gestohlen, als wir noch zur Highschool gingen. Er wollte nur eine Spritztour mit seinen Kumpels machen, aber der Besitzer hat Anzeige erstattet. Das war der sprichwörtlich letzte Tropfen für meine Mom. Kevin wurde auf die Militärakademie geschickt. Die Erfahrung hat ihn offensichtlich zur Vernunft gebracht. Nach dem College wurde er Cop, und seit einigen Jahren ist er *US Marshal*.«

»Eine beachtliche Kehrtwende.«

»Allerdings. Übrigens haben Kevin und ich uns heute mit unseren Halbbrüdern Travis und Kyle Haynes zum Lunch getroffen.«

»Wie ist es gelaufen?«

»Gut. Sie haben uns über unsere weiteren Geschwister aufgeklärt. Alle sind verheiratet und haben mehrere Kinder. Ich glaube nicht, dass wir uns alle merken können.« Nash versuchte vergeblich, sich auf die Arbeit zu konzentrieren, denn er war zu sehr fasziniert von ihrem Po, der in die Luft ragte.

»Ich kann mir nicht vorstellen, wie es ist, eine fertige Familie zu entdecken«, meinte sie und blickte zu ihm auf. »Was ist? Mache ich was falsch?«

»Nein, Sie machen es großartig.«

»Sie gucken mich an.«

Da konnte er nicht widersprechen. »Soll ich mit geschlossenen Augen arbeiten?«

Sie rieb sich mit einer Hand über die Stirn. »Sehe ich furchtbar aus?«

»Das ist unmöglich.«

Farbe stieg ihr in die Wangen. Sie senkte den Kopf und

schmirgelte heftig weiter. »Großartiges Kompliment«, murmelte sie. »Das würde ich gern in mein Kopfkissen sticken für die wirklich schlechten Tage.«

Die Spannung war zurückgekehrt, und mit ihr erwachte eine Sehnsucht nach mehr als Sex. Er wollte Stephanie berühren und festhalten. Er wollte sich verbinden.

Woher zum Teufel kam dieser Gedanke? Mit gerunzelter Stirn wandte Nash sich wieder dem Türrahmen zu. Keine Verbindung, keine Beziehung, keine Gefühle.

Sie räusperte sich. »Zurück zu Ihrer Familie. Wenn ich richtig informiert bin, sind es vier Brüder und eine Halbschwester. Moment mal. Ist die Halbschwester überhaupt mit Ihnen verwandt?«

Er nickte. »Wir haben alle denselben Vater.«

»Wie hat er Ihre Mutter kennengelernt?«

»Sie war siebzehn und arbeitete im Kongresszentrum von Dallas. Earl Haynes war zur Messe für ein paar Tage in der Stadt. Er hat sie mit seinem Charme betört. Ehe sie sichs versah, war sie schwanger und er verschwunden.«

Sie setzte sich zurück auf die Fersen. »Das ist ja furchtbar.«

»Stimmt. Sie war sehr streng erzogen worden und wusste nicht viel von der Welt und den Männern. Sie versuchte, sich mit Earl in Verbindung zu setzen, fand ihn aber nicht. Ihre Eltern waren nicht gerade hilfreich. Kurz nachdem Kevin und ich geboren waren, warfen sie uns aus dem Haus.«

»Einfach so?«

»Ja. Inzwischen war Earl wieder zur Messe in der Stadt. Sie suchte ihn im Hotel auf und traf ihn mit einer anderen Frau an. Er wollte nichts von ihr und uns Kindern wissen. Als sie völlig verzweifelt im Foyer saß und nicht weiterwusste, kam die Frau zu ihr, die bei Earl gewesen war. Edie Reynolds nahm uns mit nach Possum Landing und besorgte ihr einen Job. Vor Kurzem haben wir erfahren, dass ihre beiden Söhne auch von Earl Haynes stammen. Deshalb ist Gage auch hier, und Quinn müsste demnächst auftauchen.«

»Ich konnte den Seifenopern im Fernsehen nie folgen, und diese Geschichte ist noch komplizierter.« Stephanie schüttelte den Kopf. »Ich habe viel über Earl Haynes und seine Brüder gehört. Sie sind als Ladykiller bekannt. Bisher dachte ich, dass es nur Gerüchte sind, aber offensichtlich ist es wahr. Interessant ist, dass seine Söhne wundervolle Männer sind. Sie waren früher mal recht wild, aber inzwischen sind sie beständig geworden und haben recht anständige Kids. Brad geht mit einem der Söhne in eine Klasse, und die Zwillinge kennen einige der Töchter.«

»Sie haben die verrückte Vorstellung, dass ein Haynes nur dann Mädchen zeugen kann, wenn er die Frau liebt, die er schwängert.«

Sie lachte. »Oh, bitte! Das ist *so* unmöglich!«

»Offensichtlich sind reichlich viele Mädchen da, die diese Theorie belegen.«

»So was habe ich noch nie gehört. Aber wenn da was dran ist, müssen Sie darauf gefasst sein, keine Jungs zu kriegen.« Ihre Miene wurde sehnsüchtig. »Ich liebe meine Söhne, aber ich hätte nichts gegen eine Tochter einzuwenden. Manchmal vermisse ich Dinge wie Haarschleifen und hübsche Kleidchen.«

»Das könnte immer noch passieren.«

»Da ich nicht noch mal heiraten werde, sind die Chancen sehr gering.«

Seltsamerweise berührten ihn ihre Worte auf unangenehme Weise. »Sie müssen ihn sehr geliebt haben«, murmelte er.

»Was? Wen?«

»Ihren Mann. Ich nehme an, Sie wollen nicht wieder heiraten, weil Sie ihn so sehr geliebt haben.«

Abrupt wandte sie sich ab und attackierte heftig die Fußleisten mit dem Sandpapier. »Hören Sie, es gibt viele Gründe, aus denen ich nicht wieder heiraten will, aber Liebe zu Marty gehört nicht dazu. Ich weiß, dass es furchtbar klingt, aber es ist die Wahrheit.«

Nash konnte sich nicht erklären, warum sein Unbehagen plötzlich wieder verschwand.

Einen Moment herrschte betretenes Schweigen; dann sprachen beide gleichzeitig.

»Sie zuerst«, sagte er.

Stephanie schmirgelte weiter, aber nun mit weniger Kraftverschwendung. »Ob an der Theorie mit dem Geschlecht nun was dran ist oder nicht, auf jeden Fall sind Sie vielfacher Onkel. Machen Sie sich auf was gefasst.«

»Das habe ich noch gar nicht bedacht. Kein Wunder, dass das Treffen heute Abend in einer Pizzeria stattfindet.«

Sie lachte. »Das klingt ja nicht besonders begeistert. Werden alle Familienmitglieder erwartet?«

»Bis auf Earl. Er lebt mit Frau Nummer sechs oder sieben in Florida und wurde nicht eingeladen. Aber alle Geschwister nebst Anhang werden da sein.«

»Das wird bestimmt lustig.«

»Das glaube ich weniger.« Da Kevin und Gage inzwischen verlobt waren und Quinn, der einzige andere Single in der Familie, noch nicht eingetroffen war, befürchtete Nash, sich als fünftes Rad am Wagen zu fühlen. »Wollen Sie nicht mitkommen?«, fragte er impulsiv. »Ihre Jungs hätten bestimmt viel Spaß, und Sie können die Theorie mit dem weiblichen Nachwuchs überprüfen.«

Stephanie ließ das Sandpapier fallen und wischte sich die Hände an der Jeans ab, während sie über seine Einladung nachdachte. Sie hatte nichts dagegen, Zeit mit dem Helden ihrer erotischen Fantasien zu verbringen, aber warum sollte er auf ihre Begleitung Wert legen? »Kommt denn nicht nur die Haynes-Familie?«

»Zu viel Familie. Sie können mich beschützen.«

Sein Ton klang gelassen, aber sie glaubte, einen Anflug von Einsamkeit in seinen Augen zu erkennen.

Reiß dich zusammen, ermahnte sie sich. Sie musste aufhören, Dinge in sein Verhalten zu interpretieren, die nicht vorhanden waren. Er war garantiert nicht einsam, und schon gar nicht bedurfte er ihres Schutzes.

»Ich lasse Ihnen auch das größte Stück Pizza zukommen«, versprach er.

Sie musste zugeben, dass sie neugierig auf die Familie Haynes war. Und die Jungen aßen sehr gern Pizza. Und sie selbst genoss es immer mehr, mit Nash beisammen zu sein.

Sie blickte in seine dunklen Augen und auf seinen lächelnden Mund. Wenn sie Ja sagte, würden sie vielleicht so nahe beieinandersitzen, dass sich ihre Schenkel berührten und sie sich ausmalen konnte, mit ihm im Bett zu liegen. Nicht, dass sie in dieser Hinsicht viel Anregung brauchte. Er war längst der Star ihrer sexuellen Tagträume. Und was hatte sie schon zu verlieren?

Es ist kein Date, sagte Stephanie sich entschieden, als sie den roten Sweater auszog. Daher bestand auch kein Grund, viel Aufhebens um ihre Kleidung zu machen. Sie schlüpfte in einen taubenblauen Pullover und betrachtete sich im Spiegel. Der Farbton ließ ihre Augen kräftiger leuchten.

Es klopfte an der Tür. »Mom?«

»Komm rein.« Sie zupfte ihre kurzen Haare in Form, wünschte zum tausendsten Mal, größer zu sein, und kramte in ihrer Schmuckschatulle nach Ohrringen.

»Warum gehen wir heute aus?«, wollte Brad wissen.

Im Spiegel musterte sie seine hängenden Schultern und seine mürrische Miene. »Du bist schlecht gelaunt, weil wir Pizza essen gehen? Bist du krank?«

Er lächelte halbherzig. »Das mit der Pizza ist schon okay.«

»Dann nervt es dich wohl, deine Freunde zu treffen und mit ihnen zu spielen?«

Sein Lächeln wurde breiter. »Nee.«

»Hm. Stört es dich, dass wir deine Brüder mitnehmen? Wir haben zwar schon mal darüber gesprochen, dass wir sie im Schrank einschließen könnten, wenn wir beide ausgehen wollen, aber das würde ihre Gefühle verletzen. Der Van hat keinen Kofferraum, also können wir sie da auch nicht deponieren.«

»Mom, ich will Adam und Jason doch gar nicht einschließen.«

»Gut zu wissen.« Sie legte goldene Kreolen an und drehte sich zu ihm um. »Dann bleibt also nur noch Nash als Wurzel des Übels.«

Brad senkte den Kopf und starrte auf die Bettdecke. Obwohl das Blumenmuster sehr hübsch war, glaubte sie nicht, dass es eine derart intensive Musterung verdiente.

Sie ging zu ihm und legte ihm eine Hand auf den Rücken. »Er ist ein netter Kerl, und er hat uns heute eingeladen. Er hat gerade erst herausgefunden, dass er mit den Brüdern Haynes verwandt ist. Du weißt ja, wie viele es sind, und dazu kommen die Frauen und Kinder.« Sie senkte die Stimme. »Nash hat es nicht direkt zugegeben, aber ich glaube, er will uns dabeihaben, weil er etwas nervös ist. Er möchte, dass wir lautstark für Verstärkung sorgen.«

Brad blickte zu ihr auf. »Ehrlich?«

»Ja.«

Er lächelte wieder. »Laut sein können wir echt gut.«

Sie strich ihm die Haare aus der Stirn. »Ich würde sagen, du und deine Brüder seid Experten darin.«

»Das klingt nach kontrolliertem Chaos«, bemerkte Stephanie, als sie sich mit Nash und den Kindern dem Hinterzimmer der großen Pizzeria näherte und ihnen lautes Stimmengewirr entgegenschlug.

Er öffnete die Tür und blickte sich in dem großen Saal um, in dem Dutzende Personen umherwanderten. »Ich fürchte, *kontrolliert* ist etwas übertrieben.«

Travis und Kyle hießen sie willkommen. Nash stellte ihnen Stephanie und die Kinder vor, lernte zwei weitere Brüder, mehrere Ehefrauen und drei Kinder kennen.

»So hat es keinen Sinn«, bemerkte eine hübsche Frau mit hellbraunen Haaren namens Elizabeth. »Du siehst jetzt schon völlig verwirt aus.« Sie holte eine Tüte aus ihrer Handtasche. »Ich habe in weiser Voraussicht Namensschilder mitgebracht.«

»Zwei Seelen, ein Gedanke«, bemerkte eine zierliche Rothaarige und hielt eine Schachtel hoch. »Ich habe auch welche dabei.« Sie wandte sich an Nash. »Ich bin Jill, Craigs Frau. Er ist der Älteste.« Sie blickte sich im Raum um und deutete zu einem großen, dunkelhaarigen Mann mit grauen Schläfen. »Er ist leicht zu erkennen. Er sieht am besten aus von allen.«

»Das ist gar nicht wahr!«, protestierte Elizabeth. Dann lachte sie. »Na ja, wir haben alle unseren Favoriten.«

»Zum Glück ist das für gewöhnlich der Mann, mit dem wir verheiratet sind. Sonst wären diese Zusammenkünfte sehr peinlich.« Jill blickte von Nash zu Stephanie. »Euch muss das alles verwirrend vorkommen. Ich weiß noch gut, wie es war, als ich neu in der Familie war. Es hat mich ein bisschen bange gemacht, obwohl es damals einfacher war. Nur Travis, Kyle und Austin waren verheiratet, und es waren noch nicht so viele Kinder da. Wusstest du eigentlich, dass Austin kein offizieller Haynes ist? Er ist adoptiert.«

Nash schüttelte verwirrt den Kopf. »Du kannst nicht einfach noch mehr Personen auf die Liste setzen. Nicht ohne meine schriftliche Genehmigung.«

»Alle mal herhören!«, rief Elizabeth laut.

Ein etwa vierzehnjähriger Junge steckte zwei Finger in den Mund und stieß einen Pfiff aus. Stille kehrte im Saal ein.

»Wir haben hier Namensschilder«, erklärte sie. »Jeder kommt her und holt sich eins. Wenn du erwachsen bist, schreibst du zuerst deinen Namen und dann den Namen deines Partners. Wenn du ein Kind bist, schreibst du deinen Namen und darunter die Namen deiner Eltern. Wenn du noch nicht schreiben kannst, kommst du zu mir oder Jill. Irgendwelche Fragen?«

»Veranstalten wir ein Quiz?«, fragte Travis.

»Darauf kannst du wetten. Und wenn du versagst, kriegst du es mit mir zu tun.«

»Das hoffe ich doch!«, rief er äußerst erfreut über die Aussicht.

»Nachdem ihr die Namensschilder ausgefüllt habt, setzt ihr euch bitte. Der große Tisch hinten ist für die Erwachsenen reserviert. Ihr Kinder setzt euch zu euren Freunden an die anderen Tische.«

»Möchten Sie am liebsten die Flucht ergreifen?«, erkundigte sich Stephanie mitfühlend bei Nash, nachdem sie den Zwillingen geholfen hatte, die Namensschilder auszufüllen. »Ich bin durch die Pension an viele Menschen gewöhnt, aber sogar ich bin ein bisschen überwältigt.«

»Es geht schon. Aber das Quiz würde ich nicht bestehen.«

Sie grinste. »Falls ich an die Reihe komme, sage ich einfach, dass derjenige ein Haynes ist. Dann liege ich etwa mit fünfundachtzigprozentiger Wahrscheinlichkeit richtig.«

»Gute Idee.« Sein Blick fiel auf ihr Namensschild, und ihm wurde bewusst, dass auf ihrem wie auf seinem kein weiterer Name stand. Sie waren die beiden einzigen ungebundenen Erwachsenen im ganzen Saal.

Elizabeth winkte sie an den großen Tisch, und sie setzten sich zwischen Jill und Kevin.

Als alle Platz genommen hatten, erhob sich Craig. »Als Ältester in der Runde möchte ich euch allen danken, dass ihr gekommen seid.« Er lächelte. »Wir sind hier, um unsere neuen Brüder zu begrüßen. Gage Reynolds, Kevin und Nash Harmon.«

Nash, Kevin und Gage standen auf. Applaus ertönte. Als sie sich wieder gesetzt hatten, fuhr Craig fort.

»Wir brennen alle darauf, uns kennenzulernen. Ich schlage vor, dass wir uns der Reihe nach vorstellen. Und vergesst dabei eure Kinder nicht.«

»Ja, vergesst uns bloß nicht!«, rief ein kleines, dunkelhaariges Mädchen.

Die Erwachsenen lachten.

»Da ich bereits eure Aufmerksamkeit genieße, fange ich an. Ich bin Craig Haynes. Meine wundervolle Frau Jill sitzt neben mir.« Er legte ihr einen Arm um die Schultern. »Wir haben fünf Kinder. Unser Ältester, Ben, ist der hübsche Junge da drüben. Er ist achtzehn.« Er zählte seine weiteren Kinder auf und fügte hinzu: »Jill hat den härtesten Job. Sie hält uns alle in Schach. Ich dagegen bin nur ein Cop.«

Nach Travis, der seine Frau Elizabeth und ihre vier Kinder vorstellte, kam Jordan an die Reihe. Er proklamierte sich als einzigen Haynes, der genug Verstand besaß, um Feuerwehrmann statt wie alle anderen Gesetzeshüter geworden zu sein.

Austin Lucas war groß und dunkeläugig wie die übrigen Haynes, aber seine ebenfalls dunklen Haare waren viel länger, und er trug einen kleinen goldenen Ohrring. Er erwähnte, dass er in Geist und Herz ein Haynes war, aber nicht vom Blut her.

Gage berichtete von seinem Leben in Possum Landing, wo er als Sheriff arbeitete, stellte seine Verlobte vor und erklärte, dass sein Bruder Quinn demnächst eintreffen würde.

Hannah, groß und dunkelhaarig wie ihre Halbbrüder, erzählte, dass sie erst sechs Wochen zuvor ein Baby zur Welt gebracht hatte, auf das ihre Mutter Louise zu Hause aufpasste.

Als Nash an der Reihe war, verkündete er: »Ich bin Nash Harmon, Kevins Zwillingsbruder. Ihr könnt uns leicht auseinander halten. Ich bin der Klügere.«

Alle lachten.

Er grinste, als Kevin ihn in den Arm boxte. »Ich lebe in Chicago und bin beim FBI.« Überrascht stellte er fest, dass Stephanie ihn verwundert anblickte. Hatte er ihr nicht gesagt, was er beruflich tat? »Ich dachte mir, dass ihr so viele seid, dass Kevin und ich euch nicht allein verkraften können«, fuhr er leichthin fort. »Deshalb habe ich meine derzeitige Wirtin überredet, das zahlenmäßige Missverhältnis etwas auszugleichen. Das ist Stephanie Wynne. Ihre drei Söhne sitzen ...« Er drehte sich zu den anderen Tischen um und entdeckte Adam und Jason, die eifrig winkten. »... da drüben.«

Als Nash sich wieder setzte, traten mehrere Kellner mit großen Tabletts ein und servierten Erfrischungen.

Sobald jeder ein Getränk vor sich stehen hatte, stand Craig noch einmal auf, hob sein Glas und sagte schlicht: »Willkommen in unserer Familie.«

6. Kapitel

Nash hatte längst den Überblick über die Anzahl an Pizza und Getränken verloren, die vom Haynes-Clan verzehrt wurden. Während des Essens hatte er hauptsächlich mit Stephanie und Jill geredet, doch nun, als die Kinder im Nebenzimmer spielten und sich die Erwachsenen zu kleinen Gesprächsgruppen zusammengefunden hatten, unterhielt er sich mit seinen Brüdern.

Brüder. Es wunderte ihn immer noch, wie es möglich war, dass Kevin und er so viele Jahre lang nicht gewusst hatten, dass sie zu dieser Familie gehörten. Und wie hatte ein gewissenloser Mensch wie Earl Haynes so ehrlichen, aufrichtigen Nachwuchs zeugen können?

Er ging zu dem Getränketisch und schenkte sich noch ein Glas Eistee ein. Nach zwei Gläsern Bier war er auf antialkoholisch umgestiegen – nicht wegen der Rückfahrt, denn Stephanie würde in ihrem Van am Steuer sitzen. Vielmehr befürchtete er, dass zu viel Bier sie noch verlockender machen würde, als sie ohnehin schon war. Nüchtern empfand er sie als angenehm faszinierend; betrunken könnte er ihr womöglich nicht widerstehen.

Er ließ den Blick über die Anwesenden schweifen. Die Männer konnte er inzwischen benennen, aber es bereitete ihm immer noch Probleme, die jeweiligen Ehegatten zuzuordnen. Bei Hannah war es einfach, denn ihr Mann war der einzige Blonde im Saal. Aber war Kyles Frau die Brünette mit den braunen Augen oder die Blondine mit den grünen Augen?

»Verwirrt es dich sehr?«

Er drehte sich um und erblickte eine schlanke Frau neben sich. Auf ihrem Namensschild stand Rebecca und Austin. »Dein Mann ist der mit dem Ohrring«, sagte er.

Sie lächelte. »Stimmt. Er ist gewissermaßen ein böser Junge.«

Nash blickte zu Austin hinüber, der einen kleinen Jungen auf dem Schoß hielt und zum Lachen brachte, indem er ihm in die Hand blies. »Du scheinst ihn gezähmt zu haben.«

Sie schüttelte den Kopf. »Das hat er ganz allein vollbracht.«

Er sieht zufrieden aus, dachte Nash, als wäre er mit sich und der Welt im Einklang – was er selbst höchst selten erlebte.

Er richtete die Aufmerksamkeit wieder auf Rebecca. Sie besaß klassisch schöne Gesichtszüge und trug ein hübsches langes Kleid mit Spitzenbesatz, das an eine vergangene Ära erinnerte. Ihre lockigen dunklen Haare reichten fast bis an die Taille.

Sie trat näher und sagte mit gesenkter Stimme: »Wir waren alle sehr erfreut, als wir von euch verlorenen Brüdern erfahren haben. Als ich hörte, dass ihr alle Single seid, war ich doppelt begeistert.«

Verblüfft zog er die Augenbrauen hoch.

Sie lachte. »Es geht um meine Freundin D.J. Sie weiß es noch nicht, aber es ist an der Zeit für sie, sich einen Mann zu suchen. Ich hatte vor, sie mit einem von euch zu verkuppeln. Aber ihr seid gar nicht mehr alle Single, oder?«

»Gage und Kevin sind inzwischen in festen Händen.«

»Das habe ich gehört.« Sie grinste. »Ich hatte meine Hoffnung auf dich gesetzt, aber die wurde inzwischen zunichtegemacht.« Sie drehte sich um und deutete mit dem Kopf durch den Raum.

Er folgte ihrem Blick und sah Stephanie mit Jill reden. Sie gestikulierte mit beiden Händen und lachte. Er stand zu weit entfernt, um es zu hören, aber er stellte sich den Klang vor und lächelte unwillkürlich.

»Oje«, murmelte Rebecca. »Es ist schlimmer, als ich gedacht habe.«

»Es ist nichts weiter.«

»Wirklich?«

»Ja. Ich bin nur für ein paar Wochen in der Stadt.«

»Pläne können sich ändern.«

»Meine nicht.«

»Schade. Wenn du so schnell wieder verschwindest, bist du nicht der Richtige für D.J., selbst wenn du zu haben wärst. Somit bleibt nur der geheimnisvolle Quinn Reynolds. Vielleicht klappt es mit ihm.«

»Er ist ein großartiger Kerl, aber äußerst gefährlich.«

»D.J. liebt Herausforderungen.«

»Das wäre Quinn in jedem Fall. Er ist ein Einzelgänger. Frauen erfüllen nur einen Zweck in seinem Leben, und das ist nicht kochen.«

Sie reagierte nicht etwa schockiert, wie er es erwartet hatte, sondern grinste. »Das würde D.J. total verrückt machen.«

»Willst du deine Freundin quälen?«

»Nein, aber ich weiß keinen anderen Weg, sie zu verkuppeln.«

Eine Weile später, nachdem Rebecca sich entfernt hatte,

trat Stephanie zu ihm und fragte: »Haben Sie etwas dagegen, wenn wir die Jungs einsammeln und gehen? Morgen ist Schule, und sie müssen allmählich ins Bett.«

»Kein Problem. Soll ich helfen?«

»Bitte. Sie können die Zwillinge suchen, während ich Brad Bescheid sage und das Auto hole.«

Sie verabschiedeten sich von der Familie Haynes und verließen den Saal. Nash fand die Zwillinge im Spielzimmer auf einer Bank und verkündete: »Wir fahren jetzt nach Hause.«

»Gut«, sagte Adam und stand auf.

Jason blinzelte schläfrig und reckte die Arme hoch. »Ich bin müde.«

Reglos starrte Nash ihn an. Ein kleines Kind mit hochgestreckten Armen war ein globales Symbol, das er trotz seiner kindfreien Existenz zu deuten wusste. Doch er zögerte. Er wollte keine Beziehungen – nicht zu Frauen, nicht zu Freunden, nicht zu Kindern. Beziehungen erforderten ein gewisses Maß an Offenheit, das er sich nicht gestattete.

»Er will getragen werden«, erklärte Adam.

»Ich weiß.« Nash fiel keine angemessene Ausrede ein, und er wollte nicht aus einer Mücke einen Elefanten machen. Also bückte er sich und hob Jason hoch, der ihm sofort die Arme um den Nacken schlang und den Kopf an die Schulter lehnte.

Adam nahm Nash bei der anderen Hand. »Holt Mommy das Auto?«

»Ja. Komm, gehen wir.«

Sie traten in die Nacht hinaus. Brad wartete schon am Kantstein. Nach einem feindseligen Blick auf das Trio wandte er sich ab.

Der Kummer und Zorn in Brads Augen erweckten in Nash Erinnerungen an seine eigene Kindheit. Doch in diesem Moment fuhr Stephanie vor und lenkte ihn ab. Er setzte die Zwillinge auf den Rücksitz und stieg ein.

»Sie haben eine großartige Familie«, sagte sie. »Sie sind ein Glückspilz.«

Nash hatte sich nie als solcher betrachtet, aber in diesem Fall traf es vielleicht zu.

Stephanie holte tief Luft und bemühte sich, ruhig zu bleiben. »Brad, es ist spät, du hast morgen Schule, und du führst dich auf wie ein Gör. Wenn du mich überzeugen willst, dass du nicht reif genug bist, um unter der Woche auszugehen, dann gelingt es dir bestens.«

Er warf sich auf das Bett und starrte an die Decke. Seit der Rückkehr aus der Pizzeria war er störrisch, trotzig und überaus frech. Sie konnte sich den Grund nicht erklären. Sicher, er kam allmählich in die Pubertät, aber Hormone konnten sich doch nicht innerhalb weniger Stunden so drastisch auswirken, oder?

Sie sank auf die Bettkante und legte ihm eine Hand auf den Bauch. »Ich weiß, dass du Spaß hattest. Ich habe dich mehrmals lachen sehen.«

»Es war ganz okay.«

»Nur ganz okay?«

Er zuckte die Achseln.

Sie rieb ihm den Bauch, wie sie es getan hatte, als er noch klein gewesen war und sich nicht wohlgefühlt hatte. »Ich gehe nicht, bevor du mir sagst, was dich bedrückt. Ich bleibe einfach hier sitzen, und nach einer Weile fange ich vielleicht an zu singen.«

Er starrte weiter an die Decke, aber es zuckte ein wenig um seine Mundwinkel. Ihre Söhne fanden ihre Stimme furchtbar und flehten sie an, nicht zu singen.

Sie beugte sich über ihn. »Oder ich starre dich einfach an.« Sie riss die Augen so weit wie möglich auf und zwang sich, nicht zu blinzeln.

Brad presste die Lippen zusammen, aber es half nichts. Zuerst lächelte er, dann kicherte er und wandte sich ab. »Hör auf, mich so anzugucken!«

Sie entspannte ihre Gesichtsmuskeln und lehnte sich zurück. »Ich höre nur damit auf, wenn du mit mir redest.«

Er drehte sich zu ihr um, aber er blickte nicht sie an, sondern die Bettdecke. »Hast du Dad noch lieb?«

Sie zögerte. Brad wollte nicht oft über dieses Thema reden, aber wenn er es zur Sprache brachte, war es ihr unangenehm. Sie wählte stets die leichte Antwort statt der Wahrheit, weil Brad die nicht hören wollte. Weil er seinen Vater in guter Erinnerung behalten sollte.

»Natürlich hab ich ihn noch lieb. Warum fragst du?«

Er zuckte die Achseln.

»Ist es wegen Nash? Befürchtest du, dass zwischen uns was läuft?«

Erneut ein Achselzucken.

»Er ist nett, und ich mag ihn, aber das bedeutet nichts. Er ist auf Urlaub hier, und wenn dieser Urlaub vorbei ist, geht er zurück nach Chicago.«

Und dort buhlten vermutlich Dutzende von eleganten, schönen Frauen um die Gunst des gut aussehenden Witwers. Dort würde er sich nicht mal an die ledige Mutter mit drei Kindern erinnern, die peinlicherweise in ihn verknallt war.

»Willst du mit ihm … na ja, du weißt schon, ausgehen?«

Noch vor zwei Wochen hätte sie ihm geantwortet, dass sie nie wieder mit einem Mann auszugehen gedachte. Aber durch Nashs Gegenwart hatte sie gemerkt, dass eine gewisse Leere in ihrem Leben herrschte und sie hin und wieder nichts gegen männliche Gesellschaft einzuwenden hatte. Allerdings zog sie es vor, mit Nash im Haus zu bleiben, und daher entsprach es der Wahrheit, als sie erklärte: »Ich kann mir nicht vorstellen, mit Nash auszugehen. Aber dein Dad ist seit drei Jahren fort. Meine Gefühle zu ihm haben sich nicht geändert, aber irgendwann werde ich wieder mit einem Mann ausgehen wollen.«

Tränen traten in Brads Augen. »Warum? Warum kannst du Dad nicht einfach lieb haben?«

»Weil er fort ist.« Sie zog ihn vom Bett hoch und schloss ihn in die Arme. »Wenn du erst mal etwas älter bist, wirst du Mädchen nicht mehr so furchtbar finden und dir vielleicht sogar eine Freundin zulegen.«

Er wand sich in ihren Armen und rief entsetzt: »Mo-om!«

»Mal angenommen, du hast eine Freundin, die du wirklich magst. Hast du deine Brüder dann immer noch lieb?«

»Was hat das denn damit zu tun?«

»Antworte einfach. Hast du sie dann noch lieb?«

»Wahrscheinlich. Wenn sie sich nicht zu blöd benehmen.«

»Hast du mich dann noch lieb?«

»Na klar.«

»Darauf will ich hinaus. Das menschliche Herz ist so groß, dass wir so viele Leute lieb haben können, wie wir wollen. Ob ich wieder ausgehe oder nicht, ändert nichts an meinen Gefühlen für dich, die Zwillinge oder Dad.«

»Aber ich denke lieber von dir mit Dad.«

»Das kannst du ja auch. Ich habe ihn nicht verlassen, Honey. Er ist gestorben. Wir haben um ihn getrauert, und wir haben ihn noch lieb. Das ist richtig so. Aber es ist auch richtig, unser Leben zu genießen. Meinst du nicht, dass dein Dad gewollt hätte, dass wir glücklich sind?«

Brad nickte nachdenklich. »Aber du gehst nicht mit Nash aus?«

»Nein.«

»Versprochen?«

»Ja. Aber darüber hinaus wirst du mein Leben nicht diktieren, junger Mann. Sollte ich beschließen, mit jemandem auszugehen, wirst du es akzeptieren müssen. Okay?«

»Ja.«

»Gut.« Sie küsste ihn auf die Stirn und deckte ihn zu, bevor sie sein Zimmer verließ.

Während sie die Treppe hinunterging, fragte sie sich, seit wann Brad in Nash eine Bedrohung sah. Spürte er unbewusst die starke Anziehungskraft zwischen ihnen? Nicht, dass es bedeutungsvoll war. Sie hatte guten Gewissens versprochen, nicht mit Nash auszugehen. Irgendwie konnte sie sich nicht vorstellen, dass er sie zum Dinner und ins Kino einlud. Er war eher der Typ für Spaziergänge am Fluss und leidenschaftliche Küsse in den baufälligen Gemäuern des alten Schlosses.

Stephanie lächelte. Zumindest war er dieser Typ in ihrer Fantasie. Da es weder einen Fluss noch ein Schloss in der Nähe gab, war sie vermutlich in Sicherheit – wo sie nicht unbedingt sein wollte.

Als sie das Erdgeschoss erreichte und in die Küche gehen wollte, sah sie aus den Augenwinkeln eine Bewegung. Sie wirbelte herum.

Nash wanderte rastlos im Wohnzimmer auf und ab. Er sah sie, blieb stehen und erklärte: »Ich bin aufgedreht vom Dinner und kann noch nicht schlafen gehen. Störe ich Sie?«

Nicht auf die Weise, die er meinte. »Natürlich nicht. Ich muss Kekse für die Zwillinge backen, die sie morgen mit zur Schule nehmen sollen. Es gibt nicht viele Dinge, die weniger interessant sind, als jemandem beim Backen zuzusehen. Wollen Sie mit in die Küche kommen und sich eine Weile langweilen? Das hilft Ihnen vielleicht einzuschlafen.«

»Vielleicht ja.«

Sobald er zugestimmt hatte, bereute Stephanie ihren Vorschlag. Für ihn mochte es langweilig sein, ihr zuzusehen, aber seine Nähe war für sie höchst aufregend. Eigentlich sollte sie nicht noch mehr Zeit mit ihm verbringen, denn es beflügelte nur ihre übereifrige Fantasie. Vor dem Dinner hatte sie ihn für sexy und verwegen charmant gehalten, doch nun mochte sie ihn darüber hinaus richtig gern.

Sie hatte es genossen, ihn im Kreis seiner Familie zu beobachten. Er war fürsorglich und verständnisvoll mit den Kindern umgegangen und hatte sich aufmerksam und interessiert seinen Brüdern gegenüber gezeigt. Es hatte sie überrascht, womit er sich den Lebensunterhalt verdiente. So viel zu ihrer Theorie, dass er Professor oder Schuhverkäufer sein könnte. Vielmehr lebte er in einer dunklen und gefährlichen Welt, die seine Anziehungskraft nur noch erhöhte.

Sie ermahnte sich, dass sie aufhören musste, von ihm zu träumen. Der arme Mann war als Gast in ihr Haus gekommen, nicht als Star ihrer erotischen Fantasien. Wenn er wüsste, was in ihr vorging, würde er schreiend die Flucht ergreifen.

Sie holte die Zutaten für Schokoplätzchen aus dem Schrank und stellte sie auf die Arbeitsplatte.

»Kann ich helfen?«, bot Nash an.

Sie schüttelte den Kopf. »Ich habe diese Kekse schon so oft gebacken, dass ich das Rezept im Schlaf kann. Aber wenn Sie ganz brav sind, lasse ich Sie einen frisch aus dem Ofen probieren.«

»Okay.«

»Was sagen Sie also zu dem Familientreffen?«, erkundigte sie sich, während sie Mehl in einen Messbecher schüttete.

»Es lief gut. Aber ich kann nicht alle auseinanderhalten.«

»Ich würde es gar nicht erst probieren. Die Namensschilder waren eine gute Idee.« Sie maß Zucker ab. »Wo wohnen Sie in Chicago?«

»Ich habe eine Eigentumswohnung am See, mit einem guten Joggingpfad ganz in der Nähe.«

»Ich war noch nie dort, aber ich kann mir nicht vorstellen, dass Sie im Winter viel joggen.«

»Stimmt. Dann gehe ich ins Fitnessstudio.«

Und sein Körper bewies es. Aber sie bezweifelte, dass er aus Eitelkeit trainierte. Sicherlich war es unerlässlich für seinen Beruf. Sie musste ein Seufzen unterdrücken bei der Vorstellung, wie er in Shorts und Trägerhemd Gewichte stemmte, und baute ihre überschüssige Energie ab, indem sie heftig Eier verquirlte.

»Ich bin nur mit einem Bruder und meiner Mom aufgewachsen«, sagte er. »Ich hatte bisher keine Erfahrung mit einer großen Familie.«

»Sie werden sich erst daran gewöhnen müssen, aber es wird der Mühe wert sein.«

Er nickte. »Was ist mit Ihnen? Wie sind Sie aufgewachsen?«

»Meine Eltern waren Künstler und total auf ihre Werke und einander konzentriert. Sie lebten in ihrer eigenen Welt. Dinge wie Stromrechnungen und leere Kühlschränke interessierten sie nicht. Ich bin ziemlich früh erwachsen geworden. Jemand musste die Verantwortung übernehmen, und als Einzelkind war ich es.«

»War das hart?«

»Manchmal. Da habe ich mir gewünscht, Kind sein zu dürfen wie meine Freunde. Aber ich habe viel gelernt. Als ich zum College kam, war ich echt vorbereitet auf das wirkliche Leben.«

»Wollten Sie eine große Familie?«

»Unbedingt. Als Teenager habe ich mir ausgemalt, einen Mann, fünf Kinder und eine ganze Schar Haustiere zu haben.«

Den Traum hatte sie bei der Heirat mit Marty immer noch gehegt. Später erst hatten sich ihre Pläne geändert, als ihr bewusst geworden war, dass sie einen furchtbaren Irrtum begangen hatte. Da hatte sie sich damit abgefunden, nur ein Kind zu bekommen. Die Zwillinge waren zwar ein Segen, aber nicht geplant gewesen.

»Stephanie?«

»Ja?«

»Was ist? Sie sind so still geworden.«

»Entschuldigung. Ich habe nur nachgedacht.«

Er trat zu ihr an die Kochinsel. »Über Ihren Mann?«

»Ja, aber nicht auf die Weise, die Sie meinen.«

»Liegt es an dem Familientreffen?«

»Nein. Das war großartig. Ich hatte viel Spaß.« Sie versuchte zu lächeln, aber er stand nur wenige Schritte entfernt, und sein eindringlicher Blick raubte ihr den Atem. Sie räusperte sich. »Ich gehe nicht sehr oft aus.«

»Bei drei Kindern und einem Geschäft bleibt Ihnen wohl nicht viel Zeit für Dates.«

»Dates?« Sie lachte. »Ich weiß gar nicht mehr, was das ist.«

»Warum nicht?«

»Gute Frage.«

Sie schüttete Zucker und Mehl in eine Schüssel und begann zu rühren. Als sich die Mischung verdickte, erforderte es einige Kraft.

Nash trat zu ihr, nahm ihr den Holzlöffel aus der Hand und quirlte zügig.

»Warum tun Sie das?«, fragte sie überrascht. »Warum helfen Sie immer so gern?«

»Warum nicht?«

Sie zuckte schweigend die Achseln.

»Kommen die als Nächstes rein?«, fragte er und deutete zu den Schokostückchen.

»Ja.« Sie leerte die Tüte in die Schüssel.

»Also, warum haben Sie keine Verabredungen?«

»Ich … Na ja, es gibt nicht sehr viele interessierte Männer, und mir begegnen selten welche.«

»Interessierte Männer?«

»Männer im Allgemeinen.«

»Also liegt es nicht daran, dass *Sie* nicht interessiert sind.«

Eine gefährliche Frage. War sie interessiert? Nicht an der Liebe. Aber an einem anständigen Mann, der unterhaltsam und aufmerksam war und ihre Sehnsucht im Innern stillte? »Ich könnte interessiert sein«, gestand sie leise ein.

»Gut.«

Er ließ den Löffel los und drehte sich zu ihr um. Ehe sie sichs versah, ehe sie Luft holen konnte, zog er sie in die

Arme. Einfach so. Er presste sie an seinen harten Körper und senkte den Kopf, und sie wusste, dass er sie küssen wollte.

Ihr letzter klarer Gedanke war, dass es zwölf Jahre zurücklag, seit ein anderer Mann als Marty sie geküsst hatte.

Dann nahm Nash ihren Mund gefangen in einem zärtlichen, erotischen Kuss, der ihr Herz pochen ließ und jeglichen Gedanken verscheuchte.

Sie spürte seine großen, starken Hände auf dem Rücken. Sie spürte seine Schenkel an ihren. Sein Duft umhüllte sie, betörte sie, ließ ihre Knie weich werden, sodass sie sich an seinen Nacken klammern musste.

Langsam, forschend, aufreizend bewegte er den Mund und strich mit der Zungenspitze über ihre Lippen. Ihre Willenskraft schwand dahin. Erregung durchströmte sie. Ihr Verlangen hätte sie erschrecken sollen, doch es machte sie verwegen. Sie wollte seine Hände überall spüren, wollte ihn überall berühren, wollte ihn in sich spüren und sich in einem erdbebengleichen Höhepunkt verlieren.

Sie stöhnte auf und erwiderte die Liebkosung mit einem unmäßigen Verlangen, das ihr fremd war. Als er die Hände zu ihrem Po gleiten ließ, schmiegte sie sich an ihn. Sie streichelte seinen Rücken und spürte seine Erregung wachsen. Er hob die Hände zu ihrer Taille, während er den Mund zu der erogenen Zone unter ihrem Ohr gleiten ließ. Er saugte an ihrem Ohrläppchen, und gleichzeitig schloss er die Hände um ihre Brüste.

Sie musste die Lippen zusammenpressen, als er die harten Spitzen mit Daumen und Zeigefinger liebkoste. Sie sehnte sich nach mehr. Sie wollte sich und ihm die Kleider vom Leib reißen. Sie wollte auf der Stelle von ihm genommen werden.

»Nash«, flüsterte sie und griff zu seinen Hemdknöpfen.

Er begann, ihr den Sweater auszuziehen. In diesem Moment ertönte ein lautes Knacken von oben.

Stephanie wusste, dass es nur das alte Gebälk war, das durch die sinkende Nachttemperatur ächzte, aber es rief ihr in Erinnerung, dass dort oben ihre drei Kinder schliefen. Sie versteifte sich ein wenig.

Nash verstand das Signal augenblicklich und wich zurück. Sein Gesicht glühte, seine Pupillen waren geweitet und seine Lippen feucht. Sie hatte das Gefühl, dass sie ebenso erregt aussah. In der Stille klang ihr Atem unnatürlich laut und schnell.

Er beruhigte sich als Erster. Oder vielleicht war er nicht so aufgewühlt wie sie.

»Ich habe eine Weile nicht mehr geküsst«, murmelte er rau. »Ich kann mich nicht erinnern, dass es *so* war.«

Sie musste sich räuspern, bevor sie sagen konnte: »Ich auch nicht.«

»Ist alles klar?«

Sie nickte.

»Soll ich mich entschuldigen?«

»Nein. Es sei denn, es tut dir leid.«

Fältchen erschienen in seinen Augenwinkeln, als er lächelte. »Kein bisschen.« Er streckte eine Hand nach ihr aus, ließ sie dann sinken. »Ich sollte nach oben gehen, bevor … wir wieder anfangen.«

Sie wollte nicht, dass er ging, aber sie wusste, dass es das Beste war. Vernunft, dachte sie seufzend. Warum machte es nie so viel Spaß, überlegt zu handeln statt wie ein leichtsinniges Kind?

»Schlaf gut«, wünschte er und wandte sich ab.

»Das ist sehr unwahrscheinlich«, entgegnete sie unwillkürlich.

Er grinste. »Wem sagst du das?«

7. Kapitel

Nash war schon um fünf Uhr aufgewacht, aber er wartete bis sieben, bevor er duschte, sich anzog und hinunterging. Die Küchentür war geschlossen, während die Esszimmertür offen stand. Er fasste es als Wink auf und trat ein. Sein gewöhnlicher Platz war bereits gedeckt. Die Morgenzeitung lag neben einem Teller. Ein Körbchen mit noch warmen Croissants stand neben einer leeren Tasse.

Kaum hatte er sich gesetzt, als Stephanie aus der Küche kam. Sie trug ihre übliche *Berufskleidung*: lange Hose, flache Schuhe und einen Pullover, der ihren Oberkörper umschmiegte – und die Funktion seiner Gehirnzellen beeinträchtigte. Make-up betonte ihre blauen Augen – die ihn nicht direkt anblickten.

»Guten Morgen«, wünschte sie höflich, während sie eine volle Thermoskanne auf den Tisch stellte. »Was möchtest du in dein Omelett? Ich habe Käse, Gemüse, Schinken, Speck und Würstchen.« Sie bot ihm ein freundliches Lächeln, das ihre Nervosität nicht zu verschleiern vermochte.

Nash hatte Verständnis für ihr nüchternes, geschäftsmäßiges Gebaren, auch wenn er sich etwas anderes erhofft hatte. Sie kannte ihn kaum. Sie hatte zahlreiche Verpflichtungen als Geschäftsfrau und Mutter, zu denen gewiss nicht zählte, sich auf ein Techtelmechtel mit den zahlenden Gästen einzulassen.

»Ich hätte gern ein Omelett mit Käse und Gemüse. Und eine Scheibe Schinkenspeck wäre auch nicht schlecht.«

»Kein Problem. Aber es wird eine Viertelstunde dauern. Die Jungs müssen bald zur Schule, und ich möchte sie vorher versorgen. Ist dir das recht?«

»Natürlich.«

Sie nickte und ging wieder hinaus, ohne ihn direkt anzublicken. Nash setzte sich und schlug die Zeitung auf, aber er sah das Gedruckte nicht wirklich.

Bereute Stephanie den Vorfall des vergangenen Abends? Als sie sich getrennt hatten, war er überzeugt gewesen, dass sie die Liebkosungen ebenso angenehm überrascht und erregt hatten wie ihn. Doch nach mehreren Stunden Zeit zum Nachdenken war sie womöglich zu dem Schluss gekommen, dass es ein Fehler gewesen war.

Er wollte nicht, dass sie so dachte. Er wollte, dass sie ihn ebenso wollte wie er sie.

Seufzend schüttelte er den Kopf. Es hatte ihn erwischt, und zwar heftig. Er stand im Begriff, sich wie ein Narr zu benehmen, was ihm nicht mehr passiert war, solange er zurückdenken konnte.

Eilige Schritte auf der Treppe erregten seine Aufmerksamkeit. Die Jungen stritten sich lautstark darüber, wer an der Reihe war, im oberen Wohnzimmer aufzuräumen.

Dann wollten anscheinend alle drei gleichzeitig durch die Küchentür stürmen, denn es ertönten Rufe wie: »Hör auf zu schubsen!« und »Drängle nicht so!«

Nash lächelte vor sich hin, während er sich vorstellte, wie die Jungen in die Küche platzten. Er hörte Stephanies liebevolle Begrüßung und das Scharren von Stuhlbeinen.

Zum ersten Mal seit Jahren wollte er nicht allein sein.

Er lauschte den Gesprächsfetzen und dem Lachen und wünschte sich, daran teilzuhaben. Dann, ohne an mögliche Konsequenzen zu denken, nahm er die Thermoskanne, die Tasse und den Brotkorb und marschierte in die Küche. »Im Esszimmer ist es heute Morgen ein wenig einsam«, erklärte er. »Darf ich zu euch kommen?«

Emotionen huschten in so rascher Folge über Stephanies Gesicht, dass er sie nicht zu deuten vermochte. Ihr Zögern ließ ihn erwägen, ins Esszimmer zurückzukehren und ihr für den Rest seines Aufenthalts aus dem Weg zu gehen. Doch dann hoben sich ihre Mundwinkel, und als sie seinem Blick begegnete, glitzerten ihre Augen vor Verlangen.

»Das wäre schön«, sagte sie.

Die Zwillinge rückten auseinander, um ihm zwischen ihren Stühlen Platz zu machen. Er stellte Tasse und Brotkorb auf den Tisch und holte sich einen leeren Stuhl. Als er sich setzte, erkannte er, dass Brad nicht so erfreut wie die anderen wirkte.

Bevor Nash etwas dazu sagen konnte, fragte Jason: »Was hast du da denn?« Er schlug die Serviette auf dem Brotkorb zurück, spähte hinein und sagte mit gerümpfter Nase: »Igitt.«

»Magst du keine Croissants?«

Jason schüttelte den Kopf. »Die schmecken so komisch. Nicht richtig süß und nicht richtig salzig.«

Brad nahm sich ein Gebäck aus dem Korb. »Sie sind noch Babys. Sie mögen so was noch nicht.«

»Das leuchtet mir ein«, erwiderte Nash und unterdrückte ein Grinsen über Brads Ton, der ihn wie einen Vierzigjährigen klingen ließ. Er schenkte sich Kaffee ein und hörte, dass Stephanie hinter ihm Eier in eine Pfanne schlug.

»Heute ist eine Talentshow in der Schule«, verkündete Jason. »Ein Mädchen aus meiner Klasse will Ballett tanzen.« Er rümpfte die Nase. »Sie hat so einen komischen Rock. Der heißt Tutu und ist ganz steif und steht ab. Aber man kann ihn richtig weit werfen.«

»Ein Junge aus meiner Klasse spielt Schlagzeug«, erklärte Adam, »und drei Mädchen wollen ein Lied aus dem Radio singen.«

»Das wird bestimmt lustig.«

Adam nickte ernst.

Die Zwillinge plapperten während des ganzen Frühstücks. Brad sagte nicht viel, behielt Nash aber aufmerksam im Auge. Stephanie stellte Teller mit Rührei für die Kinder auf den Tisch und bereitete dann das Omelett für Nash zu.

Während er aß, sammelten die Jungen ihre Ranzen ein. Jeder Einzelne bekam von Stephanie ein Pausenbrot, einen Kuss und eine liebevolle Umarmung, der Brad sich hastig entzog. Dann stürmten sie aus dem Haus und schlugen die Tür hinter sich zu.

Nash leerte seinen Teller und schenkte sich eine zweite Tasse Kaffee ein. Stephanie ging ins Esszimmer und blickte aus dem Fenster, bis die Kinder in den Bus gestiegen waren.

Unwillkürlich dachte Nash zurück an seine Kindheit. Seine Mutter hatte ihm und Kevin stets das Frühstück und ein Pausenbrot zubereitet, sie an der Hand zum Bus gebracht und ihnen bis hin zum Abschluss der Highschool versichert: »Ich hab euch mehr lieb, als ich euch sagen kann, und ihr seid das Schönste in meinem Leben.«

Eine Weile lang hatte er ihr in beiden Punkten nicht mehr geglaubt. Nun, da er mit der Einsicht eines Erwachsenen zurückblickte, wusste er, dass sich von ihrer Seite aus nichts geändert hatte.

Stephanie kehrte in die Küche zurück und hantierte nervös herum, bis er schließlich mit dem Fuß einen Stuhl in ihre Richtung schob und sagte: »Setz dich.«

Sie seufzte. »Okay. Wir sollten wohl darüber reden.«

Sie schenkte sich Kaffee ein und gesellte sich zu ihm an den Tisch. Sie schaute ihn an, senkte dann den Blick. Ihre Wangen wurden abwechselnd blass und rot.

Nash erkannte, dass er das Gespräch eröffnen musste. »War es ein Problem, dass ich dir und den Jungs beim Frühstück Gesellschaft geleistet habe?«

»Was?« Sie hatte auf die Maserung der Tischplatte gestarrt. Nun hob sie den Kopf und schaute Nash an. »Nein. Natürlich nicht.« Sie lächelte. »Es hat mir gefallen. Wenn du willst, kann ich gleich für dich in der Küche decken.«

»Das wäre mir sehr lieb. Wenn es also nicht daran liegt, was ist dann das Problem? Gestern Abend?«

Sie schluckte, nickte dann bedächtig. »Ich dachte ...« Sie wandte den Blick ab. »Du bist so ruhig.«

»Und du bist es nicht?«

»Ist das nicht offensichtlich?« Sie umfasste die Kaffeetasse mit beiden Händen. »Ich ... Na ja, eigentlich möchte ich wissen, warum es passiert ist.«

Er schätzte sie auf Anfang dreißig. Sie war klug, erfolgreich, hübsch und verdammt sexy. Aber momentan wirkte sie total nervös und verlegen. Seinetwegen? Er hätte gern geglaubt, dass er sie derart berührte, aber vermutlich war das nur Wunschdenken.

»Du bist attraktiv«, erwiderte er und fragte sich, ob sie das wirklich nicht wusste. »Sehr attraktiv, und ich genieße deine Gesellschaft. Ich hatte eine ziemlich universale männliche Reaktion auf diese beiden Fakten.«

Sie presste die Lippen zusammen und nickte. »Okay.« Es klang fast wie ein Krächzen. Sie räusperte sich. »Du sprichst also von ... Interesse.«

Er sprach von Sex. »So könnte man es nennen. Die Frage ist, ob es erwidert wird.«

Ihre Wangen erglühten heftig, und sie ließ beinahe die Tasse fallen. »Ich bin es nicht gewohnt, mit Erwachsenen zu reden«, erklärte sie leise. »Mit Männern, meine ich. Ich glaube, ich war nie besonders gut darin, und der Mangel an Praxis hat es nur noch schlimmer gemacht.«

»Dann lassen wir uns Zeit. Mit dem Gespräch, meine ich.«

»Okay. Nun, dann sollte ich wohl am Anfang beginnen.«

Er hatte keine Ahnung, was sie damit meinte. »Am Anfang?«

»Ja. Ich habe Marty im letzten Jahr im College kennengelernt. Ich war ein paarmal mit Jungen ausgegangen, hatte mich aber nie verliebt, nicht so wie in Marty. Mit ihm war alles so aufregend. Er war ein paar Jahre älter. Charmant, geistreich. Er hatte so oft die Studienfächer gewechselt, dass er nach fünf Jahren noch im ersten Semester war. Es hat mich beeindruckt, dass er so voller Lebensfreude und Interesse an mir war.«

Sie seufzte. »Ich habe dir ja schon erzählt, dass für meine Eltern die Kunst das Wichtigste im Leben war. Ich bin in dem Wissen aufgewachsen, dass keine aufgeschlagenen Knie und kein Kümmernis mit dem perfekten Licht oder dem richtigen Blickwinkel konkurrieren konnten. Wenn sie malten, existierte ich nicht für sie.«

»Und Marty war anders?«

»Das dachte ich. Er war so auf mich fokussiert, dass ich nicht gemerkt habe, dass ich für ihn nur die neueste in einer langen Reihe von flüchtigen Passionen war. Nach zwei Monaten habe ich ihn geheiratet, und sechs Wochen später wurde mir klar, dass er genau wie meine Eltern war.«

Nash beugte sich zu ihr vor. »In welcher Hinsicht?«

»Er war verantwortungslos. Er war nicht bereit, an jemand anderen als sich selbst zu denken. Es war ihm egal, ob die Rechnungen rechtzeitig bezahlt wurden oder man uns den Strom abdrehte. Er kam meistens unpünktlich zur Arbeit, weil er spaßigere Dinge zu tun hatte. Einen Psychologen hätte es vermutlich nicht überrascht, dass ich mir jemanden wie meine Eltern ausgesucht hatte, aber für mich war es ein Schock.«

Er hätte gern ihre Hand genommen, aber er sah davon ab. »Warum hast du ihn nicht verlassen?«

»Ich wollte es. Aber bevor ich meine Sachen packen konnte, stellte sich heraus, dass ich schwanger war.«

Sie schob ihre Tasse auf dem Tisch umher. »Marty war begeistert. Er schwor, dass alles anders werden würde, und ich wollte ihm glauben. Ich hielt es für falsch, ihm sein Kind wegzunehmen. Also blieb ich. Er wechselte die Arbeitsstellen, die Städte, die Staaten, und wir zogen mit ihm. Jedes Mal, wenn ich ein paar Dollar gespart hatte, gab er sie für verrückte Dinge wie ein altes Motorrad oder eine Segeltour aus. Nach ein paar Jahren stellte ich ihm ein Ultimatum. Ich drohte, ihn zu verlassen, sofern er sich nicht fest niederließ, bevor Brad schulpflichtig wurde.«

Sie lehnte sich zurück und zuckte die Achseln: »Brad war damals drei. Somit blieben Marty drei Jahre. In der Zwischenzeit belegte ich überall Abendkurse, hauptsächlich in Wirtschaftslehre. Ich wollte darauf vorbereit sein, Brad und mich im schlimmsten Fall ernähren zu können.«

»Dann kamen die Zwillinge.«

»Wieder eine unerwünschte Schwangerschaft«, bestätigte sie. »Wir hatten kein Geld. In der Woche, als ich mit den Zwillingen aus dem Krankenhaus nach Hause kam, wurde uns der Strom abgestellt. Marty fuhr fort, unpünktlich zur Arbeit zu gehen oder den Job hinzuschmeißen. Etwa ein Jahr später schnappte ich die Kinder und verließ ihn. Ich wusste, dass es hart werden würde, aber drei Kinder zu versorgen ist immer noch leichter als vier.«

»Und wie ging es weiter?«, hakte Nash nach, als sie verstummte.

»Er flehte mich an, zu ihm zurückzukommen. Brad betete ihn an. Ich liebte ihn nicht mehr, aber ich fühlte mich schuldig und gab nach. Dann bekam er die Erbschaft, und ich verlangte von ihm, davon ein Haus zu kaufen. Aber er konnte kein gewöhnliches Haus kaufen. Es musste dieser monströse Kasten sein. Ich willigte ein, weil ich es immer noch besser fand, als das ganze Geld für eine Weltreise zu verpulvern. Kurz darauf starb er.«

Nash wusste nicht, was er dazu sagen sollte. »Du hast dich tapfer gehalten.«

»Ich habe mich bemüht, an die Jungs zu denken. Sie sollen glücklich sein und sich sicher fühlen. Sie sollen wissen, dass sie mir wichtig sind. Aber um all das geht es eigentlich nicht.«

Sie straffte die Schultern. »Ich bin dreiunddreißig. Ich bin für andere verantwortlich, seit ich alt genug war, telefonisch Lebensmittel zu bestellen. Mit zehn habe ich schon die

Rechnungen bezahlt und das Haushaltsgeld verwaltet. Meine Eltern sind nach Frankreich gereist, als ich zwölf war. Sie waren ein halbes Jahr weg. Ich hatte Angst, so lange allein zu sein, aber ich habe es überstanden. Ich war die einzige Erwachsene in meiner Ehe mit Marty, und ich bin es jetzt wieder. Ich will keine weitere Verantwortung. Ich habe gehört, dass Männer auch Partner in einer Beziehung sein können, aber bisher habe ich es nie erlebt.«

»Ich bin beeindruckt, wie gut du alles bewältigt hast.«

»Aber du weißt nicht, warum ich dir das alles erzähle.«

»Richtig.«

Sie atmete tief durch und starrte auf den Tisch. »Der Kuss gestern Abend war ziemlich unglaublich. Die Tatsache, dass du heute Morgen nicht schreiend aus dem Haus gelaufen bist, als du mich gesehen hast, deutet darauf hin, dass du dich vielleicht nicht sonderlich daran gestört hast.«

Er lachte unwillkürlich. »Du unterschätzt meine Position. Ich wollte dich. Ich will dich immer noch.«

»Oh.« Verblüfft und mit großen Augen starrte sie ihn an. »Ich danke dir für deine Ehrlichkeit. Die Sache ist die, dass ich mir seit Martys Tod keinen sexuellen Gedanken mehr gestattet habe. Die wenigen Männer, die ich kennenlerne, nehmen entweder Reißaus, sobald sie von meinen drei Kindern erfahren, oder sie sind Marty so ähnlich, dass ich weglaufe. Ich will keine Beziehung. Ich will mich nicht engagieren. Aber … Ich dachte, dieser Teil von mir wäre erloschen. Aber dem ist nicht so.«

»Gut zu wissen.«

Stephanie lächelte vage. »Das hatte ich gehofft. Und da du Ende nächster Woche die Stadt wieder verlässt, habe ich mich gefragt …«

Er setzte ihre Aussagen zusammen wie ein Puzzlespiel, nahm sie wieder auseinander, setzte sie erneut zusammen und kam zu demselben verblüffenden Ergebnis. Ihm musste ein Fehler unterlaufen sein. Oder war es tatsächlich möglich, dass er ein solches Glück hatte?

»Allmählich solltest du etwas dazu sagen.«

»Ich soll es aussprechen?«

Sie nickte.

Wenn er sich irrte, würde sie ihm vermutlich den Kaffee ins Gesicht schütten und er sich eine neue Unterkunft besorgen müssen. Damit konnte er leben. »Du bist nicht an einer Beziehung interessiert.«

»Richtig.«

»Der Kuss hat dir gefallen.«

»Stimmt.«

»Sehr sogar.«

Sie grinste und nickte.

»Du willst also eine Affäre, solange ich in der Stadt bin. Ohne Bedingungen, ohne Reue, ohne gebrochene Herzen. Liege ich da richtig?«

Sehr richtig, dachte Stephanie, während Verlegenheit und Entsetzen in ihr aufstiegen.

Es war eine Sache, an wilden Sex mit einem praktisch fremden, überwältigend erotischen Mann zu *denken*, aber eine ganz andere, es vom Objekt ihrer Begierde laut ins Gesicht gesagt zu bekommen.

Bei Tageslicht betrachtet erschien ihr die Idee schäbig, peinlich und total unangebracht.

Spontan sprang sie vom Stuhl und floh aus dem Zimmer. Sie hatte kein besonderes Ziel im Sinn; sie wollte nur fort von Nash.

8. Kapitel

Stephanie hatte gerade den Fuß der Treppe erreicht, als jemand ihr Handgelenk umfasste. Sie blieb stehen und rang nach Atem. Okay, es war nicht irgendjemand, sondern Nash. Mit glühenden Wangen zog sie den Kopf ein.

Ein brütendes Schweigen lastete auf ihnen, bis er schließlich leise sagte: »Ich entschuldige mich. Offensichtlich habe ich die Situation falsch gedeutet und dich beleidigt. Es war Wunschdenken. Ich habe auf dich projiziert, was ich will.«

Sie blinzelte verwirrt. Er gab sich die Schuld? »Ich … Du … Projiziert?«

»Der Kuss war heiß. Er hat den Drang nach mehr erweckt.«

Ihr Entsetzen, ihre Beschämung über ihr verwegenes Verhalten verwandelten sich in freudige Erregung. »Du störst dich nicht daran, dass ich an einer lockeren Affäre interessiert bin? Du findest es nicht schmutzig und billig und schäbig von mir?«

Ein Lächeln spielte um seine Lippen, und ein feuriges Glitzern trat in seine Augen. »Sehe ich so aus, als ob es mich störte?« Er ließ ihr Handgelenk los und streichelte ihre Wange. »Du bist attraktiv und sexy, und du küsst, als ob ein feuchter Traum wahr geworden wäre.«

Seine Worte erweckten ein Sehnen zwischen den Beinen, das sich rasch ausbreitete. Sie fühlte sich schwach und unglaublich mächtig zugleich. »Warum fragst du mich nicht noch mal? Ich versuche, diesmal nicht wegzulaufen.«

Die Atmosphäre knisterte förmlich vor Spannung. Ihr Nacken prickelte, als sich ihre Blicke gefangen hielten.

»Bist du an einer Affäre interessiert?«, fragte er leise und rau und voller Verlangen. »Sex und Spaß, solange ich in der Stadt bin, und danach trennen sich unsere Wege. Keine Reue, keine Erwartungen.«

Es klang verrückt. Es klang perfekt. »Ja«, flüsterte sie. »Genau das will ich.«

»Ich will es auch«, murmelte er. »Ich habe seit Jahren Gerüchte gehört, und jetzt werde ich endlich herausfinden, ob es wahr ist.«

»Gerüchte? Über mich?«, hakte sie schockiert nach.

Er presste den Mund auf ihren Hals, und ein köstliches Prickeln lief über ihren Rücken.

»Nicht über dich speziell. Über ältere Frauen.«

Gekränkt wollte Stephanie die Hände zurückziehen, die sie ihm auf die Schultern gelegt hatte. Doch seine harten Muskeln fühlten sich zu gut an. »Ältere Frauen?«, wiederholte sie empört.

Er hob den Kopf und grinste. »Du bist dreiunddreißig, und ich bin einunddreißig. Seit ewigen Zeiten höre ich, wie toll es mit älteren Frauen sein soll. All die Erfahrung. All das Verlangen, wenn sie den sexuellen Höchststand erreicht haben. Ich habe mich immer gefragt, ob da was dran ist.«

»Natürlich ist da was dran«, bestätigte sie. »Ich kann nur hoffen, dass du mit mir mithalten kannst.«

Er lachte leise, bevor er den Mund auf ihren senkte.

Der heiße, hungrige Kuss raubte ihr den Atem und bestätigte ihr hundertprozentig, dass er sie ebenso begehrte wie sie ihn. Sie öffnete die Lippen, ließ ihn eindringen und erschauerte beim ersten intimen Kontakt vor Verlangen.

Als er den Kuss vertiefte, zog er sie noch näher. Sie berührten sich überall. Ihre Brüste waren an seine Brust gepresst, und sie spürte deutlich seine Erregung.

Während sie seine breiten Schultern erforschte, schmiegte er eine Hand um ihren Po. Die Berührung war zart, doch sie spürte die sengende Wärme seiner Finger.

Als er sanft an ihrer Unterlippe saugte, stöhnte sie auf. Ihr Verlangen wuchs. Sie wollte ihm näher sein, wollte nackte Haut auf nackter Haut spüren, und zerrte ihm das Hemd aus der Hose. Sie öffnete die ersten beiden Knöpfe. Er schob die Hände unter ihren Sweater. Sie rang nach Atem vor Erregung, als er ihre Brüste umschmiegte.

Ihr BH erschien ihr wie eine stählerne Barriere. Sie versuchte, sich den Sweater und ihm das Hemd gleichzeitig auszuziehen.

»Wir sollten es nach oben verlegen«, murmelte er, während er ihren Hals küsste.

»Okay«, flüsterte sie und ließ den Kopf zurückfallen. Sie konnte nicht mehr denken. Es war alles zu überwältigend. Seine feuchten Lippen, die zu ihrem Ohr wanderten; seine Finger, die mit ihren Brustspitzen spielten. Nicht hart, nicht sanft. Nicht schnell, nicht langsam. Gerade richtig. Genau richtig.

»Halt dich fest.« Er schwang sie auf die Arme und trug sie die Treppe hinauf, wie Rhett Butler es mit Scarlett getan hatte.

»Ich wäre jetzt gern nackt«, gestand sie.

»Ich auch. Mein Zimmer ist näher. Okay?«

Sie konnte nicht antworten, weil er sie gerade küsste, aber

sie nickte, und schon stieß er seine Zimmertür auf und trat ein.

Die Jalousien standen offen. Sonnenschein strömte durch die Spitzengardinen. Die Tür fiel hinter ihnen ins Schloss. Neben dem Bett ließ er sie an seinem Körper hinabgleiten. Sobald ihre Füße den Boden berührten, schlang sie die Arme um seinen Nacken und presste sich an ihn.

Jede Faser ihres Körpers verlangte nach seiner Berührung, nach Nacktheit, nach Erlösung. Sie versuchte vergeblich, sich die Schuhe abzustreifen, während Nash an seinem Hemd fummelte.

Schließlich brach er den Kuss ab und wich schmunzelnd ein Stück zurück. »So kommen wir nicht weiter.«

Er zog sich das Hemd aus. Sie streifte sich Schuhe und Sweater ab. Er küsste sie, während er ihr den BH auszog. Ihre harten Knospen stießen an seine Brusthaare. Es kitzelte und erregte sie zugleich. Sie klammerte sich an seine Schultern und bewegte den Oberkörper, sodass ihre Brüste seine Brust streiften.

Nash stöhnte auf, hob die Hände zu ihren Brüsten und rieb die Spitzen mit den Daumen. Sie waren noch halb angezogen, und doch zitterte Stephanie bereits vor Verlangen.

Wie auf ein Stichwort entledigten sie sich gleichzeitig ihrer restlichen Kleidung.

»Rühr dich nicht von der Stelle«, murmelte Nash mit einem raschen Kuss und verschwand im Badezimmer.

Sie hörte ihn rumoren, fluchen, etwas zu Boden fallen. Dann kehrte er mit einer Packung Kondome zurück.

Der Anblick der Verhütungsmittel hätte ernüchternd wirken sollen, aber Stephanie war längst zu erregt für vernunftbegabte Gedanken.

Er warf das Päckchen auf den Nachttisch und drückte sie zurück auf die Matratze. Dann beugte er sich über sie und schob ein Bein zwischen ihre. Während er eine Brustspitze zwischen die Lippen nahm, rang sie nach Atem, ließ die Hüften kreisen und steigerte immer mehr den Druck und das Tempo.

Er richtete die Aufmerksamkeit auf ihre andere Brust, zog das Bein zurück und ersetzte es durch seine Hand. Er erforschte sie, streichelte jenen einzigartigen Punkt des Entzückens, schob schließlich zwei Finger hinein.

Sie konnte nur noch fühlen. Jede Zelle ihres Körpers war erregt. Er senkte den Mund von ihrer Brust zu ihrem Bauch, glitt tiefer und tiefer, während er die Finger in ihr bewegte.

Dann schloss er die Lippen direkt um diese einzigartig erogene Stelle, saugte sanft und streichelte sie mit der Zunge.

Der Höhepunkt war so überwältigend wie unerwartet. Sie zitterte und rang nach Atem und stöhnte und grub die Fersen in die Matratze. Kontraktionen schüttelten ihren Körper, als sich die Spannung, die sie eine scheinbare Ewigkeit geplagt hatte, in Entzücken auflöste. Er berührte sie weiterhin, küsste sie sanfter, bewegte die Finger langsamer, dehnte ihren Höhepunkt aus, bis sich ihr Körper schließlich völlig entspannte.

Nash küsste ihren Schenkel und glitt hinauf, bis er neben ihr lag. Er lächelte. »Ich brauche wohl nicht zu fragen, ob es geklappt hat.«

»Wohl kaum. Falls in den Nachrichten von einem Erdbeben in dieser Gegend berichtet wird, muss ich wohl die Verantwortung übernehmen. Oder vielleicht ist es deine Schuld.«

»Es würde mir gefallen, wenn es meine Schuld wäre.«

Sie berührte sein Gesicht. »Es war erstaunlich.«

»Das freut mich.«

Sie drehte sich zu ihm um. »Bist du bereit für den zweiten Akt?«

Statt zu antworten, griff er nach den Kondomen. Während er das Päckchen öffnete, beugte sie sich über ihn und küsste ihn. Bei der ersten Berührung ihrer Zungen kehrte die Spannung in ihren Körper zurück. Sie vertiefte den Kuss, wich dann zurück und ließ die Lippen über seinen Hals wandern.

»Du lenkst mich ab«, murrte er.

»Wirklich?« Sie blickte hinab und beobachtete, wie er mit dem Kondom hantierte. »Brauchst du Hilfe?«

»Ja. Ich bin noch nie mit diesen Dingern klargekommen.«

Sie nahm das Kondom und streifte es ihm geschickt über. »Bedeutet das ungeöffnete Päckchen, dass du nicht viel geübt hast?«

»Ich war mit niemandem mehr zusammen, seit meine Frau gestorben ist. Vor ein paar Monaten habe ich jemanden kennengelernt und dachte … Na ja, ich habe die Kondome gekauft, aber bevor es so weit kam, war es wieder aus.«

»Bist du bereit, dieses Latex zu testen?«, fragte sie lächelnd.

»Sicher.«

Sie wollte sich hinlegen, doch er legte die Hände auf ihre Hüften und hob sie hoch. Sie schwang ein Bein über seine und setzte sich auf ihn. Er umschmiegte ihre Brüste mit beiden Händen. Sobald er die Spitzen berührte, spannte sich ihr Körper. Offensichtlich war nicht nur er bereit für den zweiten Akt.

Sie griff zwischen ihre Beine und führte ihn ein. Ihr Körper musste sich ein wenig dehnen, um ihn aufzunehmen, und dann begann sie, sich zu bewegen.

Ihre Spannung wuchs immer mehr, und seine Hände auf ihren Brüsten brachten sie dem Gipfel nur noch näher.

»Du hältst dich zurück«, bemerkte er in angespanntem Ton.

Sie öffnete die Augen und sah, dass er sie beobachtete.

»Gib einfach nach.«

»Ich will ja, aber …«

»Du glaubst, dass ich mich beschwere, wenn du noch mal kommst?«

Sie lächelte. »Könnte sein.«

»Komm schon, ich will es spüren. Lass dich gehen.«

Er begleitete seine Worte mit raschen Stößen seiner Hüften und ließ die Hände schneller über ihre Brüste gleiten. Das Verlangen wuchs beinahe ins Unerträgliche. Sie richtete sich auf, stützte die Hände auf seine Schenkel, hob und senkte sich schneller und schneller.

Nash empfand es als den vollkommensten Augenblick seines Lebens. Nur Sekunden trennten ihn von seinem Höhepunkt, aber er wollte sich zurückhalten, bis auch Stephanie so weit war. Ihr Anblick stellte seine Absicht jedoch auf eine harte Probe. Mit jeder Bewegung ihres Körpers hüpften ihre Brüste auf und ab und steigerten seine Erregung. Sie hielt den Kopf zurückgeworfen und die Augen geschlossen und verlor sich im Entzücken des Augenblicks. Es war die erotischste Situation, die er je erlebt hatte.

Er spürte die Spannung tief in sich wachsen. Er versuchte, an etwas anderes zu denken, aber es wollte ihm nicht gelingen. Ihr nackter Körper und ihre selbstvergessene Miene, der leicht geöffnete Mund und die Zungenspitze, die über ihre Unterlippe glitt …

Er stöhnte auf, als er nicht länger an sich halten konnte. Als es ihn überkam, schrie sie auf. Während der ungeheuren Wogen der Erlösung spürte er die Zuckungen ihres Körpers, und es dehnte seinen Höhepunkt so lange aus, wie er es nicht für möglich gehalten hätte.

Sie lagen einander zugewandt unter der Decke. Stephanie lächelte ihn an. Nash gefiel, dass auf ihrem Gesicht ein zufriedener Ausdruck lag. Er begehrte sie erneut, obwohl erst kurze Zeit vergangen war.

Es ist lange her, sinnierte er. Zu lange. Nach Tinas Tod hatte er sich nicht etwa vorsätzlich von Frauen und Sex distanziert. Es war einfach so geschehen. Er hatte sich in seine Arbeit vergraben und nie einen Ausweg gefunden.

»Was denkst du gerade?«, fragte sie.

»Dass ich eigentlich nie vorhatte, nach dem Tod meiner Frau wie ein Mönch zu leben.«

»Es überrascht mich, dass es nicht alle ledigen Frauen im Büro auf dich abgesehen haben.«

»Woher willst du wissen, dass es nicht der Fall ist?«

Sie lächelte. »Musst du sie gewaltsam abwehren?«

»Nur hin und wieder.«

Sie wandte den Blick ab, und ihr Lächeln schwand. »Du musst sie immer noch sehr lieben.«

Einen Moment lang war er verwirrt. Dann begriff er, worauf sie hinauswollte. »He.« Er berührte ihr Kinn, drehte ihr Gesicht zu sich herum. »Wir beide waren die Einzigen hier im Bett. Zumindest was mich angeht.«

Ihre Heiterkeit kehrte zurück. »Was mich angeht auch. Ich war seit Marty mit niemandem mehr zusammen, aber nicht aus gebrochenem Herzen. Die Dinge waren kompliziert.«

Er schob eine Hand unter die Decke und legte sie auf ihre nackte Hüfte. Ihre Haut fühlte sich wie warme Seide an. »Ist es mit uns einfach?«

»Sehr.«

Er stimmte zu. In der Vergangenheit hatte er die ersten sexuellen Kontakte in einer Bekanntschaft als so gefährlich wie ein Minenfeld empfunden. Die Wahrscheinlichkeit eines Fehltritts war zu groß. Mit Stephanie dagegen klappte alles. Er war nie zuvor eine lockere Affäre ohne Bedingungen eingegangen, aber bisher lief alles besser als erwartet.

»Was hältst du davon, wenn wir ein paar Grundregeln aufstellen, damit es so bleibt?«, schlug er vor.

»Gute Idee.«

Sie setzte sich auf, und die Decke rutschte hinunter. Seine Aufmerksamkeit richtete sich auf ihren Körper. Er beugte sich zu ihr und berührte die Rundung ihrer Brust. Dann befeuchtete er einen Finger und strich über die Spitze, die sich sofort verhärtete. Sein Körper reagierte spontan.

»Regel Nummer eins«, sagte sie. »Viel Sex.«

»Das ist eine gute Regel. So gut, dass wir sie zu Regel eins und zwei erklären sollten.«

»Okay. Jede Menge Sex. Du bist nur noch kurze Zeit hier, und die will ich gründlich auskosten.«

»Das ist eine Frau nach meinem Geschmack.«

Er verspürte den Drang, ihre Brüste zu küssen, aber er sah ein, dass sie zunächst einige Dinge klären sollten, bevor sie zur zweiten Runde übergingen. Er zwang sich, seine Hand sinken zu lassen und sich auf das Gespräch zu konzentrieren. »Ich nehme an, dass die Jungs nichts davon erfahren sollen.«

Sie nickte. »Es würde sie nur verwirren. Brad befürchtet,

dass ich seinen Vater ersetzen will, und die Zwillinge würden dich zu sehr ins Herz schließen.«

»Also lasse ich meine Tür unverschlossen. Du kannst zu mir kommen, wann immer dir nach mir zumute ist.«

»Gut. Wir haben außerdem tagsüber Zeit, bis die Ferien Ende der Woche anfangen. Wenn du nicht zu sehr mit deiner Familie beschäftigt bist.«

»Das bin ich nicht.« Er nahm ihre Hand und verschränkte die Finger mit ihren. »Apropos Familie. Würdet ihr mich zu den größeren Zusammenkünften begleiten? Du und die Jungs?«

Sie nickte spontan. »Gern. Es hat mir Spaß gemacht, und den Jungs auch. So viele Angehörige können ein bisschen einschüchternd wirken.«

»Ich bin nicht eingeschüchtert.«

»Weil du ein harter, zäher Bursche bist.«

»Genau.«

Sie lachte und legte sich wieder hin. »Okay, dann betrachte ich es als kleine Gefälligkeit – in dem Tenor: Wir kratzen uns gegenseitig, wenn es juckt.«

»Das klingt gut.« Er rückte näher, schlug die Decke zurück und entblößte Stephanie bis zur Taille. »Wo juckt es denn?«

Sie schlang die Arme um seinen Nacken und küsste ihn. »Überall.«

9. Kapitel

Stephanie hatte es immer als eine eher lästige Aufgabe betrachtet, Wände zu streichen, doch an diesem Nachmittag machte es ihr richtig Spaß, und sie summte vor sich hin. Plötzlich klang das Schwirren der Farbrolle fröhlich und lebhaft. Der Geruch störte sie nicht, denn die Fenster standen weit offen, und Sonnenschein strömte herein.

Das Leben ist schön, dachte sie und kicherte leise, als sie den Arm mit der Rolle hoch über den Kopf streckte und ein leichtes Ziehen in der Hüfte verspürte. Es rührte daher, dass sie die Beine ganz weit gespreizt und um Nash geschlungen hatte. Das Unbehagen steigerte nur ihre gute Laune. Muskelkater, der von Sport herrührte, war unangenehm, aber überwältigender Sex mit einem unglaublichen Liebhaber war jedes Wehwehchen wert. Noch immer verspürte sie ein wohliges Prickeln im Innern. Es war erst drei Stunden her, seit sie sein Bett verlassen hatten, und doch konnte sie es nicht erwarten, dorthin zurückzukehren.

Im Geist zählte sie bereits die Stunden, bis die Jungen im Bett lagen, und sie fragte sich, wie sie es so lange aushalten sollte. Seit sie wusste, dass die Wirklichkeit mit Nash noch schöner war als ihre Fantasien, wollte sie jede Sekunde auskosten, die ihr mit ihm vergönnt war.

»Du arbeitest ja gar nicht«, bemerkte er, als er aus der Küche kam. »Du stehst nur da und grinst.«

Sie lachte. »Ist es okay, wenn ich dir sage, dass ich an uns beide denke?«

»Absolut.«

Mit einer Dose Feinputz und einem Spachtel in der Hand lehnte er sich an den Türrahmen. Ihr gefiel, wie kompetent er in allem war, ob er nun sie in Ekstase brachte oder eine Wand verspachtelte. Ihr gefiel, dass er sich nicht scheute, ihr seine Hilfe im Haushalt anzubieten und nach ihren Vorlieben im Bett zu fragen. Ihr gefiel, dass er ein bisschen nervös war, was seine neue Familie anging, und er sie gern als Puffer dabeihatte. Letzteres hatte er zwar nie direkt ausgesprochen, aber sie erahnte es aus seinen Worten.

Vor allem aber gefiel ihr, dass sie gleichgestellt waren. Beide hatten Bedürfnisse. Keiner besaß mehr Macht. Keiner war unterwürfig. Sie kümmerten sich gegenseitig umeinander und bekamen beide, was sie wollten.

Sie tauchte die Rolle in die Farbe. »Wie kommst du voran?«

»Die Küche ist fertig. Soll ich diese Wände nicht lieber weiterstreichen? Du bist zu klein, um bis ganz oben zu reichen.«

»Deshalb wurde die Leiter erfunden. Ich tue es gern. Wenn du helfen willst, kannst du die Fensterrahmen streichen. Ich habe die Scheiben schon abgeklebt.«

»Okay. Ich räume nur diese Sachen weg.«

Er schloss die Dose Feinputz mit dem Deckel und stellte sie auf die behelfsmäßige Werkbank, die sie aus zwei Holzböcken und einem Türblatt errichtet hatte. Dann ging er hinaus und wusch den Spachtel ab.

Erneut freute und wunderte sie sich darüber, wie ordentlich und häuslich er doch war.

Als er zurückkehrte, nahm er eine Dose Lack und einen Pinsel und trat an das große Fenster.

Sie beobachtete, wie geschickt er mit dem Pinsel hantierte. »Wie hat ein FBI-Agent gelernt zu streichen?«

»Ich habe als Teenager ein paarmal geholfen, unser Haus zu streichen, und mich später an Renovierungsarbeiten bei Arbeitskollegen beteiligt.«

»Gefällt dir dein Job?«

»Meistens. Nicht an schlechten Tagen.«

Sie wusste nicht sehr viel über seine Tätigkeit, aber ihr war bekannt, dass er die Verhandlungen mit den Tätern bei Geiselnahmen führte. Ein schlechter Tag bedeutete für ihn, wenn jemand ums Leben kam. »Wie hast du dich für diese Richtung entschieden?«

Er zuckte die Achseln. »Das FBI hat mich vom College wegrekrutiert. Eine Weile habe ich in Dallas gearbeitet, Psychologie studiert und eine Vorlesung von einem Vermittler besucht. Es hat mir gefallen, und ich dachte mir, dass ich das richtige Temperament dafür habe.«

»Bedeutet es, dass du mit nervenaufreibenden Situationen umgehen kannst?«

»Das auch, und ich kann emotionale Distanz zu den Vorfällen wahren.«

Besonnen und distanziert, dachte sie. So hatte er sich bei dem Familientreffen gegeben. Freundlich, aber nicht total engagiert. Sie beneidete ihn um diesen emotionalen Abstand. Hätte sie auch ein wenig davon aufbringen können, hätte sie Marty verlassen.

»Demnach hast du deine Frau vermutlich auf die Palme gebracht, wenn sie mit dir streiten wollte. Sie war außer sich vor Wut, und du bist sachlich und logisch geblieben.«

Sie hatte es als Neckerei gedacht, aber Nash wurde nachdenklich statt belustigt.

»Wir waren sehr unterschiedlich«, sinnierte er. »Tina war sehr gefühlsbetont. Dramatik lag ihr. Ich hätte nie gedacht, dass sie es als Agentin schaffen würde.«

Stephanie ließ beinahe die Farbrolle fallen. Sie hatte nicht groß über seine verstorbene Frau nachgedacht, aber damit hatte sie nicht gerechnet. »Sie war FBI-Agentin?«, hakte sie verblüfft nach.

Er nickte. »Wir haben uns während der Ausbildung kennengelernt. Ich war einer ihrer Ausbilder. Ich hielt sie für zu emotional und wollte sie durchrasseln lassen. Aber ich wurde überstimmt.«

Sie wandte sich wieder der Wand zu und strich weiter. »Kein besonders romantischer Anfang«, murmelte sie.

»Stimmt. Ich hielt sie für eine Spinnerin, und sie hielt mich für einen hartherzigen Pedanten. Sie wurde versetzt, und ich vergaß sie. Etwa ein Jahr später begegneten wir uns wieder bei einem Einsatz.«

Bei einer gefährlichen Unternehmung, dachte sie nachdenklich. Auf Verbrecherjagd oder bei der Lebensrettung Unschuldiger. Das erzeugte Adrenalin, gefolgt von Leidenschaft.

Ihr gefiel nicht, dass sich ihr Magen verkrampfte und sie sich wie eine gewöhnliche, langweilige alleinerziehende Mutter fühlte. »Da ihr geheiratet habt, muss sich eure ursprüngliche Meinung voneinander geändert haben.«

»Wir waren immer Gegensätze.«

»Manchmal klappt das gut.«

»Bei dir und Marty hat es nicht funktioniert.«

»Ich glaube, dass wir weniger gegensätzlich waren als unterschiedliche Dinge anstrebten. Mir gefiel es nicht, immer die Vernünftige zu sein, aber Marty ließ mir keine andere Wahl. Jemand musste die Rechnungen rechtzeitig bezahlen und Lebensmittel einkaufen. Aber manchmal habe ich ihn um die Fähigkeit beneidet, sich nicht um Dinge wie Geld und Konsequenzen zu scheren.«

»Du hast sehr jung Verantwortung übernehmen müssen. Kids, die zu früh erwachsen werden mussten, vergessen das nie. Mir ging es genauso. Meine Mom arbeitete sehr viel, und mein Bruder war total unnütz. Obwohl wir Zwillinge sind, habe ich mich immer wie der Ältere gefühlt.«

»Aber Kevin hat sich gebessert. Immerhin hat er es zum *US Marshal* gebracht.«

Nash drehte sich zu ihr um. »Wie sind wir eigentlich auf so ein ernstes Thema gekommen? Leute, die eine Affäre haben, sollten eigentlich nicht über wichtige Sachen reden.«

Sie lächelte. »Davon weiß ich nichts. Es ist meine erste Affäre. Also musst du mich über die Regeln aufklären.«

Er legte den Pinsel auf die Lackdose und ging zu ihr. »Die Regeln bestimmen wir selbst.«

»Wirklich?« Ihr Herz schlug schneller, als sie das Funkeln in seinen Augen sah. Sie legte die Rolle nieder und beugte sich zu ihm hinab.

Der Kuss war stürmisch und atemberaubend. Verlangen erwachte in ihr. Sie schlang die Arme um seinen Nacken und ließ sich von der Leiter heben.

»Es ist gerade mal drei Stunden her, und ich will dich schon wieder«, murmelte er an ihren Lippen. »So werden wir nicht viel zum Arbeiten kommen.«

»Das macht mir nichts.«

»Gut, denn ich …«

Ein Geräusch erregte ihre Aufmerksamkeit. Beide drehten sich um. Stephanie zuckte zusammen, als sie Brad in der Tür stehen sah. Seine Miene verriet, dass er sie in Nashs Armen gesehen hatte und sich verraten fühlte. Bevor sie etwas sagen konnte, rannte er davon zum Haupthaus.

Das Verlangen verebbte abrupt, ließ Schuldgefühle zurück. Einerseits war sie froh, dass Brad sich an seinen Vater erinnerte. Andererseits war es nicht richtig, jeden anderen Mann aus ihrem Leben zu verbannen, nur weil ihr zwölfjähriger Sohn es so wollte. Brad musste lernen, dass das Leben weiterging. Aber war es der richtige Zeitpunkt für diese Lektion? Und wenn ja, was sollte sie ihm sagen? Erschwerend kam hinzu, dass sie mit Nash eine Beziehung unterhielt, die sie ihren Kindern nicht erklären konnte.

Mir kann niemand helfen, dachte sie traurig. Mit niemandem konnte sie ihre Sorge teilen. Wie in den meisten schwierigen Situationen musste sie allein zurechtkommen.

Sie ging einen Schritt auf das Haupthaus zu, blieb dann stehen, als Nash sie am Arm berührte und sagte: »Brad ist aufgebracht.«

»Ich weiß.«

»Vielleicht sollte lieber ein Mann mit ihm reden.«

Verblüfft starrte Stephanie ihn an. »Du willst mit ihm reden?«

»*Wollen* ist zu viel gesagt, aber ich kann nachempfinden, was er fühlt. Ich werde ihm nicht sagen, was zwischen uns läuft, aber ich kann ihn beruhigen.«

»Eigentlich sollte ich selbst mit ihm reden. Schließlich ist er mein Sohn und nicht deiner.«

Nash küsste sie sanft. »Streich du weiter. Gib mir zehn Minuten. Wenn ich dann nicht zurück bin, komm nach.«

Die Verantwortung abzugeben war ihr fremd. Sie kämpfte mit sich. Bevor sie sich entscheiden konnte, verließ er das Pförtnerhaus.

Sie blickte zur Uhr und sagte sich, dass er in zehn Minuten nicht viel Schaden anrichten konnte. Oder doch?

Nash betrat das Haupthaus, blieb stehen und lauschte, bis er Geräusche aus der Küche hörte.

Als er eintrat, räumte Brad lautstark den Geschirrspüler aus, mit hängenden Schultern und kummervollem Blick. »He, wie läuft's?«, fragte er.

Brad blickte ihn feindselig an. »Du gehörst nicht in die Küche!«, rief er aufgebracht. »Du bist ein Gast. Die Küche ist nur für die Familie. Geh weg.«

Nash schloss die Tür hinter sich und trat zu ihm.

»Hast du mich nicht gehört?«

»Ich habe alles gehört. Sogar das, was du nicht gesagt hast.«

Nash kannte die Hilflosigkeit, die Verzweiflung und den Zorn des Jungen. Er wusste, dass Brad stark genug sein wollte, um den unliebsamen Gast aus der Küche, dem Haus, dem Leben seiner Mutter werfen zu können.

Die alten Gefühle waren zwar begraben, fast vergessen, aber doch noch vorhanden, wie Nash überrascht feststellte. Er setzte sich an den Tisch und fragte sich, wie oft er Howard verwünscht hatte. Es war schlimm genug gewesen, als Howard und seine Mutter nur miteinander gegangen waren. Fast unerträglich war es geworden, als die zwei sich verlobt hatten und Howard beschlossen hatte, Kevin und Nash zu adoptieren, so als wären sie noch Babys.

»Deine Mom ist echt nett«, eröffnete Nash. »Hübsch und

lustig.« Er lächelte vage. »Dir kommt sie vielleicht alt vor, aber mir nicht. Ich mag sie sehr.«

Angst blitzte in Brads Augen auf.

Nash beugte sich vor und stützte die Ellbogen auf die Knie. »Aber die Sache ist die, dass ich nur auf der Durchreise bin. Ich bleibe nicht hier. In ein paar Wochen gehe ich zurück nach Chicago. Da wohne und arbeite ich. Dort spielt sich mein Leben ab.«

Sein Leben? Zum ersten Mal seit Tinas Tod erkannte er, dass er nicht wirklich lebte. Er hatte einen Job, aber kaum Bekannte außerhalb der Arbeit. Er lebte allein und war es leid.

Er verdrängte diesen Gedankengang. Momentan war Brad wichtiger. »Ich verstehe, was du durchmachst«, erklärte er.

»Ach ja?«

»Okay, Erwachsene sagen das ständig. Es ist langweilig und nervt, aber in diesem Fall stimmt es wirklich. Dein Dad ist gestorben. Mein Dad ist verschwunden, sobald er meine Mom geschwängert hatte. Wir waren nur zu dritt, Mom und Kevin und ich. Sie war echt jung und hatte kein Geld, und deshalb war es schwer für sie. Sie hat viel gearbeitet und sich große Sorgen gemacht. Das habe ich gehasst, und deshalb habe ich geholfen, so gut ich konnte. So ähnlich wie du mit den Zwillingen.«

Mit gesenktem Kopf malte Brad Muster auf die Arbeitsplatte, doch er schien zuzuhören.

»Die Zwillinge sind noch zu klein, aber du verstehst, wie schwer es für sie ist«, fuhr Nash fort. »Du machst dir Sorgen. Und das Letzte, was du dir wünschst, ist irgendein Typ, der deine Familie durcheinanderbringt.«

Überrascht blickte Brad ihn an.

»So war es bei uns. Meine Mom ist mit diesem Typen gegangen – Howard. Er war ganz okay, aber ich habe ihm nie richtig getraut. Er hat nicht zu uns gehört.«

»Und was ist passiert?«, wollte Brad wissen.

»Sie haben geheiratet. Ich wollte es nicht, aber sie haben es trotzdem getan. Bei mir liegt die Sache anders. Ich mag deine Mom und möchte sie sehen, solange ich hier bin. Aber das ist nur vorübergehend, denn ich gehe wirklich weg. Ich will nicht heiraten oder deinen Dad ersetzen. Das wollte ich dir nur sagen, so von Mann zu Mann.«

Brad dachte über diese Mitteilung nach. »Okay, ich begreife«, murmelte er schließlich. Er wirkte immer noch besorgt, aber nicht mehr so ängstlich. »Ich kann mir denken, dass meine Mom wen zum Reden braucht und so. Aber du solltest sie nicht küssen, wo jeder es sehen kann. Meine Brüder würden das nicht verstehen. Die könnten glauben, dass du bleiben willst.«

»Guter Gesichtspunkt. Ich werde daran denken.« Nash stand auf. »Noch was, Brad. Selbst wenn deine Mom jemanden findet, in den sie sich verliebt und den sie heiraten will, bedeutet es nicht, dass er den Platz von deinem Dad einnehmen will. Das kann niemand. Vielleicht würdest du ihn sogar mögen, und das wäre auch okay. Aber dein Dad bleibt immer dein Dad.«

Brad blickte zweifelnd drein, widersprach aber nicht.

Nash reichte ihm die Hand. »Freunde?«

Reglos starrte Brad die Hand an. Schließlich nahm er sie und murmelte: »Okay, wir können wohl Freunde sein.«

»Das wäre schön.« Er deutete mit dem Kopf zum Pförtnerhaus. »Ich gehe jetzt wieder zurück, wenn es dir recht ist.«

Brad nickte. »Sag meiner Mom, dass ich mich umziehe und dann auch helfen komme.«

»Da wird sie sich freuen.«

Brad ging zur Tür, blieb stehen und sagte mit gesenktem Blick: »Danke, dass du mir die Sache erklärt hast.«

»Keine Ursache.«

Stephanie erwartete Nash voller Ungeduld an der Tür. »Du hast dein Limit fast überschritten. Ich wollte dir gerade nachkommen und die Sache selbst in die Hand nehmen.«

Er sah die Sorge in ihren Augen, obwohl sie zu lächeln versuchte. »Wir haben alles geklärt«, beruhigte er sie und berichtete von dem Gespräch mit Brad.

Als er endete, sank sie auf den Boden und schlang die Arme um die angezogenen Knie. »Danke. Früher konnte ich mit Brad über alles reden, aber in letzter Zeit ändert sich einiges. Wahrscheinlich liegt es daran, dass er älter wird. Ich freue mich nicht unbedingt darauf, dass er ein Teenager wird.«

»Er wird schon mit der Pubertät klarkommen. Er ist ein guter Junge.«

»Zu gut. Oh, er kann auch nerven, aber meistens bemüht er sich wirklich, mir zu helfen. Manchmal muss ich mich zwingen, nicht zu vergessen, dass er noch ein Kind und nicht mein Assistent ist. Manchmal denke ich, dass ich meine Angst vor einem weiteren verantwortungslosen Mann ablegen und wieder heiraten sollte, um Brad zu entlasten.«

Sie redete weiter, aber Nash hörte ihr nicht länger zu. Er dachte vielmehr zurück an ein Gespräch, das er mit seiner Mutter kurz nach ihrer Verlobung mit Howard geführt hatte. Er hatte protestiert und sich gegen Howards Anwesenheit verwehrt.

»Er ist ein guter Mensch, und ich habe ihn sehr lieb«, hatte sie entgegnet, »aber darum allein geht es nicht. Dass ich ihn heirate, bedeutet, dass du nicht mehr der Mann im Haus sein musst. Du wirst nicht mehr so viel Verantwortung tragen müssen, und das wünsche ich mir für dich.«

Damals hatte er es so empfunden, als würde er aus seiner Familie verdrängt. Rückblickend fragte er sich nun, ob seine Mutter sich ebenso um ihn gesorgt hatte wie Stephanie um Brad.

Schritte auf dem Gehweg unterbrachen seine Überlegungen. »He, Nash, hat deine Wirtin dich schon rausgeworfen?«

Nash erkannte Kevins Stimme, trat hinaus auf die Veranda und sah ihn mit Travis auf dem Bürgersteig stehen. Sie winkten ihm zu und kamen näher.

Kevin lächelte, als er Stephanie erblickte. »Ich wusste, dass du diesen hässlichen Anblick bald satthaben würdest. Du hast ihn rausgeworfen, oder?«

Sie lachte. »Er hilft mir, das Pförtnerhaus zu renovieren, und er leistet Qualitätsarbeit. Ich werde ihm einen Rabatt auf sein Zimmer geben müssen.«

Kevin schüttelte den Kopf. »Er macht sich die Finger schmutzig? Ich fasse es nicht.«

Nash trat zu ihm und boxte ihn spielerisch in den Oberarm.

Kevin klopfte ihm auf die Schulter und verkündete: »Hör dir an, was Travis zu sagen hat.«

Travis nahm sich den beigefarbenen Stetson ab, der zu seiner Kakiuniform gehörte, und strich sich über das Haar. »Ich habe zufällig Kevin gegenüber erwähnt, dass sich das Sheriffbüro, die lokale Feuerwehr und die Sanitäter von

Glenwood jedes Jahr für ein paar Tage auf dem Armeestützpunkt treffen. Wir teilen uns in verschiedene Mannschaften auf und veranstalten ein Manöver. Erfahrene Männer bilden ein Team mit den Rekruten und bringen ihnen was bei. Bei deinem Beruf und so dachte ich, dass du vielleicht interessiert wärst.«

Aus den Augenwinkeln sah Nash, dass Stephanie die Augen verdrehte.

»Gage hat schon zugesagt«, warf Kevin ein. »Ich auch. Wenn Quinn rechtzeitig ankommt, ist er bestimmt auch dabei.«

»Ich mache mit«, sagte Nash. Er wandte sich an Stephanie. »Was ist mit dir?«

Sie schüttelte den Kopf. »In meinem Leben ist kein Platz für Kriegsspiele. Warum wollen Männer bloß nicht aufhören, sich wie kleine Jungs zu benehmen?« Ihr Blick war streng, doch ihre Stimme klang neckend.

»Jeder muss hin und wieder mal spielen«, wandte Nash ein.

Sie begegnete seinem Blick. Er spürte die sexuelle Spannung zurückkehren und wünschte, sie wären allein.

»Ich mag eine andere Art von Spiel«, teilte sie ihm mit. Dann wandte sie sich an Kevin und Travis. »Gentlemen, ich muss zurück an die Arbeit. Ich hoffe, eure Kriegsspiele erfüllen voll und ganz eure Erwartungen.«

Travis grinste. »Du klingst genau wie meine Frau. Sie macht sich jedes Jahr wieder über mich lustig.«

Stephanie eilte zurück ins Pförtnerhaus. Nash blickte ihr nach. Ihre schmale Taille und der Schwung ihrer Hüften erweckten eine Woge der Hitze in ihm. Es hatte ihn schlimm erwischt, doch es kümmerte ihn nicht. Stephanie zu begehren, machte ihm mehr Spaß, als er seit Jahren erlebt hatte.

»Das Manöver ist erst in ein paar Wochen«, gab Kevin zu bedenken. »Du wirst deinen Urlaub ausdehnen müssen.«

»Kein Problem.«

»Gut.«

»Wir müssen …« Travis' Handy klingelte und unterbrach ihn. Er entfernte sich ein paar Schritte, während er den Anruf entgegennahm.

Kevin trat zu Nash und fragte mit gesenkter Stimme: »Na, was läuft zwischen dir und Stephanie?«

»Nichts Besonderes.«

»Den Eindruck macht es aber nicht.«

»Sie ist großartig, aber ich will keine dauerhafte Beziehung, und sie auch nicht.«

»Du kannst nicht ewig allein bleiben.«

»Warum nicht?«

»Weil es nicht gut ist.«

Nash schüttelte den Kopf. »Das sagst du jetzt, wo du Haley gefunden hast. Aber noch vor sechs Monaten fandest du es prima, allein zu sein.«

»Du hast Tina genug geliebt, um sie zu heiraten. Was ist denn so Schlimmes passiert, dass du es nicht noch mal riskieren willst?«

»Nichts war schlimm.«

»Du bist starrsinnig.«

»Das haben wir gemeinsam.«

»Ich weiß. Mom hat sich ständig darüber beschwert.« Kevin holte tief Luft. »Da wir gerade von ihr reden, ich habe sie und Howard für ein paar Tage hierher eingeladen, damit sie alle kennenlernen können. Ich weiß, dass es dir nicht gefällt, aber du …«

»Es ist mir recht«, unterbrach Nash ihn.

»Ist das dein Ernst?«

Nash nickte besonnen. Er dachte an seine neuesten Erkenntnisse über die Vergangenheit. Vielleicht waren die Dinge nicht ganz so gewesen, wie er sie erinnerte. Als Zwölfjähriger hatte er die Tatsachen vielleicht falsch gesehen. Vielleicht war es an der Zeit, etwas zu ändern. »Sicher. Gib ihnen diese Adresse. Sie können hier absteigen.«

»Großartig. Ich rufe sie nachher gleich an.« Kevin grinste. »Stephanie wird ihnen gefallen.«

»Fang ja nicht damit an«, knurrte Nash. »Wenn du mir Probleme machst, erzähle ich Haley, wie Mom dich damals mit den zwei Cheerleadern überrascht hat. Wenn ich mich recht erinnere, wart ihr alle drei nackt.«

»He, ich war doch erst sechzehn. Ich wusste nicht, was ich tue.«

»Du wusstest sehr genau, was du tust, und die Cheerleader waren um einiges älter als du.«

Kevin brummelte etwas vor sich hin und versprach dann: »Okay, okay, ich halte mich aus allem raus.«

Nash glaubte es ihm aufs Wort, denn er war sich bewusst, dass der Versuch, ihn mit Stephanie zusammenzubringen, als Gefälligkeit gedacht war.

Kevin wusste jedoch nicht, dass es mehr als nur eine gescheiterte Ehe zu überwinden galt, dass Tina nicht nur in Ausübung ihres Dienstes getötet worden war, sondern bei einem Einsatz, den Nash geleitet hatte.

Die Vorgesetzten hatten Nash nie einen Vorwurf gemacht, aber er wusste, was an jenem Tag wirklich geschehen war. Er war verantwortlich für ihren Tod, so als hätte er die Bombe eigenhändig gezündet.

10. Kapitel

Die Nacht war klar und kalt. Sterne glitzerten am Himmel. Die Jungen lagen schon im Bett, schliefen aber wahrscheinlich noch nicht.

»Was denkst du gerade?«, fragte Stephanie, die neben Nash auf der obersten Stufe der Veranda saß, und lehnte den Kopf an seine Schulter. »Dass du so unglaublich heiß auf mich und sehr versucht bist, mir auf der Stelle die Kleider vom Leib zu reißen? Wenn du das nicht denkst, musst du lügen.«

Er lächelte. »Ich habe an deine Kinder gedacht und dass es besser ist, noch ein bisschen zu warten, bis sie schlafen, bevor wir reingehen.«

»Gut, solange du überhaupt daran gedacht hast.«

»Es fällt mir schwer, an etwas anderes zu denken.« Er drehte den Kopf und küsste ihre Schläfe. »Aber jetzt mal im Ernst. Du hast vorhin etwas gesagt, was mich nachdenklich gemacht hat.«

»Was denn?«

»Du hast gefragt, warum wir Männer nicht aufhören wollen, uns wie kleine Jungs zu benehmen. Das impliziert, dass wir nicht erwachsen werden. Ich weiß, dass du es im Spaß gesagt hast, aber ich frage mich, ob du es wirklich glaubst.«

Sie wich ein wenig zurück und wandte ihm das Gesicht zu. Eine Hand lag auf seinem Knie, und mit der anderen spielte sie mit dem Saum seines T-Shirts. »Du bist der erste

Mann, den ich kenne, der erwachsen zu sein scheint. Mein Vater war total verantwortungslos, ebenso wie Marty. Insofern bin ich ein gebranntes Kind.«

»Ist das der Grund, weshalb du nicht mit Männern ausgehst?«

»Vielleicht. Wahrscheinlich. Ich weiß nicht.«

Er legte eine Hand auf ihre und drückte sie. »Komm schon, du weißt es.«

»Man merkt, dass du Psychologie studiert hast. Jetzt willst du wohl deine Theorien an mir ausprobieren, wie?«

»Du weichst meiner Frage aus.«

Sie seufzte. »Okay, ich werde ernst. Ich habe schon drei Kinder und keine Zeit, ein viertes aufzuziehen, das als Mann getarnt ist. Du scheinst anständig und normal zu sein, aber zwischen uns ist es nur eine vorübergehende Sache und nichts Ernstes. Bei meinen Erfahrungen habe ich wohl das Recht, vorsichtig zu sein.«

Er verstand ihren Standpunkt, aber ihm gefiel die Vorstellung nicht, dass sie den Rest ihres Lebens allein verbringen würde. Er wollte es gerade aussprechen, als ihm bewusst wurde, dass ihm die Vorstellung ebenso wenig gefiel, dass sie mit einem anderen zusammen war. Entschieden ermahnte er sich zur Vernunft. Auf keinen Fall wollte er sich auf eine ernste Beziehung mit ihr einlassen. »Manchmal muss man bereit sein, ein Risiko einzugehen.«

»Warum? Höchstwahrscheinlich würde ich wieder bei jemandem wie Marty landen. Das scheint mir vorherbestimmt zu sein. Das will ich nicht noch mal riskieren.«

»Dann lass es beim nächsten Mal langsamer angehen. Lern denjenigen erst mal richtig kennen.«

»So wie dich? Obwohl ich behaupte, verantwortungsbewusst zu sein, scheine ich sehr impulsiv zu sein, was Beziehungen angeht.« Sie lachte. »So ist es viel besser. Ich habe viel Spaß mit dir, und momentan reicht mir das. Ich habe kein Interesse, wieder zu heiraten.«

Das haben wir gemeinsam, dachte er. Doch obwohl ihm ihre Einstellung vernünftig vorkam, sorgte er sich um sie. »Wie steht es mit Geld?«

Sie blickte ihn mit großen Augen an. »Oh, Nash, der Sex mit dir ist wirklich großartig, aber ich hatte eigentlich nicht vor, dafür zu bezahlen.«

»Das meine ich nicht.«

Sie rückte näher zu ihm. »Aber da wir gerade davon sprechen, ich finde, ich bin gut genug, dass du mich bezahlen solltest.«

Er lachte und zog sie auf seinen Schoß. »Meinst du?«

»Allerdings.« Sie rutschte auf seinem Schoß hin und her und erregte sie beide. »Das fühlt sich nett an«, murmelte sie. »Und groß. Ist das alles nur für mich?«

»Meinst du, du kannst damit umgehen?«

»Ich würde nichts lieber tun. Lass uns reingehen und uns ausziehen.«

Ihre Worte steigerten sein Verlangen. Während er sie stürmisch küsste, stand er auf, schlang die Arme um sie und hob sie hoch. Sie legte die Beine um seine Hüften und klammerte sich fest.

»Ich sollte dir sagen, dass ich allein gehen kann«, murmelte sie, als er zur Haustür ging, »aber so ist es viel aufregender.«

»Für mich auch.« Er umfasste ihren Po und drückte sie fest an seine Erregung. »Außerdem will doch jede Frau auf Händen getragen werden, oder?«

»Und das kannst du hervorragend, Honey.«

Stephanie summte fröhlich vor sich hin, während sie in die Küche ging und überlegte, was sie zum Dinner vorbereiten sollte. Als sie Stimmen hörte, blieb sie stehen und lauschte. Sie hörte Nash und die Zwillinge im rückwärtigen Teil des Hauses reden. Verwundert folgte sie den Stimmen in die Waschküche und sah Nash vor Adam und Jason hocken. Zwischen ihnen stand ein voller Wäschekorb.

Sie wusste genau, worum das Gespräch ging. Sie hatte den Zwillingen aufgetragen, den Korb nach oben zu bringen und die Wäsche zu falten. Meistens erledigten sie bereitwillig ihre Aufgaben, doch alle drei Jungen hassten alles, was mit Wäsche zusammenhing.

»Ihr habt Verantwortung gegenüber eurer Familie«, erklärte Nash. »Eure Mom arbeitet hart und sorgt für euch, und als Gegenleistung müsst ihr zur Schule gehen und ihr helfen, wenn sie euch darum bittet. Versteht ihr das?«

Beide Jungen nickten.

Nash lächelte. »Gut. Wenn ihr als Team zusammenarbeitet, geht es viel schneller. Einverstanden?«

»Aber Adam muss die Wäsche falten«, wandte Jason ein. »Ich hab es letztes Mal gemacht.«

»Das hast du gar nicht!«, widersprach Adam heftig. »Ich hab es gemacht. Jetzt bist du dran. Du willst immer, dass ich deine Sachen mache, aber diesmal tue ich es nicht.«

»Aha, ihr streitet also ständig darüber«, warf Nash ein. »Wie merkt ihr euch denn, wer an der Reihe ist?«

Jason zog verwirrt die Augenbrauen zusammen. »Er ist dran.«

»Gar nicht wahr!«

»Also schreibt ihr es nicht auf«, stellte Nash fest.

Beide Jungen schüttelten den Kopf. Sie hatten die Lippen

trotzig zusammengekniffen und die Arme vor der Brust verschränkt.

»Warum handeln wir nicht ein System aus, das für euch beide fair ist?«, schlug Nash sachlich vor.

Stephanie unterdrückte ein Lachen. Es klang sehr einleuchtend, aber er schien zu vergessen, dass er es mit Achtjährigen zu tun hatte. Wenn er so weitermachte, würde er drei Tage lang mit ihnen diskutieren und schließlich die Wäsche selbst zusammenlegen.

Sie trat ein und deutete auf den Wäschekorb. »Bringt den nach oben«, sagte sie entschieden. »Jetzt sofort. Jeder von euch faltet die Hälfte. Wenn ein Stück übrig bleibt, dann lasst es auf dem Bett liegen. Wenn ihr nicht sofort damit anfangt, gibt es heute keinen Nachtisch.«

Jason öffnete den Mund zu einem Protest. Sie brachte ihn mit einem Kopfschütteln zum Schweigen und erklärte: »Ich will kein Wort hören. Ein Wort heißt, dass ihr zehn Minuten früher ins Bett müsst. Zwei Wörter bedeuten zwanzig Minuten früher. Wenn ihr das verstanden habt und einverstanden seid, dann nickt einfach.«

Die beiden blickten sie und dann einander an. Sie seufzten tief und nickten.

»Gut.« Sie trat beiseite, damit sie mit dem Korb hinausgehen konnten. »Sagt mir Bescheid, wenn ihr fertig seid.«

Nash blickte ihnen nach und murmelte: »Eigentlich bin ich ein Profi.«

»Du hast es normalerweise mit Kriminellen zu tun, nicht mit Kindern. Ich nehme an, dass Kriminelle wesentlich rationaler denken.«

»Meinst du?«

Sie lächelte. »Ich würde sogar Geld darauf verwetten.

Aber danke für deine Hilfe. Mir hat gefallen, was du über die Verantwortung gesagt hast. Ich bin nicht sicher, ob sie es begriffen haben, aber nächstes Mal klappt es bestimmt.«

Er legte ihr einen Arm um die Schultern. »Du willst damit sagen, dass ich verdammt mies in Kindererziehung bin.«

»Ich sage, dass es süß von dir ist, dich darin zu versuchen.«

Er zupfte sie sanft an den Haaren. »Gib mir deinen Autoschlüssel.«

»Er liegt oben in der Wohnung. Warum? Streikt dein Wagen wieder?«

»Nein. Ich will deinen auftanken. Hast du was dagegen, wenn ich den Schlüssel hole?«

Sie schüttelte nur den Kopf, weil sie plötzlich kein Wort herausbrachte. Okay, es war nicht viel dabei, dass Nash ihren Wagen auftanken wollte. Aber die unverhoffte Aufmerksamkeit ließ Tränen in ihren Augen brennen. Sie blickte ihm nach, als er die Treppe hinauflief, und unwillkürlich wünschte sie – nur für eine Sekunde –, dass sein Aufenthalt in Glenwood ein bisschen dauerhafter sein möge.

»Verrückte Träume«, murmelte sie vor sich hin.

Das Telefon klingelte und bot eine willkommene Abwechslung. Sie eilte in die Küche und griff zum Hörer. »Serenity House, Stephanie am Apparat.«

»Hi, Stephanie, hier ist Rebecca Lucas. Wir haben uns neulich in der Pizzeria kennengelernt. Ich weiß nicht, ob du dich an mich erinnerst. Da waren so viele Leute.«

Stephanie sah im Geist eine große, schlanke Frau mit langen dunklen Locken vor sich. »Natürlich erinnere ich mich. Wie geht's?«

»Gut. Ich rufe an, weil wir heute eine Grillparty geben und ich Nash einladen möchte. Seine Brüder kommen auch alle.« Sie lachte. »Eigentlich wollte ich dich und die Jungs auch einladen. Passt es euch?«

»Ich glaube schon, aber ich frage ihn lieber. Bleib bitte einen Moment dran.« Sie legte den Hörer auf den Küchenschrank und ging die Treppe hinauf. Als Nash ihr entgegenkam, berichtete sie ihm von Rebeccas Einladung.

»Willst du hingehen?«, fragte er.

»Ja, aber es ist deine Familie. Willst du denn?«

»Solange du mitkommst, ja.«

»Gut. Den Jungs wird es bestimmt Spaß machen.«

Sie trat einen Schritt zurück, konnte aber den Blick nicht abwenden. Allein seine Nähe reichte, um ihren Herzschlag zu beschleunigen. Die knisternde Anziehungskraft zwischen ihnen ließ sie sehnsüchtig seufzen.

»Mir geht es genauso«, murmelte er. »Jetzt telefonier weiter. Durch die Grillparty vergeht der Abend schneller. Wenn wir nach Hause kommen, wird es Zeit für die Jungs, ins Bett zu gehen.«

»Und dann auch für uns«, flüsterte sie.

»Genau das dachte ich auch.«

Stephanie trug eine große Tüte mit Schokokeksen zum Hintereingang des großen Hauses. Bevor sie anklopfen konnte, öffnete Rebecca ihr die Tür und sagte lächelnd: »Ich habe dich kommen sehen. Deine Kinder sind schon im Spielzimmer, und Nash wurde von Kyle in Beschlag genommen.«

»Du hast zwar gesagt, dass ich nichts mitzubringen brauche, aber ich wollte nicht mit leeren Händen kommen.« Stephanie überreichte ihr die Tüte. »Das sind Schokokekse. Sie sind noch gefroren und halten sich ein paar Wochen, wenn du sie aufheben willst.«

»Vielen Dank.« Rebecca ging voraus in eine riesige, blauweiße Küche mit glänzenden Geräten. »Bei den vielen Kindern in der Familie werden sie weggehen wie warme Semmeln.« Sie stellte die Tüte auf den Schrank und fuhr fort: »Die Männer sind im Garten und zünden den Grill an, und die Salate stehen schon im Kühlschrank. Es gibt also momentan für uns nichts zu tun. Möchtest du was trinken?«

»Eistee, wenn du hast.«

»Sicher. Setz dich doch.«

Stephanie setzte sich auf einen Barhocker am Ende des Tresens.

»Jill ist oben bei den Kleinen und liest ihnen eine Geschichte vor. Elizabeth, Holly und Sandy überwachen draußen den Spielplatz. Kevin und Gage sind noch nicht da.« Rebecca lachte und schenkte Eistee ein. »Oje. Ich sollte wohl die Namensschilder wieder rausholen. Es ist so verwirrend.«

Stephanie schüttelte den Kopf. »Meinetwegen nicht. Ich blicke schon ganz gut durch.«

Rebecca lehnte sich an den Tresen und strich sich die langen Locken über die Schultern zurück. Sie war groß und schlank und trug ein wadenlanges hellblaues Kleid. Ihre makellose Haut brauchte kein Make-up. »Wir waren alle sehr neugierig auf dich«, gestand sie ein. »Kevin hat geschworen, dass Nash nicht liiert ist.«

Verlegen faltete Stephanie die Hände im Schoß. »Wir sind eigentlich nicht liiert.«

»Ich weiß nicht recht, ob ich dir das glaube. Ich habe beobachtet, wie er dich anschaut.« Abwehrend hielt sie die Hände hoch. »Ich sage ja schon nichts mehr. Ich will dich nicht in Verlegenheit bringen. Ich dachte ursprünglich nur, dass ich Nash meiner Freundin D.J. vorstellen könnte, aber jetzt halte ich es nicht mehr für eine gute Idee.«

Stephanie fühlte sich so gefangen wie ein Goldfisch in einem Glas. Was sollte sie dazu sagen? Sie wollte auf keinen Fall, dass Nash sich mit einer anderen einließ, aber eingestehen wollte sie das nicht. »Da er nur noch ein paar Wochen in der Stadt bleibt, ist er wohl nichts für deine Freundin.«

»Wie lange dauert es schon, sich zu verlieben?«, entgegnete Rebecca. »Vielleicht werdet ihr doch noch ein Paar.«

»Auf keinen Fall. So dumm bin ich nicht.«

Rebecca zog eine Augenbraue hoch. »Du hältst nichts von der Ehe?«

»Für manche ist sie großartig.«

»Aber nicht für dich?«

»So ungefähr.«

»Ich kann mir gar nicht mehr vorstellen, nicht mit Austin verheiratet zu sein«, entgegnete Rebecca mit verträumter Miene. »Er und die Kinder sind mein ganzer Lebensinhalt, auch wenn das albern und altmodisch klingen mag. Ich habe meinen Beruf und meine Freunde, aber meine Familie ist mir wichtiger als alles andere.«

»Das klingt beneidenswert. Meine Ehe war leider nicht so.«

»Die Haynes' sind ausgezeichnete Ehemänner, und Nash gehört praktisch dazu. Er ist ...«

Bevor sie weitersprechen konnte, stürmte eine Horde kleiner Kinder in die Küche, gefolgt von einer zierlichen rothaarigen Frau.

»Hallo, Jill«, sagte Stephanie.

»Schön, dass ihr kommen konntet.« Jill bückte sich zu einem etwa dreijährigen Mädchen, das sie am Hosenbein zupfte. »Sarah, ich habe dir doch gesagt, dass es jetzt nichts zu naschen gibt. In einer halben Stunde wird gegessen. Aber ihr bekommt jetzt was zu trinken.«

Rebecca öffnete einen Schrank und holte Plastikbecher heraus. »Es gibt Saft, Milch und Kakao.«

Jedes Kind wollte etwas anderes. Rebecca schenkte ein, während Jill die halb vollen Becher austeilte.

Stephanie fühlte sich überflüssig, trat an das große Fenster und blickte hinaus auf den Garten. Die größeren Kinder tobten auf einem Spielplatz mit Klettergerüsten und Schaukeln umher. Die Brüder Haynes umringten den großen Grillplatz, während ihre Frauen sich Plastikstühle in den Schatten eines Baumes gestellt hatten. Alle schienen sich blendend zu unterhalten.

Stephanie richtete die Aufmerksamkeit wieder auf die Männer. Elizabeth trat zu Travis, und er legte ihr lächelnd einen Arm um die Schultern. Selbst auf die Entfernung konnte Stephanie die Liebe aus seinen Augen leuchten sehen. Rebecca hatte recht – die Haynes' schienen gute Ehemänner abzugeben.

Sie musterte jeden Einzelnen, heftete den Blick dann auf Nash. Er stand ein wenig abseits und wirkte so verloren, dass sie den Drang verspürte, zu ihm zu laufen, ihn in die Arme zu schließen und …

Und was? Entschieden rief sie sich in Erinnerung, dass er schon bald fortgehen würde. Zum ersten Mal war sie gar nicht glücklich darüber.

Gerade als sie sich vom Fenster abwenden wollte, sah sie aus den Augenwinkeln, wie Jason über den Rasen rannte und sich mit ausgebreiteten Armen auf Nash stürzte, der ihn mühelos auffing. Beide lachten herzhaft.

Stephanie lächelte und legte unwillkürlich eine Hand an die Scheibe, so als könnte sie die beiden berühren. Sehnsucht stieg in ihr auf. Eine Sehnsucht, die töricht und gefährlich war. Tiefe Gefühle sind unangebracht, ermahnte sie sich. Sie und Nash hatten klare Regeln aufgestellt, und es war sinnlos, diese brechen zu wollen. Selbst wenn sie verrückt genug war, es sich anders zu überlegen, war Nash es nicht. Und das durfte sie nicht vergessen.

11. Kapitel

Nach dem Dinner räumten die Männer die Feuerstelle auf, während die Frauen und Kinder sich im Haus um den Nachtisch kümmerten.

Nach getaner Arbeit setzten sich die Brüder um die erkaltende Glut. Nash nahm Bier aus der Kühltasche und reichte es weiter an Craig, der es verteilte.

»Ihr seid ja bloß neidisch«, verkündete Jordan gerade, »weil ich keine Angst hatte zu rebellieren.«

Travis grinste. »Ja, ja, sicher, weil nur ein echt kluger Mann in ein brennendes Gebäude rennt! Du musst ja wohl verrückt sein.«

Kyle wandte sich an Nash. »Jordan ist das schwarze Schaf in unserer Familie, weil er Feuerwehrmann und damit der einzige Haynes seit vier Generationen ist, der nicht das Gesetz vertritt. Verdammt, sogar Hannah arbeitet im Sheriffbüro. Aber er hat überhaupt nicht daran gedacht, diese jahrelange Tradition zu wahren.«

»Nicht eine Sekunde«, pflichtete Jordan ihm munter bei.

Nash blickte zu Kevin. »Vier Generationen? Irgendwie haben wir gar nicht bedacht, dass es außer euch noch mehr gibt.«

»Nicht alle leben noch«, erklärte Craig. »Ein paar Onkel wohnen hier in der Gegend, aber wir sehen sie nicht oft.«

Nash beobachtete, wie die vier Brüder mit Blicken stumm kommunizierten.

Schließlich nickte Travis und erklärte: »Sie sind unserem

Vater sehr ähnlich. Jetzt, wo wir alle glücklich verheiratet sind, betrachten sie uns als Verräter.«

»Warum? Wollten sie nicht, dass ihr heiratet?«

»Nein. Sie mögen viele Frauen. Earl Haynes ist der Einzige von ihnen, der geheiratet hat. Aber ich bezweifle, dass er auch nur einen Tag lang treu war. Er hat sich immer als guten Ehemann und Vater gerühmt, weil er nachts zu Hause geschlafen hat. Seiner Ansicht nach war es genug, im eigenen Bett zu nächtigen. Mit wem er es vorher getrieben hatte, schien unwichtig zu sein.«

»Er und Mom haben oft deswegen gestritten«, fügte Kyle tonlos hinzu. »Sie hat ihn ständig angefleht, die anderen Frauen aufzugeben, aber er hat sie nur ausgelacht. Dann, eines Tages, ist sie gegangen.«

»Wie, gegangen?«, hakte Kevin nach.

»Sie ist verschwunden und hat nie wieder von sich hören lassen«, sagte Jordan.

Erneut tauschten die Brüder bedeutungsvolle Blicke.

Dann eröffnete Travis: »Vor etwa drei Jahren haben wir einen Privatdetektiv engagiert, um herauszufinden, was aus ihr geworden ist. Es geht ihr gut. Sie wohnt in Phoenix. Sie hat nicht wieder geheiratet, aber sie lebt mit einem Mann zusammen, der sie glücklich macht.«

»Wie hat sie reagiert, als ihr euch gemeldet habt?«, erkundigte sich Kevin.

»Das haben wir nicht«, erwiderte Craig. »Wir wissen, dass es ihr gut geht. Wenn sie uns sehen wollte, wüsste sie ja, wo sie uns findet.«

Kyle nahm einen Schluck Bier. »Niemand kann ihr verdenken, dass sie nichts mehr mit uns zu tun haben will, nachdem sie Earls Eskapaden jahrelang ertragen musste.«

»Was ist daran Vererbung und was nicht?«, sinnierte Austin. »Wir haben es noch nicht ergründen können.«

»Stimmt«, meinte Travis. »Warum haben meine Brüder und ich nach drei Generationen von Frauenhelden gelernt, erfolgreiche Ehen zu führen?«

»Es war nicht einfach«, warf Craig ein. »Ich habe beim ersten Mal einen Fehler gemacht, wie meine Scheidung beweist.«

»Ich auch«, sagte Travis. »Aber seit ich Elizabeth kenne, ist alles klar.«

Jordan blickte zum Haus hinüber. »Das Geheimnis liegt darin, die richtige Frau zu finden.«

»Das kann ich bestätigen«, warf Kevin im Brustton der Überzeugung ein.

Nash lag auf der Zunge zu fragen, wieso sie sich da so sicher waren. Wie konnte eine einzige Frau die Richtige sein? Von Tina hatte er nie als die Richtige oder die Falsche gedacht. Die Beziehung hatte sich einfach ergeben, und als sie ihm vorgeschlagen hatte zu heiraten, hatte er eben eingewilligt.

»Jetzt sind wir alte langweilige Ehemänner«, verkündete Craig. »Kinder, Hypotheken, feste Jobs und gute Ehefrauen.«

Travis hielt sein Bier hoch. »Auf dass sich daran nichts ändert.«

Die Männer ließen die Dosen klirren. Nash beteiligte sich halbherzig und fragte sich, ob er wirklich wollte, dass sein Leben so blieb, wie es war. Noch vor zwei Wochen hätte er bejaht. Doch seit er Stephanie kannte, war er sich da nicht mehr so sicher.

Die Hintertür des Hauses öffnete sich, und Dutzende

Kinder stürmten hinaus in den Garten. Die Frauen folgten mit Torten, Keksen und Eiscreme.

Nash beobachtete Stephanie, die mit Tellern und Besteck über den Rasen kam und lächelte, als Adam und Jason zu ihr liefen. Sie bückte sich, sagte etwas, und die beiden lachten und stürmten in seine Richtung.

Er hatte gerade noch Zeit, um seine Bierdose in sicherer Entfernung abzustellen, bevor die Jungen sich auf ihn stürzten.

»Wir kriegen Eis zum Kuchen«, verkündete Jason strahlend.

»Willst du auch welchen, Nash?«, wollte Adam wissen.

»Unbedingt.«

»Dann komm mit.«

Sie nahmen ihn bei den Händen und versuchten, ihn hochzuziehen. Er stand auf und sah, dass Kevin ihn mit wissender Miene beobachtete.

Nash wollte stehen bleiben und ihm sagen, dass er sich irrte, dass es ihn nicht schlimm erwischt hatte, sondern überhaupt nicht. Die Zeit mit Stephanie war eine angenehme Abwechslung, nichts weiter. Es konnte nicht mehr sein. Der Preis für eine ernste Beziehung war einfach zu hoch.

»Wir müssen uns noch etwas gedulden«, verkündete Stephanie, als sie sich zu Nash auf die Couch in ihrem Wohnzimmer setzte. »Ich habe es endlich geschafft, sie ins Bett zu kriegen, aber es dauert bestimmt noch eine Weile, bis sie einschlafen.«

»Dann reden wir eben bis dahin.«

Sie drehte sich zu ihm um und musterte ihn. »Ein Mann, der halbwegs brauchbar im Bett ist und auch noch gern redet«, neckte sie. »Womit habe ich so ein Glück verdient?«

»Diese Frage solltest du dir jeden Morgen stellen.«

Sie lachte. »Überraschenderweise habe ich andere Dinge im Kopf, wenn ich aufstehe.«

»Das überrascht mich wirklich. Du solltest an nichts anderes denken als daran, wie gut ich dir tue.«

Das war tatsächlich ihr erster Gedanke, wenn sie am Morgen erwachte, doch das wollte sie ihm nicht eingestehen. »Ich hatte viel Spaß heute Abend. Du hast eine großartige Familie.«

»Stimmt. Ich kann es irgendwie immer noch nicht fassen, dass ich die ganze Zeit nichts von ihnen wusste.«

»Ich habe früher oft davon geträumt, dass ich plötzlich eine große Familie habe. Besonders in den Ferien und an Feiertagen. Es war immer sehr still bei uns zu Hause. Meine Eltern haben sich gerade lange genug von ihrer Arbeit losgerissen, um zu merken, dass Weihnachten oder mein Geburtstag ist, aber sie haben nie wirklich teilgenommen. Zum Beispiel haben sie mir Gesellschaftsspiele geschenkt, sich aber nie die Zeit genommen, sie mit mir zu spielen.«

»Das ist sehr traurig.«

»Sieh nicht so betroffen drein. Ich hab's ja überlebt. Ich will damit nur sagen, dass es schön gewesen wäre, Geschwister zu haben. Du hattest wenigstens Kevin.«

»Nicht nur ihn, sondern auch Gage und Quinn. Wir waren ständig zusammen. Unsere Mütter sind auch befreundet.« Nash lehnte den Kopf zurück an das Polster. »Wir haben immer gesagt, dass wir wie Brüder wären, und das hat sich als zutreffend erwiesen.«

»Wo steckt denn der geheimnisvolle Quinn? Ich höre

ständig von ihm, habe ihn aber noch nie gesehen.«

»Er arbeitet für die Regierung, bei irgendeiner Spezialeinheit des Militärs. Er ist auf der ganzen Welt unterwegs und nicht immer erreichbar. Gage hat ihm eine Nachricht hinterlassen, und sobald er sie bekommt, wird er auftauchen.«

»Er klingt ein bisschen gefährlich. Ich stelle mir irgendwie einen Typen ganz in Schwarz und mit riesigen Waffen vor.«

»Ich weiß nicht, wie er während der Arbeit rumläuft, aber es würde zu ihm passen.«

Sie schüttelte sich. »Nicht mein Typ. War er sehr wild, als ihr noch Kinder wart?«

»Wild nicht unbedingt, aber ein Einzelgänger. Er und sein Dad haben sich nie vertragen. Na ja, Ralph war ja auch nicht wirklich sein Dad. Ralph und Edie konnten keine Kinder kriegen. Es ist eine komplizierte Geschichte.«

»Ich finde es großartig, dass Edie deiner Mom geholfen hat. Auch wenn du und Kevin nicht wusstet, dass ihr mit Gage und Quinn verwandt seid, seid ihr wenigstens zusammen aufgewachsen.«

»Zum Glück hat Edie ein großes Herz. Meine Mom war in einer furchtbaren Situation. Gerade mal achtzehn und zwei Babys.« Er schüttelte den Kopf. »Was sind das nur für Eltern, die ihre eigene Tochter unter solchen Umständen rauswerfen? Edie war wirklich für sie da.« Er nahm Stephanies Hand. »Und wer ist für dich da?«

Die Frage überraschte sie. »Ich habe Freunde, die mir in jeder Krise helfen würden.«

»Und im Alltag?«

»Da stehen leider keine Leute Schlange. Aber ich komme schon zurecht.«

»Reicht dir das denn?«

»Eine überflüssige Frage, da ich keine Wahl habe.« Sie drückte seine Hand. »He, lass uns das Thema wechseln. Deine einzige Aufgabe mir gegenüber besteht darin, mich im Bett zu erfreuen.«

Er musterte sie, so als wollte er noch etwas dazu sagen, doch dann nickte er. »Wir haben vorhin über unseren Vater gesprochen. Earl Haynes ist ein Schuft. Er hat herumgehurt und sich nicht um seine Frau oder seine Söhne geschert.«

»Befürchtest du, dass du wie er werden könntest?«

Er zuckte die Achseln.

Sie beugte sich zu ihm. »Das ist unnötig.«

»Wieso? Woher willst du wissen, ob ich anders bin? Ich schlafe doch mit dir.«

»Schon, aber das ist nur ein Beweis für deinen außerordentlich guten Geschmack.«

Seine Mundwinkel hoben sich. »Glaubst du?«

»Nein. Ich weiß es.«

Sie waren sich so nahe, dass sie seine Wärme spürte. Verlangen erwachte, aber sie unterdrückte es. Zum einen wollte sie warten, bis die Jungen eingeschlafen waren, und zum anderen gefiel ihr die Vorfreude. Nach so vielen Jahren der Enthaltsamkeit machte es ihr Spaß, sich plötzlich wie eine Sexbombe zu fühlen.

»Wenn man über seinen Vater Bescheid weiß, kann man das bei seinen Entscheidungen berücksichtigen«, gab sie zu bedenken. »Man weiß, worauf man achten muss.«

»Eine deiner Entscheidungen war, bei Marty zu bleiben. War die gut?«

Sie seufzte. »Was meine Kinder angeht, ja. Ich möchte sie um nichts auf der Welt missen. Aber was mein persönliches

Glück angeht, nein.«

Er streichelte ihre Wange. »Ist finanziell alles klar?«

»Hatten wir das Thema nicht schon mal?«

»Ja, aber du hast meine Frage nicht beantwortet.«

»Und du gibst keine Ruhe, bis ich es tue?«

Nash nickte.

Sie seufzte. »Ich habe dir ja erzählt, wie das Leben mit Marty aussah. Also weißt du, dass nicht viel Geld zum Sparen übrig blieb. Ich hatte als Einzige einen festen Job. Als er die Erbschaft bekam, war es wie ein Wunder.«

»Es überrascht mich, dass er davon ein Haus gekauft hat. Das scheint nicht sein Stil zu sein.«

»Das ist es auch nicht. Wir hatten ewig Streit deswegen. Schließlich hat er nachgegeben, aber nur unter der Bedingung, dass wir diesen Schuppen statt eines Einfamilienhauses kaufen.« Sie betrachtete die hohe Decke. »Zuerst habe ich es gehasst. Ich wollte weder eine Hypothek noch umfangreiche Renovierungsarbeiten. Als Marty starb, war ich wütend. Aber mit der Zeit habe ich erkannt, dass es das Beste ist, was passieren konnte. Im Sommer kommen viele Touristen her, und ich habe die Renovierung größtenteils selbst ausgeführt und dadurch viel Geld gespart. Ich kann mir meine Zeit einteilen und bin zu Hause, wenn die Kinder aus der Schule kommen. Dadurch spare ich eine teure Tagesstätte.«

»Interessante Informationen«, sagte Nash. »Aber keine Antwort auf meine Frage.«

»Wir kommen zurecht. In manchen Monaten ist es eng, in anderen nicht. Ich hatte eine kleine Lebensversicherung für Marty abgeschlossen und das Geld als Notgroschen aufgehoben. Ich hoffe, dass ich es nicht anrühren muss. Wenn alles gut geht, finanziere ich damit das College für die Jungen. Also geht es mir gut. Wirklich.« Sie lehnte sich zurück an die Couch. »So, ich habe dir eine sehr persönliche Frage beantwortet, und jetzt bist du an der Reihe.«

»Nun gut.«

»Erzähl mir von deiner Frau.«

»Ich weiß nicht, was ich dir über sie sagen soll.«

»Was immer du willst. Was immer …« Stephanie verstummte, als ihr ein erschreckender Gedanke kam. Wollte er nicht über Tina reden, weil er sie immer noch liebte?

»Das ist nicht der Grund«, sagte er.

»Wie bitte?«

»Ich zögere, weil ich nicht weiß, was ich dir von ihr erzählen soll, nicht weil ich so um sie trauere.«

»Das erleichtert mich. Aber woher weißt du denn, woran ich gedacht habe?«

»Es war eine logische Annahme.«

»Aha.« Wie seltsam, dass Nash sie schon nach wenigen Tagen durchschaute und Marty sie in all den Jahren nie wirklich gekannt hatte.

»Ich habe mir schon als Kind emotionale Distanz angeeignet, und das ist in meinem Beruf sehr nützlich, weil man mit dem Herzen oft eine falsche Entscheidung trifft. Tina dagegen war sehr emotional und impulsiv. Am Anfang mochte ich sie nicht mal besonders, aber irgendwie hat es sich dann mit uns ergeben. Nach einer Weile wollte sie mit mir zusammenziehen. Die Ehe erschien wie der nächste logische Schritt.«

»Wie alt warst du damals?«

»Siebenundzwanzig.«

»Wolltet ihr keine Kinder, oder hattet ihr keine Gelegenheit, welche zu bekommen?«

Er zuckte die Achseln. »Wir haben nie darüber gesprochen. Ich wollte immer Kinder, und sie vielleicht auch. Dann wurde sie getötet.«

»Wie denn?«

»Bei einem Einsatz. Eine Bombenexplosion.«

»Das tut mir leid«, flüsterte Stephanie betroffen.

»Danke.«

»Möchtest du weiter darüber reden oder lieber das Thema wechseln?«

»Wechseln wir.«

»Okay. Wie und warum hat ein Junge mit einem Zwillingsbruder und engen Freunden gelernt, sich emotional zu distanzieren?«

»Ganz einfach. Meine Mom hat wieder geheiratet, als Kevin und ich zwölf waren. Howard und ich haben uns nie verstanden.«

Das verblüffte sie. »Aber die beiden wollen doch übermorgen kommen. Ist das ein Problem für dich? Und warum willst du, dass sie hier absteigen, wenn ihr nicht miteinander redet?«

»Wir reden durchaus miteinander.«

»Ihr werdet euch doch nicht hier im Haus anschreien, oder?«

»Nein. Falls wir streiten, verlegen wir es nach draußen.«

Sie lächelte. »Okay. Also, hast du dich wegen dieser Distanz, die dir so gefällt, seit dem Tod deiner Frau mit niemandem mehr eingelassen?«

»Nein. Ich habe Beziehungen gemieden, weil ich Tina geliebt habe und niemand anderen mehr lieben kann.«

Stephanie starrte ihn sekundenlang an. Dann lachte sie

laut. »Sind wir in einer Seifenoper gelandet? Du willst doch nicht im Ernst sagen, dass der Mensch nur einmal lieben kann! Was ist mit meinen Kindern? Sollte ich die Zwillinge zurückgeben, weil ich Brad schon lieb hatte, als sie kamen?«

Nash blickte sie so schockiert an, als hätte sie ihm eine Pistole auf die Brust gesetzt. Das geladene Schweigen ließ sie befürchten, dass sie zu weit gegangen war und ihn zutiefst beleidigt hatte. Ängstlich wartete sie – bis es um seine Mundwinkel zuckte.

»Du kaufst mir meinen besten Spruch nicht ab?«, fragte er schließlich.

Erleichterung durchströmte sie. »Nicht eine Sekunde lang. Wer tut es denn?«

»Jeder außer dir.«

»Mit *jeder* meinst du Frauen?«

»Hauptsächlich.«

»Dann solltest du anfangen, dich mit Frauen abzugeben, deren IQ ein wenig höher ist.«

Er lachte, umfasste ihre Taille und zog sie auf seinen Schoß. »Ich ziehe es vor, wenn meine Frauen etwas mehr Respekt vor mir haben als du.«

Sie legte ihm die Hände auf die Schultern und küsste ihn auf den Mund. »Das wird nicht passieren, solange du redest wie ein Idiot.«

»Ich bin ein Idiot, dem du nicht widerstehen kannst.«

Sie küsste ihn erneut. »Da hast du völlig recht«, flüsterte sie.

12. Kapitel

»Adam, jetzt bist du wieder dran!«, rief Brad.

Adam umfasste den Baseballschläger fester. Er mochte der ruhigere Zwilling sein, aber er war der bessere Sportler und hatte den Ball bisher kein einziges Mal verfehlt.

Brad warf den Ball, der mit einem Knall auf den Schläger traf und direkt zurückflog. »Gut getroffen«, lobte er.

Nash stand am Ende der Veranda an die Hauswand gelehnt. Die Jungen spielten im seitlichen Garten, um – wie Stephanie es ausdrückte – so viele Fenster wie möglich zu meiden.

Der späte Vormittag war warm und sonnig – ein perfekter Anfang der Sommerferien.

Stephanie trat zu Nash auf die Veranda. »Sie müssten jeden Moment da sein. Ist es dir auch wirklich recht, dass deine Mutter und dein Stiefvater hier absteigen?«

Er lächelte. »Mehr als das. Ich freue mich auf ihren Besuch.«

»Ich würde es dir eher glauben, wenn du mir nicht erzählt hättest, dass du und dein Stiefvater nicht miteinander auskommt.«

»Das Problem liegt nur auf meiner Seite«, gestand er zum ersten Mal ein, und er fühlte sich dabei nicht einmal unwohl. »Mach dir keine Sorgen.«

»Ich bemühe mich. Wir werden ab jetzt noch vorsichtiger sein müssen mit unseren nächtlichen Heimlichkeiten.«

»Das habe ich noch gar nicht bedacht.«

Sie lächelte ihn an. »Das macht die Dinge noch aufregender.«

»Das ist nicht möglich, ohne dass einer von uns einen Herzanfall erleidet.«

»Soll das heißen, dass du die Affäre mit mir als stressig empfindest?«

»Das soll heißen, dass sie jetzt schon aufregender ist, als ich je für möglich gehalten habe. Noch mehr Aufregung könnte gefährlich sein.«

»Aber du bist ein starker, harter Typ. Lebst du nicht für die Gefahr?«

Ihre Worte riefen eine keineswegs überraschende Reaktion hervor. Er ignorierte das Pochen in den Lenden, und das war gut so, denn keine acht Sekunden später hielt ein Auto hinter seinem Leihwagen.

Stephanie richtete sich auf. Die Belustigung schwand aus ihrem Gesicht. »Wie sehe ich aus?«

Trotz der Gefahr, beobachtet zu werden, beugte Nash sich zu ihr und küsste sie auf den Mund. »Du siehst perfekt aus.«

Ihre Miene erhellte sich wieder. »Eine ausgezeichnete Antwort.«

Sie gingen die Verandastufen hinunter. Als sie sich dem Wagen näherten, stieg seine Mutter aus und verkündete lächelnd: »Welch hübsches Städtchen! Nash, ich schwöre, du bist gewachsen.«

Er schmunzelte und schloss sie in die Arme. »Hallo, Mom. Wie war die Reise?«

»Großartig.« Sie küsste seine Wange, strich ihm das Haar zurück und legte ihm die Hände auf die Schultern. »Wie geht es dir?«

Die Frage ging um mehr als nur sein Wohlbefinden an diesem Tag. Wie er wusste, wünschte sie sich, dass er die Vergangenheit überwand, eine neue Frau fand und zur Ruhe kam. Typisch Mom, dachte er. »Es geht mir gut.«

»Wirklich?« Sie forschte in seinem Gesicht. »Ich hoffe es sehr.« Sie wandte sich an ihren Mann, der inzwischen ebenfalls ausgestiegen war. »Sieht Nash nicht größer aus, Howard?«

»Ich nehme an, unser Junge hat schon vor ein paar Jahren zu wachsen aufgehört«, entgegnete er sanft und kam um das Auto herum. Während er Nash die Hand schüttelte, klopfte er ihm auf die Schulter. »Schön, dich zu sehen. Behandelt dich das Leben gut?«

»Immer.«

Nash trat zurück, stellte Stephanie vor und erklärte: »Ihr gehört diese Pension. Man hat nicht wirklich gelebt, solange man ihr Frühstück nicht gekostet hat.«

»Es freut mich, Sie kennenzulernen, Mr. und Mrs. Harmon«, sagte sie. »Ich hoffe, dass Sie Ihren Aufenthalt hier genießen werden.«

»Nennen Sie uns bitte Vivian und Howard«, bot seine Mutter an.

»Danke.«

Aus dem Garten ertönten laute Rufe. »Ich habe drei Söhne«, erklärte Stephanie. »Aber machen Sie sich bitte keine Sorgen wegen des Lärms. Wir wohnen zwar ein Stockwerk über Ihnen, aber nicht direkt über Ihrem Zimmer.«

»Wir werden eine wundervolle Zeit haben«, versicherte Vivian. »Wie lange haben Sie die Pension schon?«

»Fast vier Jahre. Möchten Sie jetzt Ihr Zimmer sehen?«

»Das wäre schön.« Vivian wandte sich an Howard. »Soll

ich dir mit dem Gepäck helfen? Ich will nicht, dass du alles allein trägst.«

Er lächelte sie an. »Ich kümmere mich gern darum. Geh du nur und melde uns an. Außerdem besteht Nash bestimmt darauf, den schwersten Koffer zu tragen.«

Sie nickte und berührte ihn am Arm.

Es war nichts Besonderes, nur ein flüchtiger Kontakt. Nash hatte die Geste Hunderte Male zuvor gesehen. Doch nun wurden ihm zum ersten Mal die Zuneigung zwischen den beiden und der glückliche Ausdruck auf dem Gesicht seiner Mutter bewusst. Sie liebte diesen Mann – und das schon seit fast zwanzig Jahren.

Die beiden Frauen gingen zum Haus. Howard öffnete den Kofferraum und lachte, als er all das Gepäck sah. »Jetzt weißt du, warum ich ein so großes Auto am Flughafen mieten musste. Deine Mutter reist nie mit leichtem Gepäck. Sie bringt immer etwas mehr mit, für alle Fälle. Wahrscheinlich hat sie genug für eine ganze Weltreise dabei, auch wenn sie da anderer Meinung ist. Ich glaube, wenn es jemals dazu käme, würde sie das ganze Haus mitnehmen, nur für alle Fälle.«

Kopfschüttelnd begann er, das Gepäck auszuladen. Dabei erzählte er von dem Flug und berichtete, wer während ihrer Abwesenheit auf das Haus aufpasste.

Nash wurde bewusst, dass zwischen ihnen keinerlei Anspannung herrschte. Zumindest nicht auf Howards Seite.

Sie trugen das Gepäck ins Haus und fanden Vivian und Stephanie am Empfangspult.

»Ich habe deiner Mutter gerade versichert, dass die Jungen sich ganz anständig benehmen«, sagte Stephanie. »Es dürfte nicht zu laut werden.«

Vivian schüttelte den Kopf. »Und ich habe Stephanie gerade gesagt, dass ich den Lärm meiner Söhne zu Hause vermisse.«

»Das bezweifle ich«, entgegnete Nash. »Du hast uns immer angeschrien, dass wir die Musik oder den Fernseher leiser stellen und aufhören sollen, die Automotoren in der Auffahrt aufheulen zu lassen.«

»Wirklich?« Sie lachte. »Ich kann mich gar nicht erinnern.«

»Möchten Sie etwas zum Lunch, nachdem Sie ausgepackt haben?«, erkundigte sich Stephanie. »Ich habe zwar kein Restaurant, aber ich würde gern einen kleinen Imbiss aus Sandwichs und Salaten herrichten.«

»Das klingt wundervoll, meine Liebe.« Vivian hakte sich bei Stephanie unter. »Führen Sie mich in die Küche, und ich helfe Ihnen, während Howard und Nash unsere Sachen nach oben bringen.«

Stephanie wirkte verblüfft über den Vorschlag. »Aber Sie sind Gast hier.«

»Unsinn. Ich möchte helfen. Oder Ihnen zumindest Gesellschaft leisten. Sie können mir von Ihren Kindern erzählen. Also, wo ist die Küche?«

»Mein Sandwich mit extra viel Käse!«, rief Howard ihnen nach.

Vivian winkte ihm zu und lachte. »Er erinnert mich immer daran«, sagte sie zu Stephanie, »als ob ich es jemals vergessen hätte.«

Nash nahm den Schlüssel, der auf dem Pult bereitlag. »Packen wir es an?«

Howard nickte. »Geh vor.«

Sie gingen hinauf in das geräumige Zimmer im ersten

Stock und stellten das Gepäck auf das breite Bett. Nash fiel sofort auf, dass der Raum in einiger Entfernung zu seinem Zimmer lag. Das bedeutete, dass Stephanie und er bei ihren nächtlichen Besuchen nicht auf Zehenspitzen herumschleichen mussten. Gut geplant, dachte er grinsend.

Howard nahm einen Anzug, ein Sakko und mehrere Kleider aus einem Kleidersack. »Wie stehen die Dinge hier? Kevin hat am Telefon gesagt, dass ihr eure Brüder schon kennengelernt habt.«

»Wir haben uns schon ein paarmal getroffen. Wenn der ganze Clan zusammenkommt, sind es Dutzende. Alle sind verheiratet und haben Kinder.«

»Sind wirklich alle Gesetzeshüter?«

»Außer Jordan. Der ist Feuerwehrmann.«

Howard hängte die Kleider in den Schrank. »Interessant. Du und Kevin seid in ihre Fußstapfen getreten. Gage und Quinn auch.« Er kehrte zum Bett zurück und öffnete den größten Koffer. »Sind sie anständig?«

Nash nickte. »Sogar der Feuerwehrmann.«

Howard schmunzelte. »Deine Mutter hat sich Gedanken gemacht, ob sie dich und Kevin akzeptieren – oder umgekehrt. Wir sind beide froh, dass es geklappt hat. Wir sagen uns dauernd, dass ihr erwachsen seid und wir uns nicht mehr um euch sorgen müssen, aber vielleicht können Eltern niemals wirklich loslassen.«

»Du meinst damit doch nicht mich. Ich war nicht derjenige, der ständig Schwierigkeiten hatte.«

»Stimmt, aber du bist seit einer ganzen Weile nicht du selbst. Ich bin froh, dass du allmählich wieder normal wirst.«

Nash wusste, dass er sich in seiner Arbeit vergraben hatte, aber ihm war nicht bewusst geworden, dass es außer seinem

Boss noch jemandem aufgefallen war. »Du meinst, weil ich endlich Urlaub genommen habe?«

»Zum Teil. Aber hauptsächlich, weil du seit Langem wieder lächelst.«

»Seit Tinas Tod.«

»Nein. Du hast dich schon vorher verändert.« Howard nahm einen Stapel Hemden aus dem Koffer, legte ihn wieder nieder und drehte sich zu Nash um. »An Tina war nichts auszusetzen. Sie war eine sehr nette junge Frau. Aber deine Mutter und ich waren immer der Meinung, dass sie nicht die Richtige für dich war. Sie war fahrig und impulsiv. Obwohl du in deinem Job im Bruchteil von Sekunden Entscheidungen treffen musst, warst du immer besonnen. Du wägst die Optionen ab. Du setzt die Vernunft ein. Tina hat nicht besonders gut in dieses Schema gepasst.«

Nash war verblüfft und wusste nicht, was er dazu sagen sollte. Howard und seine Mutter hatten ihn ihre negative Einstellung zu seiner Ehe nie spüren lassen.

»Diese Stephanie scheint eine nette Person zu sein«, sagte Howard, während er mit dem Auspacken fortfuhr. »Es erfordert Vernunft, ein Geschäft erfolgreich zu führen.«

»Fang nicht *so* an«, wandte Nash ein. »Ich bin nur vorübergehend hier.«

»Du könntest umziehen. Du hast nichts, was dich in Chicago hält.« Er lächelte. »Okay, ich halte ja schon meinen Mund. Uns kümmert nicht, was du tust, Nash. Wir möchten nur, dass du glücklich bist.«

»Danke. Das ist lieb von euch.«

Howard ließ das Thema tatsächlich ruhen und brachte das Gespräch auf die *Texas Rangers*, doch Nash lauschte nur noch mit halbem Ohr.

Ein Teil seiner Gedanken beschäftigte sich mit der Bemerkung über das Glücklichsein. Er konnte sich nicht erinnern, wann er sich zum letzten Mal als glücklich bezeichnet hatte. Es war lange vor Tinas Tod –, und vielleicht sogar vor seiner Bekanntschaft mit ihr.

Aber war das überhaupt wichtig? Zählte nicht vielmehr, dass er in diesem Augenblick glücklich war?

»Ich habe nicht genug Teller«, stellte Stephanie fest und versuchte, nicht in Panik zu geraten.

»Nimm Plastik«, riet Nash auf dem Weg in die Garage.

»Nimm Plastik«, murrte sie, doch es war eigentlich eine gute Idee. Sie kramte in den Küchenschränken auf der Suche nach Plastikgeschirr, das von der letzten Geburtstagsparty der Zwillinge übrig geblieben sein könnte. Schließlich entdeckte sie drei ungeöffnete Pakete auf dem obersten Regal.

Nash kehrte mit vier Stühlen zurück. »Da stehen noch ein paar.«

Sie verzog das Gesicht. »Es reicht trotzdem nicht annähernd.«

»He, mach dir keinen Kopf über Kleinigkeiten.«

»Du nennst es eine Kleinigkeit, nicht genug Sitzplätze zu haben?«

»Sicher. Die Kinder sitzen liebend gern auf dem Fußboden.« Er stellte die Stühle ab, legte Stephanie die Hände auf die Taille und küsste sie. »Danke, dass du angeboten hast, als Gastgeberin zu fungieren.«

Allein seine Nähe beruhigte sie etwas. »Ich freue mich, deine Familie hierzuhaben.« Ihr Blick fiel auf die Uhr. Sie schrie erschrocken auf. »Sie müssen jede Sekunde kommen. Geh die Stühle aufstellen. Ich hole das Besteck.«

Nash tat wie geheißen, und Stephanie sammelte hastig alle Löffel und Gabeln zusammen, die sie besaß.

Kevin hatte angerufen und ein Familientreffen aus dem Stegreif vorgeschlagen. Anstatt zu kochen, wollte er das Dinner vom Chinarestaurant besorgen, und Stephanie hatte ihr Haus als Schauplatz angeboten. Vivian und Howard waren mit den Jungen zum Restaurant gefahren, um Kevin und Haley beim Transport der Unmengen zu helfen, die zur Beköstigung der Armee von Haynes', Harmons und Reynolds nötig waren.

»Gläser«, murmelte Stephanie vor sich hin. »Ich habe Milch und Saft für die Kinder. Der Eistee ist fertig. Ich habe …«

Ein leises Klingeln unterbrach ihre Überlegungen. »Nash, dein Handy klingelt!«

»Geh du bitte ran!«, rief er aus der Waschküche.

Sie fand das Handy im Flur und nahm das Gespräch an. »Hallo?«

Einen Moment herrschte Stille in der Leitung, bevor ein Mann verkündete: »Ich möchte mit Nash Harmon sprechen.«

»Einen Moment bitte.« Sie eilte zu Nash und übergab ihm das Handy.

Als sie sich diskret zurückziehen wollte, schlang er einen Arm um ihre Taille und zog sie an sich, während er sich meldete.

Sie konnte nicht hören, was der Mann sagte. Also gab sie sich damit zufrieden, sich an Nash zu lehnen.

Seine Brust vibrierte, als er sprach. »Ich dachte, du wolltest mir keine Aufträge mehr geben.« Er lauschte eine Weile. »Ich denke darüber nach und melde mich dann.« Er schmunzelte. »Das geht dich gar nichts an … Ja, sie ist Spitzenklasse … Pech für dich. Such dir selbst ein Mädchen … Okay, ich sage in ein paar Tagen Bescheid.«

»Dein Boss?«, fragte Stephanie und bemühte sich redlich, sich nichts auf die Bemerkung *Spitzenklasse* einzubilden.

Nash nickte. »Er hat mir von einem Jobangebot in einer anderen Stadt erzählt, das interessant für mich sein könnte. Er meint, der Tapetenwechsel würde mir guttun.«

»Warum?«

»Er befürchtet, dass ich ausgebrannt sein könnte.«

»Wieso das denn?«

»Ich habe seit Tinas Tod keinen Urlaub mehr genommen, und zu diesem hat er mich gezwungen.«

Instinktiv zog sie sich zurück und lehnte sich an die gegenüberliegende Wand. Sie hasste es, dass Nash nicht länger lächelte. »Du vergräbst dich also in deine Arbeit.«

»Ja, aber aus anderen Gründen, als du denkst.«

Sie wusste nicht, was sie dachte. Sie wusste nur, was sie nicht wollte: dass er seine verstorbene Frau doch noch liebte. »Was sind denn diese Gründe?«, hakte sie in bewusst neutralem Ton nach.

Er holte tief Luft und starrte auf eine Stelle über ihrem Kopf an der Wand. »Ich habe dir ja gesagt, dass Tina bei einem Einsatz getötet wurde. Ich war dabei. Ich wurde gerufen, um mit den Geiselnehmern zu verhandeln. Ich konnte sie überreden, sich zu ergeben. Als sie rauskamen, spürte ich, dass irgendwas nicht stimmte. Aber ich wusste nicht, was es war. Irgendwie war alles zu leicht gegangen. Ich trug dem Team auf zu warten, aber Tina wollte nicht hören. Sie handelte wie gewöhnlich impulsiv. Nach etwa zehn Sekunden rannte sie in das Gebäude, um die Geiseln zu befreien. Da wusste ich, was nicht stimmte.«

Stephanie wollte nicht daran denken, wollte es sich nicht vorstellen, aber sie wusste, was geschehen war. »Die Bombe ging hoch.«

Er nickte. »Tina, ein weiterer Agent und die Geiseln wurden getötet.«

Er gab sich selbst die Schuld. Sie wusste es, weil sie Nash kannte und weil sie sich unter den Umständen womöglich ebenso die Schuld gegeben hätte. Töricht, aber wahr. »Niemand sonst denkt, dass es deine Schuld war.«

Er blickte sie an. »Das kannst du gar nicht wissen.«

»Irre ich mich?«

»Nein.«

»Du gibst dir also die Schuld und vergräbst dich in deiner Arbeit. Jetzt bietet dein Boss dir einen anderen Job in der Annahme, dass es dich da rausreißt.«

»So ähnlich.«

»Musst du denn rausgerissen werden?«

»Momentan nicht.« Sein Körper entspannte sich deutlich. »Du tust mir gut, Stephanie.«

Seine Worte erwärmten sie. Er tat auch ihr gut. Er erweckte in ihr den Wunsch, an Liebe und Hoffnung und Zukunft zu glauben. Er ließ sie …

Hör auf damit, ermahnte sie sich entschieden. Nash war nur vorübergehend bei ihr. Es hatte keinen Sinn, nach den Sternen zu greifen. Das konnte nur zu Enttäuschung führen – und einer ausgerenkten Schulter.

»Mein Ziel ist es, in diesem Etablissement einen kompletten Rundum-Service zu bieten«, sagte sie leichthin. »Vergiss nicht, das alles auf deiner Bewertungskarte zu vermerken. Es wird das Management beeindrucken.«

Er trat auf sie zu. »Ich meine es ernst. Seit ich dich kenne …«

Was immer er auch sagen wollte, ging unter im Lärm von Motoren und Autotüren, die zugeschlagen wurden. Sie brannte darauf zu erfahren, was er ihr hatte gestehen wollen, aber die Invasion des gesamten Haynes-Clans stand unmittelbar bevor.

»Heb dir den Gedanken auf«, murmelte sie, obwohl sie wusste, dass sie dieses Thema nie wieder ansprechen würden. Sie selbst wollte dafür sorgen. Denn was immer er ihr auch hatte sagen wollen, es war nicht das, was sie hören wollte. Nämlich, dass er bei ihr bleiben wollte.

»Für mich wäre dein Job nichts«, sagte Howard zu Nash, als sie am nächsten Morgen zusammen durch das ruhige Viertel joggten. »Ich könnte das einfach nicht.«

»Meistens ist es doch nur Papierkram.«

»Aber wenn nicht, dann stehen Leben auf dem Spiel. Ich bewundere deine Fähigkeit, damit fertigzuwerden.«

Stolz schwang in Howards Stimme mit – der Stolz eines Vaters auf seinen Sohn. Nash wurde bewusst, dass er es unzählige Male gehört hatte, eigentlich von Anfang an. Verdammt, dachte er und fühlte sich wie ein Idiot. Er hatte sich vollauf in seine Ablehnung hineingesteigert und darüber nicht gemerkt, dass er geschätzt, ja sogar geliebt wurde.

»Du hattest es verdammt schwer, als du Mom kennengelernt hast. Ich kann mich gut erinnern, wie aufsässig Kevin und ich waren.«

Howard grinste. »Ihr habt mich gezwungen, mir meinen Platz in der Familie zu erkämpfen.« Sein Atem kam ein wenig keuchend. »Aber das war es wert. Außerdem war ich verrückt nach eurer Mutter. Meine Freunde haben befürchtet, dass sie nur einen Vater für euch finden wollte, aber ich habe sie so sehr geliebt, dass es mir egal war. Natürlich haben sich diese Freunde geirrt. Ich würde sagen, fast zwanzig Jahre Ehe beweisen das.«

»Wir waren schon zwölf, als es mit euch beiden anfing«, wandte Nash ein. »Wenn es ihr um einen Vater für uns gegangen wäre, hätte sie früher angefangen zu suchen.«

Howard wischte sich den Schweiß von der Stirn. »Ihr wart fast Teenager. Das ist die Phase, in der Jungen wirklich einen Mann um sich brauchen. Deine Mutter war besorgt um euch.«

»Warum um mich? Ich war immer ein braves Kind.«

»Stimmt. Als das unartige Kind bekam Kevin all die Aufmerksamkeit. Wir haben befürchtet, dass du dabei zu kurz kommen könntest.«

Nash hatte das Gefühl, dass ihm während seiner Kindheit sehr viel entgangen war. »Wieso habe ich nichts davon gewusst?«

»Das solltest du nicht. Du warst noch ein Kind.«

Sie erreichten den Sportplatz der Mittelschule und drehten um. Howard mäßigte das Tempo. »Puh«, seufzte er, »ich werde nicht jünger.«

»Du bist immer noch großartig in Form.«

»Du lügst, aber trotzdem danke. Na ja, jedenfalls dachten wir uns, dass wir zwei Fliegen mit einer Klappe schlagen könnten, als die Polizei uns vorschlug, Kevin nach dem Autodiebstahl auf die Militärakademie zu schicken. Es sollte ihn auf den rechten Weg führen und dir durch seine Abwesenheit Gelegenheit geben, dich hervorzutun.«

Überrascht und gerührt entgegnete Nash: »Ich hätte nie gedacht, dass ihr ihn meinetwegen weggeschickt habt.«

»Nicht deinetwegen. Kevin hatte es bitter nötig, etwas *Zucht und Ordnung* zu lernen, wie man so schön sagt. Aber die Sorge um dich hat unsere Entscheidung bestärkt.« Howard klopfte ihm auf die Schulter. »Ihr beide seid für mich wie meine eigenen Söhne. Ich hätte Vivian ohne euch genauso geliebt. Aber unter uns gesagt hat das Wissen, dass ihr beide als Draufgabe zu dem Deal gehört, das Ganze unwiderstehlich für mich gemacht.«

Nash wusste nicht, was er sagen sollte. Er kam sich töricht vor, so als hätte er all die Jahre nach bestimmten Spielregeln gehandelt, während in Wirklichkeit ein ganz anderes Spiel stattgefunden hatte.

»Howard«, setzte er zögernd an, »ich …«

»Ich weiß, Nash. Ich habe es immer gewusst. Ich hab dich auch sehr lieb.«

13. Kapitel

Voller Ungeduld wartete Stephanie, bis es Punkt halb zwölf nachts war. Dann nahm sie ihre Schuhe und einen Reisewecker, der auf vier Uhr morgens gestellt war, und schlich auf Zehenspitzen die Treppe hinauf zu Nashs Zimmer.

Kaum war sie eingetreten und hatte die Tür hinter sich zugezogen, als Nash sie auch schon in die Arme schloss und stürmisch küsste. Sie ließ die Schuhe fallen und stellte den Wecker ab. Verlangen durchströmte sie, und dann spürte sie seine Hände überall.

Sie waren oft genug zusammen gewesen, und er wusste genau, was ihr gefiel, was sie vor Entzücken stöhnen ließ. Sanft streichelte er die Rundungen ihrer Brüste, näherte sich den bereits harten Spitzen, ohne sie zu berühren. Spannung stieg in ihr auf.

Sie wand sich unter seinen Händen, flehte ihn stumm an, doch er reagierte nur zögerlich. Seine Daumen näherten sich ganz allmählich ihren Knospen, berührten sie dann federleicht und allzu flüchtig.

Sie stöhnte auf. Entschlossen, ihn ebenso aufzureizen wie er sie, saugte sie an seiner Unterlippe, während sie seinen Po umschmiegte und die Finger in seine Muskeln grub. Beide rangen nach Atem.

»Ich will dich«, murmelte er. »Nackt.«

Sie lösten sich voneinander, zogen sich hastig aus. Sie war als Erste fertig und sank auf das kühle Laken. Nash folgte ihr.

Sie lagen einander zugewandt, eines seiner Beine zwischen ihren. Während sie sich leidenschaftlich küssten, liebkoste er ihre Brüste. Sein Geruch, seine Wärme, seine Härte erregten sie. Sie konnte nicht genug von ihm bekommen.

Er brach den Kuss ab, drehte sie auf den Rücken und kniete sich zwischen ihre Schenkel. Während er mit der Zunge eine Brustspitze umkreiste, tat er es bei der anderen mit den Fingern gleich. Ihre Muskeln spannten sich, als ihr Verlangen wuchs. Sie wollte ihn bereits in sich spüren, aber erfahrungsgemäß würde er sie betteln lassen.

Er widmete sich ihren Brüsten, bis sie vor Erregung zitterte. Dann glitt er hinab, presste feuchte Küsse auf ihren Bauch und noch tiefer.

Sie zog die Knie an und stemmte die Fersen in die Matratze. Ihre Augen waren geschlossen, aber sie wusste, dass er ganz nah war, denn sie spürte seinen warmen Atem. Sie war bereit und voller Sehnsucht. Und doch wartete er.

Endlich berührte er sie mit der Zunge. Feuer schoss durch ihren Körper, raubte ihr den Atem. Er streichelte sie so sanft, so langsam, dass es ihr beinahe den Verstand raubte. Es war nicht schnell genug, um sie zum Höhepunkt zu bringen, aber er ließ die Spannung auch nicht abfallen.

Sie bäumte sich auf, um mehr Druck zu spüren; sie bewegte die Hüften, damit er das Tempo steigerte. Es war sinnlos. »Nash, bitte«, flehte sie.

Er lachte leise, schob einen Finger hinein und bewegte ihn auf und ab, sodass er sie im Innern ebenso streichelte wie außen mit der Zunge. Langsam, sanft, stetig.

Ihr gesamter Körper spannte sich. Sie konnte nicht mehr denken, konnte sich nur noch auf den unaufhaltsamen Rhythmus konzentrieren. Sie brauchte mehr. Plötzlich hielt er inne. Einen Moment lang schwebte er scheinbar über ihr, bewegte sich nicht, berührte sie nicht. Das Warten war schier unerträglich. Dann liebkoste er sie erneut, härter diesmal und schneller.

Sie kam ohne Vorwarnung. Die Erlösung durchströmte sie mit Schallgeschwindigkeit, entführte sie ins Paradies und ließ sie aufschreien. Ihr gesamter Körper bebte.

Er streichelte sie sanft weiter, bis sie schließlich die Augen aufschlug. Sie musste sich räuspern, bevor sie sprechen konnte.

»Es war noch erstaunlicher als sonst«, sagte sie, »und das heißt was.«

»Du bist leicht zu erfreuen.«

»Ich bin froh, dass du so denkst.« Sie senkte den Blick und sah, wie erregt er war. »Ich will dich in mir.«

Das hört man gern, dachte Nash und nahm das Kondom vom Nachttisch. Während er es überstreifte, musterte er Stephanies glühende Wangen. Der sichtbare Beweis ihres Höhepunkts erfreute ihn. Sie sollte die Zeit mit ihm im Bett genießen.

Als er langsam eindrang, spannten sich ihre Muskeln um ihn, und es raubte ihm beinahe die Beherrschung. Er musste sich zwingen, an sich zu halten.

Er verlagerte sein Gewicht, damit er ihre Brüste anfassen konnte, die nach dem ersten Höhepunkt immer besonders empfindsam waren. Eine leichte Berührung reichte gewöhnlich, um sie erneut zu erregen. Und so war es auch diesmal. Ihr Körper spannte sich, und doch hielt er sich zurück.

Ihre Blicke hielten einander gefangen. Bei jeder rhythmischen Bewegung flüsterte sie seinen Namen. Immer und immer wieder, wie in einem Gebet.

Ihr Atem beschleunigte sich ebenso wie seine Stöße. Er nahm die Hände von ihren Brüsten und hielt ihre Hüften fest. Sie bäumte sich auf und ließ den Kopf zurückfallen.

Der Höhepunkt war atemberaubend gewaltig. Er drang tiefer ein, wollte ihr alles von sich geben. Das unbeschreibliche Glücksgefühl dauerte an, bis sie schließlich völlig losgelöst und eng umschlungen auf dem Bett liegen blieben.

Stephanie erwachte mit einem Gefühl der Zufriedenheit. Sie drehte sich auf den Rücken und lächelte versonnen vor sich hin.

Sie mochte Nash. Sie mochte ihn sehr. Sie war gern mit ihm zusammen und unterhielt sich gern mit ihm. Sie mochte seine Eltern und seine Brüder. Ihr gefiel, wie er mit ihren Söhnen umging. Es hatte sie echt schwer erwischt. Denn sie wollte mehr.

»Sei nicht albern«, ermahnte sie sich laut. »Es gibt kein *Mehr*. Das wusstest du, als du dich auf die Affäre eingelassen hast.«

Aus vielen Gründen hätte eine feste Beziehung zwischen ihnen nicht funktioniert – räumliche Entfernung, ihr Misstrauen gegenüber Männern als Partner, seine emotionale Distanz seit dem Tod seiner Frau. Natürlich waren all diese Probleme lösbar, sofern beide bereit waren, daran zu arbeiten. Bisher hatte sie bei Nash jedoch kein Indiz dafür gefunden, dass er den Status quo ändern wollte. In ein paar Tagen, wenn sein Urlaub zu Ende war, würde er gehen, und sie würde ihn gehen lassen.

Stephanie wollte nicht länger darüber nachdenken. Sie setzte sich auf und warf die Bettdecke zurück. In diesem Moment fiel ihr Blick zur Uhr, und sie schrie erschrocken auf. Es war halb neun! Sie hatte den Wecker auf halb sechs gestellt.

Noch während ihr bewusst wurde, dass sie vergessen hatte, den Alarmknopf hochzuziehen, raste sie ins Badezimmer.

In knapp sechs Minuten war sie relativ gründlich gewaschen, gekämmt und angezogen. Sie raste die Treppe hinunter, hörte Stimmen aus der Küche und stürmte hinein.

Brad und die Zwillinge saßen am Tisch und frühstückten. Pfannkuchen, wie sie verblüfft feststellte, von Nash gebraten, der am Herd stand.

»Guten Morgen«, wünschte er lächelnd.

Es war beinahe so unglaublich, als wären Aliens auf ihrem Dach gelandet. Verlegen murmelte sie: »Ich habe vergessen, den Wecker richtig zu stellen.«

»Wahrscheinlich hattest du andere Dinge im Sinn«, murmelte er vielsagend und mit belustigt funkelnden Augen.

Da hatte er recht. Sie hatte daran gedacht, ihren Reisewecker zu stellen, damit sie in ihr eigenes Bett zurückkehren konnte, bevor irgendwer im Haus erwachte, und darüber den normalen Wecker vergessen.

»Meine Eltern sind im Esszimmer und trinken Kaffee. Meine Mom möchte Croissants, und ich habe ein Blech in den Ofen geschoben. Ich habe einen Beutel aus dem obersten Fach im Tiefkühlschrank genommen. War das richtig?«

Sie fühlte sich, als wäre sie in einem alternativen Universum gelandet. »Ja.«

»Brad hat mir gesagt, welche Temperatur ich einstellen muss.«

Sie blickte ihren Ältesten an. »Danke, Honey.«

»Schon gut. Nash hat gesagt, wir sollen dich schlafen lassen, weil du müde wärst.«

Sie spürte ihre Wangen erglühen. Nash war der Grund für ihre Müdigkeit.

»Ich mache mir gerade Rührei. Möchtest du auch was?«, fragte er.

»Ja, danke.«

»Kaffee?«

Sie nickte.

Er schenkte eine Tasse ein und fügte Milch und Zucker hinzu, genau wie sie es mochte.

Ihre Kehle war wie zugeschnürt, und ihre Augen brannten. Nashs Verhalten rührte sie, wie sie seit Jahren nichts gerührt hatte – vielleicht noch nie. Er kümmerte sich um sie, einfach so, ohne eine Gegenleistung zu erwarten. Sie hatte nicht gewusst, dass Männer wie er existierten.

»Ist alles okay?«, erkundigte er sich.

Sie nickte stumm.

In diesem Moment hörte sie mehrere Autos vorfahren.

Jason sprang auf und lief zur Haustür. »Sie sind alle da!«

»Wer denn?«, fragte Adam und lief ebenfalls aus der Küche, mit Brad auf den Fersen.

Nash blickte zur Uhr. »Genau pünktlich.«

»Pünktlich wozu?«, hakte Stephanie nach.

Er grinste. »Du wirst schon sehen.« Er schob das Rührei und mehrere Scheiben Frühstücksspeck auf einen Teller. »Iss auf. Du brauchst Kraft. Ich bin gleich wieder da.«

Stephanie blickte ihm nach, als er zur Tür hinausging, und beschloss nachzusehen, was da vor sich ging.

Mit Ausnahme weniger Ehefrauen und einiger Kinder hatte sich der Haynes-Clan vor dem Pförtnerhaus versammelt. Bewaffnet mit Werkzeugkästen, Leitern, Wandfarben und anderen Materialien umringten sie Nash, der offensichtlich Anweisungen erteilte.

Als Stephanie sich näherte, hörte sie ihn sagen: »Im großen Schlafzimmer hängen hässliche Tapeten. Hat jemand das Dampfgerät mitgebracht?«

»Sicher.« Kyle deutete zu der Maschine. »Gegen Mittag habe ich die alte Tapete runter. Dann können wir die neue verkleben.«

»Das übernehmen wir Frauen«, sagte Elizabeth. »Die Tapete ist geblümt, und wir achten mehr auf das Muster.«

»Also ob wir Männer das nicht könnten«, protestierte Travis.

»Natürlich *könntet* ihr, aber wollt ihr auch?«

»Bestimmt nicht«, bestätigte er, und alle lachten.

Wie angewurzelt und sprachlos stand Stephanie da und beobachtete, wie alle im Pförtnerhaus verschwanden.

Nash erblickte sie und ging zu ihr. »Alles klar?«

»Nein. Was soll das?«

»Du hattest die Farbe und die Tapeten schon bestellt, also habe ich mich da nicht eingemischt.«

»Ich weiß, aber warum sind die alle hier?«

»Weil ich sie um Hilfe gebeten habe. Ich möchte, dass du endlich ins Pförtnerhaus umziehen und das Haupthaus renovieren kannst, bevor ich abreise. Ich möchte sichergehen, dass es dir gut geht«, erklärte er beinahe entschuldigend, so als erwartete er eine zornige Reaktion.

Stattdessen war sie den Tränen noch näher als vorher. Bisher hatte sich niemand um sie gekümmert. Alle waren davon ausgegangen, dass sie so verdammt kompetent war und nie Zweifel oder Ängste hegte.

»Bist du böse?«, hakte er nach.

Sie schüttelte den Kopf, weil sie nicht sprechen konnte.

»Ist alles okay?«

»Ja«, brachte sie erstickt hervor.

»Dann gehe ich jetzt helfen.« Er berührte ihre Wange und ging zum Pförtnerhaus.

Stephanie stand allein auf dem Rasen und lauschte den Geräuschen – Gehämmer, Stimmengewirr, Lachen. Sie wusste, dass sie sich an den Arbeiten beteiligen sollte. Es war unfair, alles den anderen zu überlassen. Aber zuerst musste sie ihre Fassung wiedergewinnen.

Nashs Verhalten hatte tief in ihrem Innern etwas ausgelöst. Es war, als wäre ein Schutzwall abgebröckelt.

Wie konnte sie verhindern, ihn zu lieben? Er war nicht einmal alles, was sie sich je erträumt hatte – er war mehr. Ein echter Partner, ein guter Freund, ein überwältigender Liebhaber. Er war ihr Traum. Ein Mann, wie es nur einen in einer Million gab.

Ein Mann, der wegzugehen gedachte. Und sie hatte überhaupt kein Recht, ihn zu bitten zu bleiben.

Gegen fünf Uhr war die Renovierung beinahe abgeschlossen. Stephanie ging durch die hellen Räume und staunte über die Verwandlung, die das einst düstere Pförtnerhaus erfahren hatte.

Auf dem Weg in die Küche stieß sie auf Brad, der sorgsam eine Türschwelle im Flur abschmirgelte. Sie blieb stehen und hockte sich neben ihn. »Das machst du ganz hervorragend.«

Nachdenklich blickte er zu ihr auf. »Nash hat seine ganze Familie zum Helfen geholt.«

»Das ist wirklich nett von ihm, stimmt's?«

Brad antwortete nicht. Er faltete das Schleifpapier zusammen und fragte: »Aber er geht trotzdem weg, oder?«

»Natürlich, Honey. Er lebt in Chicago. Das weißt du doch.«

»Er ist gar nicht so verkehrt«, murmelte er kleinlaut. »Nicht wie Dad, aber ganz okay.«

Ihr Herz sank. Wann hatte Brad seinen Groll gegenüber Nash aufgegeben, und wieso hatte sie es nicht bemerkt? Sie hatte nicht gewollt, dass ihre Kinder ihn ins Herz schlossen. »Brad, Nash ist wirklich sehr nett, und es war schön, ihn hierzuhaben. Aber du wusstest von Anfang an, dass es nur vorübergehend ist.«

»Aber er ist gern hier. Ich wette, er würde hier einziehen, wenn du ihn fragen würdest.«

»Er hatte einen schönen Urlaub hier, und das ist gut so. Aber jeder Urlaub geht mal zu Ende. Er wird in Chicago erwartet. Dort hat er seine Wohnung und seine Arbeit und seine Freunde.«

»Du kannst ihn doch mal fragen«, beharrte Brad.

Bevor sie etwas entgegnen konnte, kam Nash in die Küche geeilt.

Nach einem Blick in sein Gesicht erblasste sie und fragte: »Was ist passiert?«

»Mein Boss hat gerade angerufen. In San Francisco ist es bei einem Banküberfall zu einer Geiselnahme gekommen. Es wurden Schüsse abgegeben. Ein Hubschrauber ist vom Armeestützpunkt unterwegs, um mich abzuholen.« Er blickte zur Uhr. »Er müsste in sechs Minuten hier sein.«

Er hatte eine heftige Reaktion auf diese Krise befürchtet, aber Stephanie wirkte sehr beherrscht.

»Kann ich was für dich tun? Deine Eltern sind mit den

Zwillingen in den Park gegangen. Ich sage ihnen Bescheid, wenn sie zurückkommen.«

»Danke. Ich weiß nicht, wie lange ich weg sein werde. Solche Dinge können länger dauern, und anschließend ist viel Papierkram zu erledigen.«

Sie wischte seine Bemerkung mit einer Handbewegung fort. »Mach dir deswegen keine Gedanken. Ich packe deine Sachen ein, und du kannst ja anrufen und mir sagen, wohin ich sie schicken soll.«

Ihre Annahme, dass er nicht zurückkehren würde, überraschte ihn.

»Ich bin froh, dass du abhaust!«, rief Brad heftig.

Nash drehte sich zu ihm um und sah ihn mit dem Handrücken über die Augen wischen. Verdammt. Er kniete sich vor ihn hin. »Es tut mir leid, dass ich gehen muss, aber es ist echt wichtig.«

»Das ist mir total egal.«

»Mir nicht. Mir liegt sehr viel an dir, deinen Brüdern und deiner Mom.«

»Dann bleib doch hier.«

»Ich muss gehen. Einige böse Männer haben Geiseln genommen. Wenn ich nicht helfe, müssen vielleicht einige Leute sterben.«

»Dann versprich, dass du wiederkommst.«

Stephanie legte Brad die Hände auf die Schultern. »Honey, lass es gut sein. Denk daran, worüber wir gerade gesprochen haben. Nash hat sein eigenes Leben, und das ist nicht hier.«

Nash stand auf und versuchte vergeblich, ihre Miene zu deuten. »Stephanie …«

Sie schüttelte den Kopf. »Wir wussten beide, dass es nur

vorübergehend ist. Tja, jetzt endet es früher, als wir dachten. Zumindest erspart uns das einen langen, schmerzlichen Abschied. Es ist wie beim Abreißen eines Pflasters. Schneller ist besser.«

»Schneller tut mehr weh.«

»Aber es geht schneller vorbei.«

Er wollte ihr sagen, dass er zurückkommen würde. Er wollte ihr sagen, dass er gar nicht weggehen wollte. Aber wozu?

Bevor er die richtigen Worte fand, hörte er Rotorenlärm. »Der Hubschrauber ist da.« Er ging zur Tür. Mehrere Streifenwagen hatten die Straße gesperrt, und Kyle sprach mit dem Piloten.

Nash beugte sich zu Brad hinunter und umarmte ihn. Dann richtete er sich auf und zog Stephanie an sich.

»Pass auf dich auf«, sagte sie und wich mit Tränen in den Augen zurück.

Er fühlte sich mies. Da war noch so viel zu sagen und keine Zeit dafür. Mit schwerem Herzen und zugeschnürter Kehle lief er zum Helikopter.

Kyle schlug ihm auf die Schulter und rief: »Lass dich nicht umbringen.«

Nash nickte, stieg ein und gab dem Piloten das Startzeichen. Er blickte aus dem Fenster, bis Stephanie und Brad nicht mehr zu sehen waren.

14. Kapitel

Der Himmel graute über San Francisco. Nash konnte nicht mehr zählen, wie viele Tassen Kaffee er getrunken hatte. Er hatte die Bankräuber überreden können, die Leichen der beiden Männer herauszugeben, die sie vor Nashs Eintreffen getötet hatten, und eine schwangere Frau mit vorzeitigen Wehen gehen zu lassen. Noch immer befanden sich die drei bewaffneten Männer und fünfzehn Geiseln im Bankgebäude.

FBI-Agenten und Lokalpolizei hatten das Hochhaus umzingelt. Scharfschützen waren in Position gegangen. Die Medien hatten Ü-Wagen auf der gegenüberliegenden Straßenseite aufgestellt.

Jack, der mit Nash in dem speziell ausgerüsteten Fahrzeug vor der Bank saß, stieß einen Stoßseufzer aus. »Was nun?«

Nash wusste keine Antwort. Becker, mit dem er seit Stunden verhandelte, war bereit gewesen, weitere Geiseln freizulassen, aber dann war plötzlich die Verbindung abgebrochen. »Ich vermute, dass einer von Beckers Kumpanen nicht bereit ist aufzugeben.«

Manche Kriminelle ließen es lieber auf eine Schießerei und den Tod ankommen, als ins Gefängnis zu wandern. Wenn das der Fall war, gab es nicht viele Optionen.

»Können wir eingreifen?«

Nash studierte den Grundriss der Bank und schüttelte den Kopf. Die Überwachungskameras waren von den Bankräubern längst ausgeschaltet worden. Laut Aussage von Becker befanden sich die Geiseln im Tresorraum, jedoch stand die Tür zum Schalterraum offen. »Das wäre zu gefährlich für die Geiseln. Das Risiko ist zu groß, dass wir nicht alle drei gleichzeitig erwischen.«

Jack nickte. Er war zwar der Boss, aber in Situationen wie diesen hatte Nash das Sagen.

Nash stand auf und trat hinaus auf den Bürgersteig. Die Straße war abgesperrt worden, was ein Chaos für den morgendlichen Berufsverkehr bedeuten würde.

Sein Magen knurrte. Er versuchte, sich zu erinnern, wann er das letzte Mal etwas gegessen hatte. Nicht seit Beginn seines Einsatzes, ebenso wie die Männer da drinnen und die Geiseln. Er griff zu dem speziell ausgestatteten Handy, das nicht nur eine Verbindung zu Becker herstellte, sondern das Gespräch auch an das FBI-Fahrzeug leitete. Während er die Zifferntasten drückte, schwankte er ein wenig.

Was zum Teufel war das?

Ein Grummeln ertönte, wurde lauter, während der Boden schwankte.

Nash fluchte. Das hatte ihm gerade noch gefehlt. Ein verdammtes Erdbeben.

Das Rollen wurde stärker, ebenso wie das Grollen. Leute schrien. Er blickte zu den hohen Gebäuden ringsumher auf und erkannte, dass er schleunigst Schutz suchen sollte.

In diesem Moment wurden die Türen der Bank aufgestoßen. Ein dunkelhaariger Mann stürmte auf den Bürgersteig. »Nicht schießen!«, rief er mit hocherhobenen Händen, in denen er ein Handy und eine Pistole hielt. Er warf die Waffe zu Boden.

Im Bruchteil einer Sekunde war Nash bei ihm. »Becker?«, vermutete er, während er dem Mann einen Arm auf den Rücken drehte und ihn von der Bank wegzerrte.

»Das verdammte Gebäude schwankt wie verrückt«, rief Becker. »Es stürzt gleich ein.«

Hinter ihm, in der Tür zur Bank, befahl ihm ein anderer Mann, augenblicklich zurückzukommen.

Die Erde schwankte und zitterte weiterhin.

Nash griff zu seinem Funkgerät. »Zugriff«, ordnete er an. »Sofort.«

Das SWAT-Team stürmte die Bank. Das Donnern des Erdbebens übertönte den Knall, mit dem der Hintereingang gesprengt wurde. Drei Schüsse wurden abgefeuert. Dann trat Stille ein.

»Ein Bewaffneter erschossen, einer überwältigt«, ertönte eine Stimme aus dem Funkgerät. »Alle Geiseln unversehrt.«

Einige Stunden später stand Jack in Nashs provisorischem Büro in San Francisco, hockte sich auf die Schreibtischkante und lobte: »Gute Arbeit.«

Nash lehnte sich auf seinem Stuhl zurück. »Wir hatten Glück, das ist alles. Das Erdbeben ist uns im richtigen Moment zu Hilfe gekommen.«

»Es war mehr als das. Vor deinem Eintreffen wurden zwei Menschen getötet. Du hast dem ein Ende gesetzt. Du bist gut in deinem Job.«

»Danke.«

»Entweder habe ich mich geirrt und du warst doch nicht ausgebrannt, oder der Zwangsurlaub hat dir verdammt gutgetan. Wie auch immer, du kannst jederzeit zurückkommen.« Er grinste. »Ist dir morgen zu früh?«

Arbeit, dachte Nash, mein Refugium. War er bereit, den Dienst so schnell wieder anzutreten? »Ich sage dir noch Bescheid.«

Jack zog erstaunt eine Augenbraue hoch. »Du weißt es noch nicht?«

Nash schüttelte den Kopf. »Ich schreibe meinen Bericht fertig und melde mich dann bei dir.«

»Okay.«

Als Jack gegangen war, heftete Nash den Blick auf den Monitor. Doch anstatt seinen Bericht einzugeben, dachte er zurück an die Geschehnisse der frühen Morgenstunden. Ein Erdbeben der Stärke 4,2 auf der Richterskala hatte fünfzehn Menschen das Leben gerettet. Es war kaum mehr als eine glückliche Fügung, die das Geiseldrama glimpflich beendet hatte. Umstände, die niemand unter Kontrolle hatte, auch nicht er.

Er legte die Finger auf das Keyboard, ließ sie dann wieder sinken.

Was hast du dir bloß eingebildet? fragte er sich grimmig. Er konnte die Welt nicht ändern. Er hatte keinen Einfluss darauf, welche Richtung das Leben einschlug. Was er auch wollte oder erwartete oder brauchte, das Schicksal nahm ohne Rücksicht darauf seinen Lauf.

Heute hatte er Glück gehabt. Vor zwei Jahren hatte er Pech gehabt.

Nash trat an das Fenster, starrte hinaus auf die Skyline, doch anstatt der hohen Gebäude sah er die Bombenexplosion, die seine Frau getötet hatte.

Er hatte es nicht voraussehen können, und niemand sonst. Tina hatte impulsiv gehandelt. Er war nicht verantwortlich für ihren Tod, und vielleicht hatte er das immer gewusst.

Vielleicht war es ihm nur leichter gefallen, Schuldgefühle zu entwickeln, als sich der Wahrheit zu stellen: dass er sie nie geliebt hatte.

Er hätte sie niemals heiraten dürfen. Das war ihm nun klar. Vielleicht hatte er auch das schon immer gewusst.

Er konnte die Vergangenheit nicht ändern, aber bewältigen und hinter sich lassen. Er konnte aus seinen Fehlern lernen. Aber war er auch bereit, sein einfaches, losgelöstes Leben aufzugeben und die Komplikationen auf sich zu nehmen, die Liebe und Bindung mit sich brachten? War er bereit, ein so großes Risiko einzugehen?

Die Zwillinge saßen auf der Bettkante und beobachteten, wie Stephanie Nashs Sachen packte. Den Nachrichten zufolge war das Geiseldrama bereits am frühen Morgen zu Ende gegangen. Sie hatte fest mit einem Anruf von ihm gerechnet, doch nun war es bereits Nachmittag, und sie musste akzeptieren, dass er für immer fort war.

Jason ließ die Beine pendeln, stieß klappernd mit den Fersen an das Bettgestell. »Aber Nash hat es bei uns gefallen«, verkündete er trotzig.

»Das stimmt.«

Adam sagte nichts, starrte sie nur kummervoll an.

»Es ist Sommer, und ihr habt Ferien«, sagte sie aufmunternd. »Ist das nicht toll?«

Beide nickten ohne Enthusiasmus.

Sie wusste genau, wie sie sich fühlten. Nicht einmal der Gedanke daran, dass die Pension in wenigen Tagen ausgebucht sein würde, milderte ihren Kummer. »Ich kann es nicht fassen, dass ihr beide mit langen Gesichtern dasitzt, obwohl eure Ferien gerade angefangen haben.«

»Brad will nicht aus seinem Zimmer kommen«, teilte Jason ihr mit.

»Ich weiß. Aber ich habe eine gute Idee, wie wir uns alle besser fühlen.«

Die Zwillinge wirkten nicht überzeugt. Sie selbst war auch nicht überzeugt, aber sie täuschte gute Laune vor. Am Abend, wie in der vergangenen Nacht, würde sie wach liegen, sich nach Nash sehnen und ihren Tränen freien Lauf lassen. Doch tagsüber musste sie sich um der Kinder willen zusammenreißen. »Wir gehen in die Badeanstalt«, verkündete sie und wartete auf Begeisterungsrufe.

»Okay«, murrte Jason.

Adam glitt einfach vom Bett und ging wortlos hinaus.

Stephanie ging zur Treppe und rief: »Brad, pack deine Badehose ein! Wir gehen in die Badeanstalt. Und ja, du musst mitkommen.«

Vivian öffnete ihre Tür. »Ist alles klar?«, fragte sie freundlich. »Die Jungen wirken heute so still.«

»Sie vermissen Nash. Ich dachte mir, dass es ihnen hilft, wenn wir baden gehen.«

»Wird es Ihnen auch helfen?«

»Ich bin ein bisschen zu alt, um durch Planschen geheilt zu werden«, gestand Stephanie ein. »Aber es tut immer gut, aus dem Haus zu kommen.«

»Dürfen Howard und ich mitkommen? Wir sind gern mit den Kindern zusammen.«

Stephanie zögerte. Sie wollte nicht, dass ihre Söhne sich erneut für Personen erwärmten, die nur vorübergehend da waren. Aber es erschien ihr unhöflich, Nein zu sagen. Außerdem war sie gern mit ihnen zusammen. »Gern. Aber seien Sie gewarnt, dass es sehr voll und laut sein wird.«

»Kein Problem. Wir sind in fünf Minuten fertig.«

In der öffentlichen Badeanstalt von Glenwood herrschte reges, lautstarkes Treiben, wie Stephanie es geahnt hatte. Sie führte ihre Gruppe zu einem schattigen Plätzchen auf der hügeligen Liegewiese, breitete die Decke aus und gestattete den Kindern, ins Wasser zu laufen.

Obwohl alle drei schwimmen gelernt hatten, ging sie vorsichtshalber zu dem Bademeister und bat ihn, besonders auf die Zwillinge zu achten. Sie war gerade auf dem Rückweg zu Nashs Eltern, als ihr jemand auf die Schulter klopfte. Sie drehte sich um und erblickte Elizabeth Haynes, die mit einem Lächeln erklärte: »Wie schön, dass du auch hier bist. Ich habe den halben Familienclan bei mir. Hast du von Nash gehört?«

Stephanie hatte bereits am Morgen mehrere Anrufe von seinen Brüdern erhalten, die sich nach dem neuesten Stand der Dinge erkundigen wollten. Aus unerklärlichen Gründen gingen alle davon aus, dass er sich bei ihr melden würde, und das erhöhte nur ihre Enttäuschung darüber, dass er es nicht getan hatte. Doch sie waren nette Menschen, die keine Schuld an ihrem gebrochenen Herzen trugen. »Ich habe in den Nachrichten gehört, dass es glimpflich ausgegangen ist, aber mehr weiß ich auch nicht.«

»Er kommt bestimmt bald wieder«, meine Elizabeth zuversichtlich.

Stephanie nickte, obwohl sie es bezweifelte. Oh, vielleicht begegneten sie sich irgendwann zufällig, wenn er seine Familie besuchte, aber sie beabsichtigte, ihn bis dahin überwunden zu haben. Was bedeutete, dass sich ihre Wege in den nächsten fünfundzwanzig Jahren nicht kreuzen sollten.

»Vivian und Howard sind übrigens auch hier«, verkündete sie und deutete zu ihrem Liegeplatz.

»Ich gehe es den anderen sagen. Wir kommen zu euch.«

Stephanie konnte nicht widersprechen, ohne unhöflich zu wirken. Und sie mochte die Familie ja auch – nur wurde sie zu sehr an Nash erinnert.

Es ist ja nur für einen Nachmittag, sagte sie sich aufmunternd, während sie zu Vivian und Howard zurückkehrte.

Kurz darauf gesellte sich der Clan hinzu. Rebecca setzte sich neben Stephanie und unterhielt sie mit Anekdoten über ihren ältesten Sohn David, dem sie die Benutzung der Waschmaschine beizubringen versucht hatte.

»Er hielt nichts davon, die Wäsche nach Farben zu sortieren«, erzählte sie, »und da war dieses leuchtend rote T-Shirt …« Rebecca grinste. »Jetzt hat der Junge rosa Unterwäsche, und das ist ihm verdammt peinlich.«

Stephanie versuchte, sich auf die Unterhaltung zu konzentrieren, aber Kevin war anwesend und sah Nash so ähnlich, dass ihr Herz jedes Mal zu pochen begann, wenn sie ihn ansah. Unwillkürlich wünschte sie sich das Unmögliche und malte sich aus, wie ihr Leben ausgesehen hätte, wenn Nash sich in sie verliebt hätte wie sie sich in ihn.

Rebecca beugte sich zu ihr. »Was auch passiert, du sollst wissen, dass die Familie immer für dich da sein wird.«

»Danke, das ist lieb von euch.«

Die Zwillinge kamen aus dem Wasser gerannt, und Stephanie reichte ihnen ihre Handtücher und fragte: »Na, wie war's?«

»Gar nicht kalt«, sagte Jason.

Adam runzelte die Stirn. »Brad redet mit einem Mädchen.« Sein verwirrter Ton verriet deutlich, dass er nicht nachvollziehen konnte, warum jemand so etwas tun wollte.

»Wirklich?« Sie blickte zum Schwimmbecken hinüber und sah Brad neben einem hübschen rothaarigen Mädchen sitzen, das über eine Bemerkung von ihm herzhaft lachte.

Ihre Sehnsucht nach Nash wuchs. Sie wollte diesen Moment mit ihm teilen. Sie wollte von ihm wissen, ob es normal war, dass sich ein Zwölfjähriger für das andere Geschlecht zu interessieren begann, und welche Veränderungen beim Eintritt der Pubertät zu erwarten waren.

»Ist alles klar?«, erkundigte sich Rebecca.

Stephanie nickte, doch dann musste sie sich eine Träne von der Wange wischen. Sie konnte nicht hören, was Rebecca noch sagte. Es dauerte einen Moment, bis ihr bewusst wurde, dass ein lautes Geräusch den Himmel erfüllte. Sie blickte auf und sah einen Helikopter nahen.

»Das ist Nash!«, rief Jason und sprang auf.

Sie konnte es ihm nicht verdenken, denn das war auch ihr erster Gedanke gewesen. »Nash würde nicht mit einem Hubschrauber kommen«, wandte sie dennoch ein.

Doch Jason lief zum hinteren Zaun, mit Adam auf den Fersen, und riss das Tor auf. Brad lief an ihr vorbei und rief: »Das ist Nash! Beeil dich!«

Gemächlich folgte Stephanie ihnen. Selbst wenn es Nash war, hatte es nichts zu bedeuten. Sie musste den Jungen klarmachen, dass er lediglich ein zahlender Gast gewesen war.

Kurz vor dem Tor blieb sie stehen. Zwei Streifenwagen hatten die Straße gesperrt, und der Helikopter setzte gerade auf. Ihr Herz pochte schmerzhaft, als ein großer dunkelhaariger Mann ausstieg.

Ihre Söhne stürzten sich auf Nash, und er bückte sich und schloss alle drei in die Arme.

Tränen füllten ihre Augen. Sie konnte nicht länger Gleichgültigkeit vortäuschen, selbst wenn es bedeutete, dass sie sich in aller Öffentlichkeit zum Narren machte. Als sie zu ihm lief, richtete er sich auf und breitete die Arme aus. Sie sank an seine Brust und klammerte sich an ihn, als wollte sie ihn nie wieder loslassen.

»Ich habe dich vermisst«, flüsterte er ihr ins Ohr und hielt sie dabei so fest, dass sie kaum atmen konnte. »Jede Minute, jede Sekunde.«

Sie schöpfte Hoffnung und Mut aus seinen Worten. »Ich dich auch.«

Er küsste sie stürmisch, wich dann ein wenig zurück und schaute ihr ins Gesicht. Sein Blick war so feurig wie nie zuvor. »Ich will die Regeln ändern«, erklärte er nachdrücklich. »Ich will kein vorübergehender Gast mehr sein. Ich will die Dinge kompliziert und dauerhaft. Ich liebe dich, Stephanie, wie ich nie jemanden geliebt habe. Ich will dich heiraten und mit dir alt werden. Ich will ein Baby mit dir, und wenn die Sage zutrifft, kriegst du sogar das Mädchen, das du dir wünschst.«

Einen Moment lang konnte sie nicht sprechen, nicht denken, nichts anderes tun, als seine wundervollen Worte nachhallen lassen.

Schließlich hakte sie nach: »Du liebst mich? Ehrlich?«

»Ja. Bist du schockiert?«

»Ich bin verblüfft.« Sie küsste ihn. »Ich liebe dich auch. Ich weiß, dass ich es nicht tun sollte, aber ich kann nicht anders.«

»Ich habe nichts dagegen. Willst du mich heiraten? Ich

weiß, dass viele Dinge zu klären sind, aber das sind nur logistische Details. Ich kann umsiedeln. Ich kann mir einen anderen Job suchen. Ich will nur bei dir und den Jungs sein.«

Jemand zupfte an ihrem T-Shirt. Sie wandte den Kopf und sah ihre Kinder neben sich stehen.

»Nun sag schon Ja, Mom«, drängte Brad.

Nash schmunzelte. »Jungs, lasst uns einen Moment allein.«

Die Kinder murrten, wichen aber ein paar Schritte zurück.

»Ich weiß, dass es sich letztes Mal als Desaster erwiesen hat, als du jemanden geheiratet hast, den du erst ein paar Wochen kanntest. Also verstehe ich, wenn du die Dinge langsam angehen lassen willst. Ich verspreche dir, dass ich dir ein echter Partner sein will. Aber du musst dich nicht auf mein Wort verlassen. Ich bin bereit, es dir zu beweisen.«

»Ach, Nash.« Sie seufzte. »Du hast es mir schon hundertfach bewiesen. Ich liebe dich und will immer bei dir sein.« Sie blickte ihm tief in die Augen. »Ja, ich will dich heiraten.«

Er hob sie hoch und wirbelte sie im Kreis herum. »Sie hat Ja gesagt!«, rief er.

Als lautes Gejohle ringsumher ertönte, bemerkte Stephanie, dass sich der gesamte Clan um sie versammelt hatte. »Wir haben Publikum«, murmelte sie verlegen.

»Ich weiß. Es ist meine Familie – und auch deine. Vielleicht sollten wir ihnen eine Show bieten.«

Er drückte sie hinab auf den Rasen und presste den Mund auf ihren. Es war ein Kuss der Liebe, der Leidenschaft und der Verheißung.

Meine Familie, hatte Nash voller Stolz gesagt. Er war nicht länger der Außenseiter, der sich emotionell distanzierte, und das machte sie sehr glücklich. Nun gehörte er zu ihnen, und zu ihr. Er war endlich heimgekehrt.